《鲁迅故乡作家文库》(第 4 辑)

深潭

赵斐虹 著

上海文艺出版社

图书在版编目（CIP）数据

深潭／赵斐虹著. — 上海：上海文艺出版社，
2024

ISBN 978-7-5321-9012-6

Ⅰ. ①深…Ⅱ. ①赵…Ⅲ. ①短篇小说—小说集—中
国—当代 Ⅳ. ① I247.7

中国国家版本馆 CIP 数据核字（2024）第 085940 号

责任编辑　毛静彦
特约编辑　长　岛
封面设计　马海云

深　潭

赵斐虹　著

上海世纪出版集团　上海文艺出版社

上海市闵行区号景路 159 弄 A 座 2 楼　201101

上海文艺出版社发行中心发行

上海市闵行区号景路 159 弄 A 座 2 楼 206 室　201101　www.ewen.co

苏州市越洋印刷有限公司印刷

开本 880×1230　1/32　印张 8.75　插页 2　字数 179，000

2024 年 5 月第 1 版　2024 年 5 月第 1 次印刷

ISBN 978-7-5321-9012-6／I·7095　定价：52.00 元

告读者　如发现本书有质量问题请与印刷厂质量科联系

T：0512-68180638

目 录

contents

深　潭

　　2009 年春天，我来到我的朋友夏燕在织里的别墅。夏燕说她要用天下最美味的鱼头款待我。一进门就闻到了浓郁的鱼香。我循着香味找到厨房，推开门，看到一个西装革履的男人正站在燃气灶前，拿着一个汤匙舀了鱼汤往嘴里送。

　　不久前，我和我丈夫带着我们十三岁的儿子自驾游，路过织里，我悠闲而执着地寻找过夏燕的别墅。我想指着那幢房子，告诉我丈夫这就是当年我逃离家时想要长久住下去的地方，但是没成功。我接近白痴级别的方向感哪，况且五年过去了，那一带多了许多类似的建筑，当时宁静的郊区成了繁华的商业中心。没想过打夏燕的电话，久不联系，打扰也得有个理由。

　　但我们路过了那个深潭——我确信就是那个，尽管原本野草杂生的小路已成为平坦的柏油路，山下建了一个偌大的停车场，潭边东倒西歪的石头也被修整一新，围绕着深潭，布置着吊床、凉亭、石凳，还有烧烤架。

（一）

我小时候住在老台门里，挤挤挨挨的十来户人家。从睁开眼起，所有的举动都暴露在别人的视线里。到吃饭的点，各种食物的气味混杂在一起，勾引着我的馋虫，但我们家的主菜永远都是咸菜。爸妈吵个架，都得压低着嗓门，关上门咬牙切齿地吵——他们干架不是借助语言，更多的是借助表情。他们无时无刻不在想着逃离。为了这，他们往狠劲里省钱。我十三岁那年春天，我们终于了搬进了建在城墙上的商品房，那是小城最早的商品楼之一。城墙下是东前街，密密麻麻地布满了我们刚刚逃离的老台门。如今这条街是站街女的地盘，可当年，住的都是像我们这样的家庭。

我很享受我能有一个独立的空间，没事就把自己关在房间里，尽管只有五平方米，放下一张一米宽的床，一张小书桌，几个摞起来的箱子后，拖拉椅子都要小心碰撞。小我三岁的弟弟很不爽，他憎恨雪白的墙壁，憎恨磨石子地板，憎恨白色的抽水马桶。他怀念老台门里的那帮野小子。爸爸严禁我们回老台门，以免让那些邻居们认为我们是在炫耀。我不得不跟着弟弟在城墙这一带到处探险掘宝——得看着他，别让他闯祸。我愿意享受一个人的私密空间，也不拒绝像个假小子那样爬墙、攀折树木、掏鸟窝。

我家的房子在城墙中间的那一段，城墙的一边尽头是楼梯，下去，是热闹的街道，转个弯就又是东前街。另一边尽头是死胡同，那里有座废弃的老房子，屋前杂草丛生，有一棵石榴树，我和弟弟在这里消磨了大量的时间。正对我家楼道的入口还有一个窄窄的楼梯通向东前街。时不时的，一群八九岁的小孩子呼啸着从这里跑上来，在石榴树下厮杀一番，又万马奔腾地从另一个楼梯喧嚣着离去。弟弟很快与他们混熟了，不再怀念老台门里的野小子们。我不屑与小屁孩们为伍，独自待在家里。不过，我得不时地从厨房的窗口探出头去察看，或者跑到他们跟前喝斥一番——我肩负着看管弟弟的重任呢。

有一天，我正在厨房煮面，是我和弟弟的午饭。忽然听到弟弟大声喊着"姐姐，姐姐"。我探出头去，他正和四个小孩厮打在一起，骁勇的弟弟此刻只顾护着头，喊着"姐姐"。我热血贲张，立刻冲下楼，加入战圈，来不及放下的筷子发挥了极大的威力，戳到哪儿，哪儿就一阵嗷嗷声。他们往楼梯方向鼠窜，哭着喊着逃进了东前街，我们兴奋地追过去。他们跑进了一个院子，有个小孩大声喊着"××，快来"。两个大一点的男孩子应声而出。我拉着弟弟转身就跑，但来不及了，混战即刻开始，没费多大劲，我和弟弟都被他们按倒在地上。

我被三个小屁孩摁在地上，最小的那个孩子用拳头打我，疼痛倒是其次，令我难堪的是深深的耻辱感。我低低地怒吼，胡乱蹬着双腿，只恨自己没长出三头六臂，没机会学成绝世武功。

"滚开，滚开，都滚回自己家去！别到我的地盘来打架！"一个怒气冲冲的声音，然后是"噼噼啪啪"的几声响，是巴掌落在屁股上的声音。"快跑"，一眨眼，那些小屁孩全都不见了踪影。我爬起来，拉起骂骂咧咧的弟弟，边拍打他身上的泥土，边想着该说句什么话，才不失脸面，又表示了谢意。

"咦？还是个女的！"惊讶的声音，"你真能打呀。"他甩了甩湿漉漉的手，往回走，先前，他蹲在家门口夹螺蛳。

他的话惹恼了我，我的掌心里还留着一小截筷子，它的主体在混战中折断碎裂了。我不假思索地就把这一小截筷子朝他掷了过去，愤愤地说："如果你妹妹被人欺负，你管不管？"他微微一侧身，筷子擦着他手臂滑了下去，掉进浸着螺蛳的脸盆。他抬头看了我一眼，我忽然意识到我有多过分，他刚刚替我们解了围呀。他腾地站了起来。我一惊，拉起弟弟拔脚就跑，跨下台阶的时候，我绊了一下，惊恐地回头看了一眼。

但，我本来就是女孩，他凭什么说"还是个女的"？

奔跑中，我记起了我的形象：短如板寸的头发，那是妈妈的作品，图省事图凉快当然更图省钱，她拿一个推子，刷刷刷地把我的头发推成爸爸的样子；黑色的短袖，灰色的过膝盖的马裤，踢踏着一双脏兮兮的球鞋。我的另一套衣服是深咖啡色的短袖马裤。夏天我就这两套行头。羞耻感袭击了我。

他唤起了我的羞耻心，唤起了我对性别的认可。

我以前一定不止一次见过他。或许在东前街的小店里，买油盐时见过，或许满街撵弟弟时，曾与他擦身而过，或许在电影院图书馆，曾与他共处一室，但，我再也不想见到他。整个暑假，我没再踏入东前街一步，买包盐，也宁愿绕个远，去北直街的大有商店。

当我的头发长到遮住半只耳朵的时候，夏天快过去了，眼看我就要变成初中生了。我久久地站在镜子前，看着镜中那个讨厌的自己，我扯着我的短发，恨不得立刻就长发及腰。我狠命地搓洗，一层一层地打肥皂，用手使劲搓，用板刷重重地刷我那两件深色的短袖——洗破了就可以买新的了。

八月底，好歹缠着妈妈去了一趟理发店，剪了一个最流行的蘑菇头。衣服一直洗不破，绝望的我从妈妈皮夹子里偷了十块钱，买了一条布纤花裙子一双白色凉鞋。妈妈的藤条落在我身上，抽得我的背脊青一根紫一根，但从此，我的衣服颜色柔和起来了。我下决心要做一个淑女，反正，我们搬了家，换了学区，新学校应该没有讨厌的老同学。

我在新学校见到了周建华，名字是后来知道的，当我看到他进了我要进的那个教室，我受到了惊吓。不过，如果我知道他与我同一年级，这应该也是能够预想到的。我能想象，排好座位，老师离开后，教室里的热闹劲：原本就认识的要聊聊暑假，陌生的急于认识新朋友。类似这样的攀谈会在教室的各个角落上演：

你家也在西后街吧？

我五年级参加篮球比赛时看到过你，你是鹿山小学的中锋吧？

你和裘丽是表姐妹吧？我在裘丽家见过你，我住在裘丽家隔壁。

……

然后，男生女生迅速形成了自己的朋友圈。

我想象着，假若我和周建华是前后桌或者是隔着过道的斜对面，依据身高，我们肯定都得坐靠后的几排，既然已成同班同学了，我们做"邻居"是早晚的事，位置要一组一组轮换的呀，他一定会说你就是那天跟小屁孩们打架的家伙吧。我想，那个时候，我最好还是装出一副茫然的样子。后来，我真这么做了。

好像是不太一样，那个人打扮得像个男孩子。只是，长得可真像呀！

张晓红也不像会打架的。

可我确定是同一个人。

我听到他和他同桌嘀咕着。

那一阵子，我正着力扮着乖巧的小女生：上课坐得笔直，说话轻声轻气，前后桌东西掉地上，不声不响地帮他们捡起来，有男生抢我东西，或者推我一下搡我一下，我也只是板了板脸。

十月份学校要开运动会，九月底，每个班级都开始入场式的队列训练。每天中午，全班同学都在体育委员的指挥下，在教学楼前的水泥通道上摆着手臂迈着步子喊着"一二一"。班主任不在的时候，队列不怎么像样，有偷懒不喊口令不摆手臂的，有嚼泡泡糖聊天谈笑的，有前后排互相推搡斗嘴的。那天，排我后面的男生老踩我脚，踩一次说一句"对不起"。人家说对不起了，我似乎也无话可说，可他干吗老踩我？

你是故意的吧？

他斜着眼睛看着我，嬉笑着不说话，那意思就是——是，你想怎么着？

走到教学楼前了，"全体向后转"，队伍稀稀拉拉地掉了个头，我变成他后排，他和旁边的同学笑得正开心，我照准他的屁股狠狠地踢了一脚，"啪"的一声，他双膝着地跪在了地上。"哈哈哈——"很多人都开心地笑起来。他爬起来，向我扑过来，我赶紧跑，直奔楼上的办公室，路过教室门口，看到一把扫帚靠在墙上，我顺手操起扫帚，反身去追他，他三步并作两步地跳下楼梯，我疯了一样，举着扫帚满操场地追打他。教学楼的走廊上挤满了围观的同学。

从办公室回来，我看到周建华坐在位置上笑吟吟地看着我——是早已明了一切的得意，他大声问："说吧，七月份你有没有跟一帮男孩子打过架？"我一阵心虚，但很快就轻松了，反正再没人把我当淑女，再添一桩又有什么关系？

"关你什么事？"我翻着眼皮昂然说道。

"我只是想知道，明明是我帮了你，你怎么还朝我扔东西？"教室里一片肃静，所有的人都看着我——关于我打架的故事早传得沸沸扬扬了。我恼恨交加，冲到他前面，想要掀翻他的课桌，推了几下没推动。他的身子整个地扑在课桌上了，嘴里喊着："不要扔书！不要扔书！"那时男生女生吵架，女生擅长摔男生的书。不过，我不屑做这种没档次的事——我直接就把男生的书包往窗口扔了下去。

从此，每天的必修课就是和周建华唇枪舌战。我莽莽撞撞的，打翻盆水，摔个跤，穿反毛衣、拿错东西是常有的事。这种时候，他笑得比谁都欢快大声，害得我不得不时常注意他，好一发现他有点窘事，就逮住他，狠狠奚落一番。我们就算在教室里相安无事，放学路上也会起冲突。我们骑自行车上下学。有时，他哼着歌，从后面超上来，伸手拍我的肩膀。有时，他擦着我的车超过去，故意用他的后轮撞我的前轮。我气不过，使劲踏车追，从来没有追上过。眼看就追上了，一下子又被他甩开了距离，哎，我飞车的技术哪有他好！那种时候，我就像只被杂耍的猴子，明知就算追上了，也不能怎么样，还是奋勇追着。也有倒过来的时候，他走路上学的时候——他和他妈妈共用一辆自行车，他妈妈上夜班的日子他才能骑车上学，碰上他，我会一边减慢速度一边回头问他，要不要捎他一程。他跑上来，就在他可以跳上书包架时，我突然猛蹬几下，又拉开一段距离。有时这样追着追着就到校了。有时，他不追，我会拐进路边某个小店，等他走到前面，我骑着车追上去，伸手推他一下再飞速离开。

我们已过了一群男女生若无其事一起玩的年龄。谁跟谁好上了的流言时常在同学间流传，谁跟谁呢也没个固定，明明今天说A和B，转眼就成B和C了。我不知道该如何定位我和周建华的关系，仿佛只是同学，又仿佛是兄妹，可比兄妹又多了些什么。每天早晨醒来，我渴望看到他的身影，渴望会在上学路上遇上他，渴望一进教室就听到他叫我"红哥"。不知道从什么时候起，周建华开始叫我"红哥"，他说别人都叫你母老虎——是那次举着扫帚追打后的收获，红哥虽然也不怎么好听，但总比母老虎好吧。我似乎心怀爱慕，又夹杂着莫名的痛恨，更多的是因为另一个人的存在而产生的满足感兴奋感。没有人说我和他是一对。我们两个总当着大家的面互相往狠里损，我常常像男孩子那样说动手就动手。唉，我就是穿着长裙，莺歌燕语地说话也还是个男人婆。况且，周建华还和隔壁班的一个女生成了谣传中的一对。

他们说周建华谈恋爱去了，一放学他和她就一起去学校对面的大坝上看风景，晚上还肩并肩轧马路，从双井埠头轧到东前街，然后到西后街，再轧回双井埠头。我们嚷着闹着说要在他们甜蜜的时候去吓吓他们。有天晚上，我和同班的月月去双井埠头闲逛，果然看到周建华和一个长发披肩的女生慢慢地从对面走过来，我们躲进一个小弄堂里，等他们过来了，我猛地跳出来，冲他们大喝一声"嗨"，周建华猝不及防，下意识地抓住女孩的手往后退，然后一个温润动听的声音响起："哎哟，干嘛呀，你弄疼我了。"

第二天我醒得很迟，踩着铃声跑进教室，一进教室，很多人都看着我笑，匆忙中我又出了洋相：外套穿反了，已长过耳根的头发没来得及梳理，一路顶着大风飞蹬自行车，此刻，乱蓬蓬的冲天竖着。我不紧不慢地把衣服穿正，用手指梳理好头发——已经这样了，也只能如此了。我听到周建华大声说："张晓红，怎么有你这样的女生呀！十足的男人婆。"我窘迫极了，又羞又恨，想了想，径直走到他面前，大声问："你昨晚在双井埠头干什么？"然后我嗲嗲地学着那个温声细语的声音说，"哎哟，干嘛呀，你弄疼我了。"周建华的脸"唰"地红到了耳根。月月在教室的另一边适时地笑了起来，也阴阳怪气地学了一句："哎哟，干嘛呀，你弄疼我了。"欢快的笑声此起彼伏，周建华的脸更红了。在我们的交锋中，我一直是那个处于弱势的一方，他很容易就能激起我的怒火，让我不由自主地处于一种口不择言的失态中，继而摔摔打打，泼妇的形象越来越深入人心。但从这天起，境遇变了，只要他惹恼了我，我就拿那个女生说事，敲打他。

很长一段时间，那个女生的形象在我心中挥之不去：娇俏可爱，声音柔美，长发披肩。我多么羡慕她的一头长发，尽管我觉得像她这么矮小的女生披着长发很难看。每天，她都会从我们教室门口经过，时不时，有人会冲着她的背影吹口哨，然后叫一声"周建华"。我开心地和别人一道起着哄，心头却不由地漫过一种类似苦涩的滋味。

四月份的毕业考一结束，周建华就彻底从教室里消失了，之前，就经常请假照顾他得了直肠癌的妈妈，他父亲很久以前就去世了。一个班注定只能十几个考入重点高中，二十来个考入职业学校，剩下的就得失学，种田的种田，打工的打工。周建华干脆不参加中考，直接去工具厂当学徒了。他给我写信，问我不在的时候，你是不是和王凡那个臭小子走得更近了？还说，你那点分也不是考高中的料，还是别浪费时间，浪费钱了。我把信读了又读，直到每个字都记住才撕碎，然后我回信：全班就你编排我和王凡，无聊不无聊？到六月底，你等着瞧！每个字都写得大大的，用粗笔工工整整地勾勒过。信纸是硬硬的挂历纸，我把它折成一只飞机，从他家窗口塞了进去。

　　当别人说我和周建华是一对的时候——一场为我出头的架促成了关于我们的流言，他却一个劲地说我和王凡怎样怎样。刚升入初三不久，一天中午，高一的一个女生带着一个男生冲进我们教室，指着我说"就是她弄倒的"。然后，那个男生冲上来就揪住了我的衣领，喝斥我："看你下次还敢不敢？"我懵了，不知道发生了什么，只是下意识地尖叫着，挣扎着，可根本不着力。这时，周建华冲上来照着他的脸就"砰"的一拳，他的鼻子立刻开了花。他一松手，我留着长指甲的手就抓向了他的脸，挠出了一道道的痕！同仇敌忾的感觉是多么痛快！后来，老师把我们请走的时候，女生说我昨天放学时故意踢倒了她的自行车。我真记不得什么故意不故意。那时候，自行车整排整排摔倒是常有的事，我们从一排卧倒的自行车中设法拖出自己的车，然后恨恨地踢一下旁边的那辆车，这算什么事呢？但因此打的一回架却如此奇妙。有好几天，我们面对彼此都有些不自在，在他冲上来的那一瞬间，有些东西悄悄改变了，只是，我们似乎没法坦然面对。于是，他逮着机会就编排我和王凡，而我急于撇清和王凡没什么。每当听到他在后排喊"王凡，张晓红"，就会有一股热切的惊惧，如电击一般传遍全身，我愤怒极了，又委屈极了，然后是一番饱含着试探、表白、和解的唇枪舌战。如此每天反复，又厌倦又兴奋，却又乐此不疲！

剩下的两个月我憋着一口气狠命学习，想偷懒时，想一想你那点分，就一点懒也不偷了。六月底，成绩一出来，超出了录取线十五分，班里排名第十，这是我初中阶段最好的成绩。

整个暑假轻松又得意，我们几个女生一起打牌、看电影、骑着自行车到处闲逛，隔些天去一次周建华家，常玩的那几个男生通常会聚在他家。我的顺利升学成了常常被提起的神话，我们班考进了十四个，通常我的排名是在十七。那时，我就知道我们一定会分开，可直到我一个人去了重点高中，才知道"缺失"究竟是什么感觉。我完全不适应高中生活，新学校里没有人和我玩，太多的作业，太快的进度，我感觉跟不上。新学校的一切都让我无比厌倦，我只想和我的老朋友们在一起。但是他们很快就有了新的朋友，谁都不屑理我了。周建华家是不能去了，他们都不在，我总不能一个人去吧。每天晚自习下课，我故意往他家门前经过，期待着偶遇，可遇上了又想怎样？

有天晚上我没去上晚自习，在东前街来来回回地走，我能看到楼上周建华房间里的灯光，也听得到电视机的声音，我站在他家屋前的树下，横了横心，重重地拍打起他家的门。好像有什么东西掉落，黏到我头发上。我听到了他下楼的脚步声，听到了他拉亮楼下灯的声音，我有些忐忑。门开了，他扶着门框，惊讶地说："你怎么来了？"我窘住了，急急地说："我来是想让你帮我做些模型，空心的正方体、长方体，圆柱体，立体几何我一点都不懂，空间感太差了。"他笑了笑，侧身让我进去，我跟着他上了嘎吱作响的木楼梯。窘态过去了，我又有胆量胡说八道了。

电视播着我们喜欢的篮球赛，我们看着看着就大呼小叫起来，跺着脚拍着桌子，安静的间隙隔壁传来几声咳嗽声，是周建华的妈妈，我们立刻噤了声。换了频道，是唱歌的节目，唱完《水手》，唱《读你》，然后是《水中花》《驿动的心》，一首一首熟悉的歌，我们跟着一起轻轻地唱着，不时地互相看一眼又飞快地避开。他伸出手掭我的头发，电视里罗大佑正在唱"穿过你的黑发的我的手"，我感到一阵温柔的悸动，甜蜜的感觉刹那间遍布全身，我一动不动地坐着，不敢看他。他把手伸到我眼前，摊开手掌给我看他掭下的东西，那是一小块黑色的鸟粪。我低下头，忽然觉得忧伤，鼻子酸酸的，我很想倾诉我种种的不顺心，我想说我不去学校了，我要和你们在一起。

"你该回去了。"他说，"到晚自习下课时间了。"他站起来，拉开门，我只好站起来，站在黑乎乎的楼梯口——楼梯灯坏了，我说："太暗了，我怕，楼梯太小了，危险。"话一说出口，我脸就红了，上来的时候不也是这样？我何曾怕过黑，何曾怕过危险？周建华沉默着拉起我的手，带着我下了楼梯，送我走下当年我绊过一跤的台阶："不送你了，走好。"那一会儿，我下定决心，我还是要和他们一起混。

　　我开始不时地吃过中饭去工具厂找周建华，他们下班迟，我到的时候，他才收工或者刚吃了饭，他陪我在厂区附近散步聊天，等他到了上班的点我才回学校。可有一天中午，传达室的老头不让我进去了。我求他，他黑着脸不理我，后来打了电话，说过会儿来。我把自行车停在传达室门口，自己坐到正对着厂的马路对面——既可以清楚地看到周建华出来，又不用看见那个讨厌的老头。过了好久，快十二点半了，他们十二点半就要开工了呢，我才看到周建华的身影从车间里闪出来。我高兴地跳起来，跑向他。但，不对，他板着脸，隔着工厂的铁门质问道："你来干什么？"我愣在那里，呆呆地看着他。接着，他怒气冲冲地绕过铁门，走到我面前，骂道："别这么不要脸，滚回你的学校！"我难以置信地看着他，他居然骂我"不要脸"！也许我听错了？传达室的老头站在门口，看着我们，他的神情让我醒悟，周建华确实在骂我不要脸。震惊、愤怒、羞辱、委屈种种感情一时间全向我涌来，我"哇"地哭了出来，转身狂奔起来。

　　冬日的阳光温暖和煦，我却感到彻骨的寒冷。我在空旷的大街上发足狂奔，一边哭一边擦着眼泪，一边又满心期望着周建华能追上来，他应该会追上来，就算不向我道歉，也会把自行车还我。跑到南桥，我累了，停下来靠着栏杆，大口大口地喘着气，看着下面并不清澈的河水，努力平静着自己的情绪。我觉得我的心碎了。

　　一阵清脆的自行车铃声由远而近地传来，"红哥。"依稀听到有人这么叫着，我惊喜地转过身——两个少年拉着自行车，按着车铃说笑着走过。我愤怒地看着他们，仿佛世上最恶毒的魔法在我眼前发生了。

（二）

夏燕开着奥迪 A6 来织里的车站接我。她是我在地方文联工作时认识的，我从她那里拉来了一笔不小的广告。她告诉我她也算得上有文学情结，读书时写过散文诗歌，我向她要了些她上学时写的小文章在我们的内刊上发了。她的佰誉服装厂厂区还只在剡城的时候，我们几乎每天都会见面。她会在办事的间隙顺路来我办公室坐个十来分钟，有时，她买了新首饰新衣服兴冲冲地跑来向我展示，总是转眼间出现又转眼间离开。我得承认，每天的十来分钟对我产生了巨大影响。她隐隐地向我开启了一扇门，一扇似乎是通向别样生活的门。慢慢地，她把我卷入了她的生活，她的公司，她的家庭，她的朋友，我都有所了解。

像以往一样，她又迟到了，她解释说，她是等鱼头才等得迟到的。做鱼头的厨师是他们厂的"大内总管"，只有招待尊贵的客人才会请他来做一次的哦。说话间，用手敲着方向盘，我注意到她手腕上手镯又换了——透明的绿色，柔和的色泽，与她一身浅绿色的套裙正相配。上次她戴的是金色的。我夸了她的手镯，用她教我的那些术语，诸如色泽呀光感之类的，然后笑着领受了她的好意。

"尊贵的客人"这种提法让我觉得有点好笑，我和她之间要说什么尊贵这类词吗？可鉴于当时我的状况，我想夏燕是想用这种方式表达她的诚意。我的生活出了一点意外，我向单位请了一年的长期病假，离开了家，离开了丈夫和儿子。我厌倦了我过惯的那种生活。没完没了的家务，不管怎么清洗，都油腻腻的厨房，不管怎么收拾，都乱糟糟的橱柜；了无趣味地读稿，每个作者都是熟悉的，他们和我一样，都在不断地重复自己，却永远也不可以说出否定他们的话；越来越乏味的丈夫，除了睡觉吃饭，所有的时间都窝在电脑前，玩永远也玩不完的游戏，关心与他八杆子都打不到边的新闻。生活很安逸，但在半夜醒来的刹那，我无比恐慌——这不是我想要的生活。有个声音在撩拨着我，快快去追寻你想要的生活吧，你都三十五岁了，再不走就真来不及了。

我来到了杭州，在山水宾馆包了一个房间，房间很小，床和柜子之间的距离小得只能容一人侧身通过；窗外是批发市场，一大早就开始喧哗；前台的两个服务员操一口很不标准的普通话，打扫卫生的阿姨整天板着脸，她瞧我的眼神带着探询的好奇，但我对这一切都欣然接受——这让我感觉我真的彻底变了，完成了摆脱婚姻禁锢那漫长而必要的旅程。远离熟悉的人，让我对这种探询持一种异常宽容的态度。远离家务，我感到陶醉。我不必做饭，每天早上去对面的永和豆浆吃新鲜的馒头喝热呼呼的豆浆，然后回来，烧水、泡茶、抽烟，坐在窄窄的电脑桌前写上几小时。写作的间歇我有抽烟的习惯，小小的房间里很快就烟雾缭绕了。开了窗，有时带着寒意的风往屋子里灌，逼得我裹上围巾。我喜欢闻屋子里淡淡的烟味，那是我勤奋的气息。我希望靠写作维持生计，但我所写的并不比我在原来的生活中写得好，甚至没比原来写得更多。

到了晚饭的点，我会出去，找一家看上去顺眼的饭馆吃饭，然后到处逛逛或者去看场电影，到了周六傍晚会有一个男性朋友来看我。他是我离开家的直接原因，尽管我对他，对任何人都装作不是这样的。我们见面的时候，我试图表现出无忧无虑独立自主的态度。有时我们约会后我会觉得如此幸福，对未来美好的憧憬，还有安全感。可有时我会疑虑重重，对未来的不确定，我听出他的言谈之中有着对我拐弯抹角的警告。我会觉得我压根不了解眼前的这个男人，不了解与他有关的一切，不了解我自己此刻的状况。这样的夜晚，我会感到恐惧，不是害怕失去什么，而是一种存在感的缺失。情感上的，写作上的，生计上的，我都看不到希望——现实与我离家的初衷似乎在背道而驰。

在一次类似的情绪发作中，我给夏燕打了电话，得到了意想中的热情邀请，她说："来我这儿吧，织里的别墅大得很，如果你只是想写作，那就给你一个房间。不过，最好还是帮我来做企业文化吧，我策划办一份厂报，正愁没人呢。一月两份报纸对你来说太简单了，你有大量的时间写作。你绝对自由，想走的话随时都可以哦。哪怕不来工作，来玩一次也好呀。"一直以来，每当我说出厌倦，想换环境这样的想法，都会得到夏燕的强烈认可，她鼓励我去做想做的事。你真没办法了，还有我呢。只要我还开着公司，给你留个职位总会有的。有时我会设想，朋友变成上下级关系后的种种。一想到要叫她"夏总"，我就有种别扭感。在公司里，所有的人包括她的哥哥都要叫她夏总。

车驶过闹市区，视线变得开阔起来，远处的山是连绵的绿色起伏，有成片红色白色的花簇点缀着。"这里很美。"我说。

"从我家露台上望出去，风景更好。"夏燕说，"像你这种长不大的文艺女青年，会喜欢这里的。"长不大的文艺女青年这个说法让我不怎么舒服，是的，我是一直都这么说自己。我可以这么评论自己，但夏燕，作为我的准老板，她不应该这么评论她的员工——尽管我还没决定是不是要留下来替她做企业文化。

自动铁门缓缓地滑了开去，院子里玫瑰花怒放着，保姆迎出来从后备箱里取出我的行李。我跟着夏燕踏上台阶，浓郁的鱼香吸引着我，我和夏燕一起走进了厨房，看到了正在品尝鱼汤的周建华。

"是你。"我们几乎同时说道。我们笑了，我奔向他，他朝我走过来，伸出手，我们握了握手，其实我更想重重地捶他几拳，或者尖叫着拥抱一下。

夏燕的丈夫过来，催我们去餐厅坐下，夏燕对他说："谁能想到，他们居然认识！我们的总管和晓红居然认识！这世界可真小呀！"

"我们是初中同学哦。"周建华说，"十七八年没见了呢。"

"是呀，十七八年了，你的消息我是听说过的，他们说你去过石家庄销过领带，和陈明一起开过货车，后来回剡城去了快递公司，说你干得不错，老板都离不开你了。你现在怎么会在织里？居然还在夏燕的公司？这么多年你到底是怎么过来的？"我激动地一口气说出了一大串话。

"先别说这么多了，坐下来慢慢聊。"夏燕说。保姆过来端起鱼汤，我们在餐桌边坐了下来。

"真巧啊！"大家感叹着。我和周建华看着彼此，说着笑着晚餐的时候，我浑身都是快活劲儿。想到居然有可能和周建华成同事，我就兴奋起来。我们会不会像当年那样同仇敌忾地对待某人某事——我沉浸在他为我打架时的那种情绪里。整个晚上，我们都在聊我们的过去，从饭桌移位到露台，一直聊。呵，那段早就远去的生活原来从未消失。

周建华记得的事情和我记忆中的并不完全相同。他记得我跟别人打架，记得我们在上下学路上的追逐，记得他帮我打架，记得帮我做过空心的长方体圆柱体，却全然忘记了工具厂门口赶我走的那一幕："怎么可能？"他说，"如果真有那事，也肯定是你自己耍脾气跑的，那时候老被你欺负的，男同学都叫你母老虎哦。"

夏燕笑了："我在想象晓红母老虎的样子，我认识的晓红可一直都是淑女。"

"现在，她看上去像是个真正的淑女了。当年，也只是外强中干罢了，可看上去是真的凶啊。夏总，那时我是真的很喜欢和她玩的。我做梦都想不到会在你家看到她。"

事隔多年，他说出"喜欢"这个词时，我仍感到一阵麻嗖嗖的快乐从我身上爬过。他说他做梦都想不到，我又何尝不是如此？夏燕跟我说周总管时，我都没想到要问一问总管的名字，即使问了，也未必会想到此周建华就是我认识的那个周建华。

风把玫瑰花的香味吹送上来，偶尔从远处传来几声鸟叫，抬头望天，星星很大很亮。我站起来，走到露台边，扶着栏杆，远处的山在夜色里朦胧成淡黑的起伏的轮廓。夏燕跟过来，站到我旁边，指着远处某座山头说："那里有个潭，去的人不多，水很清，夏天时可以去游泳，你不会游，带个救生圈，叫建华教你。我们去年常去。"周建华应声走过来，夏燕往旁边让了一下，他站在了我们中间，他的身体斜靠在栏杆上，侧过头跟夏燕说话。我看到一个熟悉的侧影，过了十七八年，他似乎还是我记忆中的样子。我是在梦里吗？我想要触碰他，想把我的手放到他的胳膊或者肩膀上，但是夏燕在。周建华呢，他会不会觉得我的举动很轻浮？认为我在暗示我们之间存在着某种可能性——可我只是想以此来确证一种存在感。时隔多年，我对他一无所知。对于男人这种动物，女人到了一定年纪都会觉得失望。我想起我的那个男性朋友，和我单独在一起的时候浪漫温情，细腻体贴，甚至有些卑微。他愿意伏在地上帮我穿袜子，愿意学小狗叫逗我开心。可和夏燕他们在一起的时候——是夏燕介绍我们认识的，他就只是个对女士谦谦有礼的成功企业家，从不多看我一眼。我会忍不住猜测他有多少个像我这样的红颜知己。我厌弃自己见不得光，但我甚至不能表达这种情绪，我也有家呀，我们的处境是对等的。我的逃离打破了这种对等，现实却不会因此而有所改变。沉迷于情感漩涡中的是我，患得患失的也是我。

"我要去厂里了，你们再聊会儿。"周建华说。

"别，今天我们去，你们再聊会儿。"夏燕拉起她丈夫说，"晓红，'大内总管'很辛苦的，每天都是最后一个离厂，每个车间都要去看一下，检查灯、机器的开关，还有门是否上锁。"

他们走了，现在，我们单独在一起了，反倒很拘束。我们都沉默着不说话。玫瑰花的芳香一阵一阵飘上来，我轻轻地咳了一下："陈明现在怎么样了？"那时候，他们就是铁哥们，后来听说的消息中，他们两个也总在一起。

"来织里后，从前的朋友联系就很少了。我离开前，他开着一家装潢公司，现在应该还开着吧。别的同学，以前就联系不多。"我们又陷入了沉默，我感觉他不想谈我们同学的现状，或许他对他们的了解也不比我多多少吧。

　　他告诉我，前年他忽然又厌倦了在剡城生活，想再尝尝背井离乡的滋味，也想试试能不能重新开始生活，他妻子有个同学在织里，于是他们就过来了，正巧夏燕的公司后勤部招人。几乎没费什么劲，新的生活就开始了。

　　"妻子长什么样？"

　　"你认识她的，就是我家隔壁的裴丽。"我脑子里迅速闪过一个瘦瘦小小流着鼻涕的小女孩形象，她比我们小好几岁，我们一帮人去玩的时候，她追着我们喊："建华哥哥，等等我。建华哥哥，等等我。"别提有多烦了，每次都是我去轰她走的。我只是轻轻地掐她的小脸，她就杀猪似的号叫起来，眼泪汪汪地看着我们，除了周建华，我们一帮人都笑着叫她滚。印象中，她的皮肤白里透红，漂亮得很。

　　"她不是个小孩子吗？怎么能做你老婆？她还流鼻水吗？"话一说出口，我忍不住笑了起来。

　　"她都成孩子她妈了。"周建华笑着说，从西服口袋里取出皮夹，打开给我看他们的全家福，"如果你留下来，住公司宿舍，马上就会见到她了，我们现在也住公司宿舍，前不久刚定了房子，年底才能拿钥匙。"

　　我接过皮夹，照片中的裴丽温柔地抿着嘴笑，头发整齐地披在肩上，看上去一幅柔弱惹人爱的模样："没想到小丫头长成美女了。"我感叹道,"她见到我,不会高兴的吧,她一定记恨我那时老掐她!"

"多少年前的事了,那时她才多大,早忘记了吧。"周建华笑着说,我听出他话里那一点点辩解的味,那应该是对自家人才会有的辩护。

他们的女儿真像周建华。我想到我的儿子了,三个月了,每次想到他,我就马上禁止自己思考。有些痛苦,是我自找的,活该我去承受。那些关于男人,关于寻找自我,开创新生活的种种。有些痛苦,不是我愿意承受的,关于孩子,它不在我逃离前的预算中。我无法衡量自我与孩子之间哪个更重要,每次他打电话来问妈妈你为什么要离开我们,你什么时候回来,我都会陷入自责的痛苦中,偶尔我也会陷入思念他的深渊中——这也不在我的预想中。但,慢慢的,我在习惯没有他的生活,我安慰自己,没有我他也会长大,说不定没我在他身边唠叨,他会觉得更自由更快乐。

终于说到我的现状了,我提到我和丈夫分居了,前些日子一直住在杭州的一家宾馆里,别的还好,就是想到八岁的儿子时我会难受。他扬了扬了眉毛,深深地看了我一眼,我以为他会问为什么。夏燕问过我类似的问题——换环境就换环境好了,为什么要离开老公和孩子。厌倦工作说得过去,厌倦家里的那两个人可说不过去。今天她并没有问我感情问题,我想她是出于谨慎,或者不赞成。说不定她对我的隐私有所了解,我们总以为事情很秘密,但其实天下没有不透风的墙。无论如何,我肯定是要对夏燕说谎的,就像此刻,我已准备对周建华说谎一样:我和我老公说不到一起，我们的感情已经破裂了，分开一段时间对我们大家都有好处。谁料，他居然理解似的点点头："每个人做决定时都有他的理由，没关系，红哥，一切都会好起来的。"

他叫我"红哥"，今晚他第一次叫我"红哥"，我以为他忘记了这个称呼。那几年，只有他这么叫我，别人都叫我张晓红，吵架时除外，那时他们叫我"母老虎"。我有些感动，我凝视着他，他也看着我，然后，他起身拿起一个苹果，削了皮，递到我手上。我接过来，手指无意间碰到了他的手，粗糙温暖的质感瞬间传遍了我的全身。我一阵慌乱，就像一个从未触碰过男人的少女那样惊慌失措。我想要拥抱他。

夏燕他们回来了，和周建华谈起公司的事，好像哪个车间又忘记关灯了，谁又把机器弄坏了，商讨着换人是否合适。我听夏燕谈这些事的口气，是我陌生的焦虑烦躁。在我眼中，她一直有着洒脱、自由、想干什么就干什么的利索劲，嗯，她也并非每时每刻都能如此。我知道，这很正常。可我仍觉得窘迫，就好像我闯入了一个正有人在使用的卫生间。我想先离开，可此刻他们之间绵密的气氛里容不得我打断。我意识到，如果我留下来，也许就得常常面对这样的夏燕。我踱到露台的边缘，望着远处，风拂面而来，清新略带凉意，我问自己，真要留下来吗？

我留下来了。

我的房间在三楼，紧靠着露台。房间的色调是我喜欢的柔和的蓝色，墙纸橱柜被子都是同一色系的。窗外有棵高过三楼的大树，枝叶不时地拂到窗前。我多么喜欢它们呀。事实上，这么漂亮的房间，我只住了很少的几晚。第二天，我就住到他们公司的宿舍房里。别墅离公司有点路，来去不方便。除非每天和夏燕同进同出，可有几个员工愿意整天和老板在一起？

那晚，周建华也没有回宿舍，因为第二天五点他就得送夏燕的丈夫去机场，别墅与宿舍来回得近一个小时，我们结束聊天就快十一点了。整个晚上，我都睡得不实，我的梦境单调而荒唐，伴随着令人不安的莫名渴盼，我不断地醒来，听到山里的鸟儿在低低地鸣叫。风吹过树叶敲打玻璃窗发出刷刷的声音，让我好几次误认为是敲门声——有谁会我在半夜敲我的门——我在盼望谁呢？

"你大大咧咧的，周建华很谨慎，你有时不管不顾的，周建华很有分寸，刚好互补了。"送我回房间时，夏燕这么说。

夏燕说周建华是个谨慎的人，我感觉也是，他会克制自己。所以，他绝对不会在夜里来敲我的门。别墅似乎很大，但我的房间跟夏燕的房间就隔了一个楼梯，他住在一楼，他来我这儿必得先经过夏燕的门口。他不可能在他老板家里做这种事，太冒险了。不管怎样都不可能，他如何能确定我要他来，就是我自己，我也不确定，到底想要什么。到目前为止，我都觉得我并不是一个离经叛道的人，也不是一个随便的人。在我的记忆中，找不出关于他谨慎的事，我记得那时他对女友的体贴殷勤：等在车棚，替她停自行车，上好锁；帮她背书包，拿衣服；雨天替她撑伞，大半的伞面都遮在她身上，自己的半个身子淋得湿漉漉的……他确实是个有分寸的人，那时，我们都穷追不舍地盯着彼此，一旦发现有什么能让对方难堪的事立刻大声嚷嚷起来，唯恐看热闹的不够多，但那次我来例假弄脏了裤子而不自知，他悄悄地给我递了一张纸条：快回家去换条裤子吧。我们出去玩，总捉弄我，可我真处于危险的境地时，他立刻成了保护者……

清晨，院子里传来一阵汽车马达的声音，我彻底醒了。令人不怎么愉快的清醒：这么多年过去了，你对这个男人了解多少？他又了解你多少？

（三）

五一节放假两天，30号傍晚我坐着夏燕的车来到她的别墅。五月一号，有个韩国客户要和我们——夏燕一家、周建华一家还有我一起过节，说好去水晶潭玩，就是我刚来织里的晚上，夏燕指给我看的那个潭。这些日子，我只在我的男性朋友不来看我的周六去她的别墅。身为员工，休息天时才暂时恢复朋友的身份，上班时间，我尽量不和夏燕正面接触，她对待员工的那种态度不是我能接受的，另外，毕恭毕敬地叫她"夏总"也让我有点不自在。当然，一切都会慢慢适应和习惯的。

关于我的这位男性朋友，我从不曾称他为"情人"，我嫌"情人"这个叫法太恶心，我独立自主的姿态撑得时间越长，"情人"两字越让我感觉难堪。我越来越怀疑，这个与我交往的男人，"情"在哪里？只有"性"是明摆在那儿，也许对他而言，我只是一个"女人"。有一次，我在夏燕别墅里见到他，是我拒绝他约会的周六晚上，这是我们确定关系后，我第一次说不。晚饭后，他突然从天而降。说有事在湖州，忽然想到夏燕在织里，就过来了。见到我，装出很意外的样子。我们一起品了他带来的正宗的法国红酒，借着酒劲，他夸我有勇气，敢从旱涝保收的单位说走就走。他的重音落在说走就走这几个字，我隐隐地听出他的不满——下午他在电话里说我都已从家里出发了，你怎么可以放我鸽子？我嗅到了一丝博弈的气息，没错，就是博弈。我感到一阵厌倦。

结果，裘丽她们母女没来，周建华解释说，裘丽有个表妹中午要到织里，她们得在市区等她。我很高兴今天不必再看见她们了，天天见她们，我有些腻歪。我这么说有点刻薄。这些天我在她家蹭了许多顿晚饭，我想声明的是，我几乎是被迫着蹭的。我的宿舍在他们家楼上，我一到家，裘丽就听见了，除非我有本事做任何事情都不发出一点声音，就带着女儿欣欣上来叫我去吃饭。我能拒绝裘丽，但没法拒绝欣欣。或许也不是没法拒绝欣欣，而是我的胃不想拒绝，连续吃了数个月的饭店饭，吃到家常菜，确实让我的肠胃很舒服。也许裘丽洞察了这点。

饭桌上，裘丽的哆让我不舒服，她跟周建华说话的时候，声音柔柔的。她和我说话时可不是这种语调，和欣欣说话时也带足了母亲的威严。神情像少女——她确实比我小，但也就小个三四岁，至少也有三十岁了，还这么一副楚楚可人的模样。这世上是有些女人，一跟男人说话腔调就不自觉地变了，双眼习惯性地抛媚眼。一个装嫩做作的傻女人，我鄙夷地想。有一次，在夏燕和周建华面前，我几乎就脱口说出了我对她的评介，幸好我临时改口了，我说她是一个可爱的长不大的深爱老公的小女人。说完这句话的时候，我忽然意识到我说她"深爱老公"是对的。因为我注意到她跟别的男人说话时并没那种语调那种神情，那其实是妻子对丈夫无条件无原则的热爱。然后，我沮丧地想到，我从来都没有对哪个男人有过这样的爱，对我分居的丈夫，就是在刚结婚的时候，也没这样，对目前交往着的那个男性朋友，更是没有。

现在，只剩下六个人了，夏燕一家，我、周建华和韩国客户。还是要开两辆车，我上了夏燕的车，其实我更想坐周建华的车，但有时，我得避嫌。上班时间，我和周建华在一起。我和他的办公室只隔了一道玻璃门，我在里间，他和另外几个在外间，我就能看到他忙碌的身影，听到他说话的声音。他空下来的时候，我喜欢走出去跟他聊几句，好几次都被夏燕撞上我在和他聊天。另外，我也不喜欢陪韩国猪——私下里，我和周建华这样称呼夏燕的韩国客户，长得胖，吃得多，而且真心有些蠢和贪。

水晶潭的水是真的清，温暖的阳光下，闪闪烁烁的水面似乎带着暖暖的温度。潭边的石头东倒西歪，造型各异，显然还没有被人为加工过，我一见就喜欢上了。我看到有一块很大的石头，底部尖尖的，上面却是平坦的一大块，我推了推，纹丝不动，就爬了上去，脱下外套，铺在石面上，躺了下来。潭水在我脚下晃动，云在我头顶飘浮，我仿佛悬在半空，一阵接一阵的眩晕袭来，但我却觉得是如此的惬意和自由。

"张晓红，你还是下来吧，你会摔下去的。"周建华喊道。

我用胳膊肘撑起身体，趴坐着冲他们摆摆手："这里很舒服哦，要不，你们也一起来。"每人个都瞪着我，不说话。我得意地笑着又躺了下来。

周建华走过来，拍着石壁，说："红哥，你忘了你掉入天兴潭的事了? 这里的水可比天兴潭深多了。我要陪大小姐去山上摘花,你若掉下去, 没人能救你了。"他这个大内总管, 其实就是打杂的, 什么事都得管, 包括夏燕家里的一些事, 比如去机场接夏燕的女儿, 陪夏燕的父母看医生, 公司里的员工起了纠纷, 也是周建华去调解。现在, 夏燕十八岁的女儿要花——她家的别墅里有的是各种花, 她偏还要去摘山上的野花, 也是周建华去陪。

我爬下了石头。

我怎会忘记我曾掉入天兴潭呢。那还是冬天呢, 水落石出的季节。水很浅, 潭中间有一块大石头, 我和月月在潭边逛了会, 觉得最舒服的应该是潭中间的那几块大石头, 水中有小石头可通向那, 我俩一前一后踩着小石头爬到大石头上。坐那儿, 冲岸边喊话, 好不得意。可回来的时候, 到潭边的最后一脚, 我没踩稳, 滑了一下,整个人摔入了潭里,起来又滑倒,再起又滑倒,连续三次。我听到岸边他们的惊呼声, 我自己也在惊呼。最后, 我终于站稳了, 是周建华把我拉住的。我站在岸边, 狼狈地打着寒战, 全身都是水, 徒劳地拧着衣服, 每走一步, 都留下了一滩湿漉漉的水渍, 棉衣毛衣里的水不停地流下来。同去的七个人, 每个人贡献出一件衣服或是裤子, 我穿着不合身的衣服, 坐在周建华的自行车后座踏上回家的路。我觉得我没法骑车了, 不仅仅是情绪, 还有, 我那么高, 女生匀给我的裤子都短了一截, 男生匀给我的衣服又太长, 我只好把裤腰尽可能地往下拉, 反正长长的衣服能遮住腰部。一路上,每个人都在调笑我。周建华说,我正低着头系鞋带的,忽然听到一声巨响,害得我鞋带都没系,原来这家伙居然摔下去了, 真是好笑呀, 花头多的人就是这下场。有人说, 周建华是故意看我掉下去，因为那时他就在岸边，怎么就不拉我一下，第一次掉下去，可能来不及反应过来，第二次怎么就站着看我摔下去，分明就是故意的。

我们围坐在防潮垫上，聊着天等夏燕的女儿和周建华回来。午后的阳光晒下来，已有炙烤的感觉了，早上出发前，穿着薄毛衣还觉得冷。我们把垫子移到树阴下，昏昏沉沉的倦意袭来。夏燕他们夫妇跑到车上开了空调睡觉，让韩国猪也去，他不愿意，说是这么好的大自然的空气，舍不得浪费。他总说韩国空气质量差，也许是实情，但真受不了他说这话时的优越语气，仿佛呼吸浑浊的空气也值得让人羡慕。不久他就靠着树，耷拉着脑袋，睡过去了。我不想坐在他身边，又不能自己睡着，我随着树阴挪动身体，后来我终于在潭边的找到一块永远也见不了阳光的石头，坐下来玩手机。

四点左右，他们回来了，大小姐抱了一大捆红的、黄的、白的、粉的各式叫不出名字的花欢天喜地的从山上跑下来了。终于可以回去了的事实让我开心起来。以前，夏燕还在剡城的时候，我们也曾一起出去过，但似乎没像这次这么乏味。

上了车，夏燕终于和我聊起了我的工作，我来了一个多月了，还没拿出实质的成果。办一份报纸，听听很容易，但可以用的稿件太少，基本就得我一个人写，一期完了就得紧接着策划另一期，我觉得两个星期太快了，我讨厌那样被逼迫着写稿。我说服夏燕改出杂志，一年四期，配合厂里四季的服装，多放些图片，广告宣传的效果也比报纸强吧。报纸拿到后很快就扔了，但杂志，总有些人会翻阅保存。最迟到中旬，以夏为主题的第一期我能拿出来了，图片稿件基本已准备好，存在优盘上，就等夏燕审核了。然后，我惊叫起来了——我的包忘在水晶潭了，优盘也在包里。此刻，包里的其他东西，现金、证件都无关紧要，但我的优盘呀，说什么我都不愿意重来一次的。电脑上是存着，但办公室的电脑趁放假拿去重装系统了，谁敢保证重装后的电脑资料没丢失？

　　"哈，你呀，老是这样！"夏燕笑着说。说话间，她猛踩了一个急刹，大小姐和我都撞到了前排，然后她猛打方向盘，她要在窄窄的山路上调头了。大小姐噘起嘴，不高兴地低声嘟囔着。她要赶着去参加六点半的派对。现在，四点半了，回到家她要洗个澡，还得化个妆，她早就在抱怨她妈妈开得慢了，尽管先前最不着急回去的是她。返回去拿，来回得四五十分钟。山路很窄，夏燕已打死两次方向了，还没调好头，这时，大小姐喊了起来："不，妈妈，让我下车，我坐建华叔叔的车回去，你叫他在前面停下等我。"五点有人会到夏燕的别墅来接韩国客户，他们比我们先走了十来分钟。夏燕拉起了手刹，转过头，笑吟吟地问我："说吧，怎么办？"

　　"大不了我一个人走回去拿呗。"我也笑着说。事到如今，我不难受，也没疑问了，我打定主意要回去拿，包一定是落在那块石头上，也一定没有人拿走它的，今天一整天除了我们还真没其他人来过。

　　夏燕给周建华打电话，让他回来，我和韩国客户换了座位，她一边调头，一边把头探出窗户大笑着对我说："你们两个，打初中起就是一对，现在给你们单独相处的机会，可要好好把握哦。别着急回来，好好享受两人世界吧。"

现在，我坐在周建华旁边了，一个多月了，这是我们第一次单独在一起。有些东西慢慢地渗进我的内心，我对他充满了渴望，像我曾经渴望的那样，我渴望早早地在办公室里看见他的身影，渴望他在忙碌的间歇会跑过来发几句牢骚，渴望他主动提出帮我去买盒饭。我呢，洗碗时，顺带帮他的也洗了，倒水的时候，替他的杯子也续上一些，当然，办公室里所有人的杯子我都逐一续过去。不管我多么渴望，我希望自己至少能表现得很有分寸。想到刚才夏燕说我们是一对我就感到开心，就像是青春期女孩子那种一头热的开心。我们一起读书时常常说谁和谁是一对，那时说一对是一件多么容易的事啊。现在，我还真觉得我们是一对。副驾驶室通常是妻子的位置。做妻子的想法让我着迷，仿佛我从来没有做过妻子似的。

　　"这路上的风景好像更美了。"我说。我说的是我真实的感受，在夕阳的光照下，山峦比中午在明晃晃的太阳下看起来柔和了许多。快立夏了，有些树木的叶子已开始绿得能淌出汁水了。傍晚的风吹来，拂去了午后的炙热。

　　"对，夏天傍晚来这里，感觉更好，气温要比市区低好几度。晚饭后，到水晶潭游个泳，真是享受呀。"

　　"裘丽和欣欣也来游吗？"

　　"她们一起来，但很少游，裘丽不喜欢穿泳衣，她很害羞，有外人在的时候，她不愿意换衣服。其实也没多少外人，就夏总和公司里坐办公室的几个。"我想起裘丽结实饱满的身体。她其实并不瘦小，但看起来总给人一种柔弱的感觉。偶尔周建华大点声跟她说话，她就会露出受惊小鹿似的表情，带着一种无辜的——对我来说也是讨厌的力量。

他提到了欣欣，说她在学校里被欺负了不会还手，但也不想教她还手，因为，总是脾气好的女孩子相对生活得幸福些。有生之年，他愿意为女儿做任何事情。我也想到了我的儿子，最近他很少给我打电话了。不管怎么说，他始终是我生命中的不能承受之重。我突然想要告诉他我生活中的矛盾、悲哀和需求，可我只说了一句："我想儿子了。"我不安地察觉到我的语气中居然略带了些哽咽。

他看了我一眼，"嗯"了一下，没有同情、安慰、鼓励的话。也许，他觉得这样的时候，不适宜谈论我的孩子和丈夫。过去，我从不提，他也不问，就好像他们从不存在。裴丽和欣欣天天在眼前，聊与不聊，都没什么不同。他按了一下喇叭，一只鸟慌张地从我们车窗前掠过，它刚刚在山路上悠闲地漫步。路边的树上停歇着不少我叫不出名字的鸟，它们的样子和树枝的样子很接近，细细长长，灰灰的，不仔细看还真不容易发现。突然，周建华接连不断地按起了喇叭，"扑哧哧"很多鸟儿飞了出来，它们紧张地从一棵树的树梢飞到另一棵的树梢。他大笑起来，就好像多年前，我们成功捉弄某个人后开心的样子。我跟着笑了起来，车里充满了快乐的气氛。

包果然就在那块石头上，我把包里的东西一股脑儿全倒在石头上，皮夹、钥匙、纸巾、手机、一盒念慈菴枇杷糖，还有最重要的优盘："什么都不少，连屁都没少一个。"我没心没肺地爆着粗口，一边把东西全放回去，然后，兴奋地把包朝周建华扔去，"接住哦，我们回去喽。"然而，不知怎么的，我一个趔趄，脚打滑，下意识地伸手抓石头，我确实是碰到了石壁，但那里光溜溜的，冰冷光滑的质感滑过手掌，也许上面还有苔藓之类的东西，总之，我的身体反而更往后倾斜了，然后，掉入了潭中。

"啊！"惊叫声划过我的耳膜，我自己的，还有周建华的。

我在水里扑腾，试图站起来，但我的脚怎么也踩不到地面，恐惧、寒冷——此时，天色还是亮的，没有树阴的地方也许还有几抹垂死挣扎的夕照，潭中的水表面看起来好像还是温的，但其实冷得彻骨，包裹着我。

也许我呼救了，也许没有，但后来，我确实是安静了。也许，我还清醒地意识到扑腾没用。反正的确有那么一会儿，我在水里感到了平静——是一种自知无法避免某事后的平静，或者是一个认真思考过死亡的人面对突然到来的死神时的平静，我无法确定。

但我终究还是回到了陆地，吐出了很多口水。我未曾失去意识，我一直是清醒的，我甚至看见周建华脱掉衣服，跳入水中，从后背托起我。但也许这一切只是我的想象。

此刻，我紧紧地紧紧地靠在周建华身上，滴着水的长发缠绕在他赤裸的胸膛上，我哭了起来。我本该有劫后余生的庆幸才是，为什么还感觉悲伤？我伸出手，用双臂箍住了他的脖子，他安慰似的拍着我的背。慢慢的，我平静下来了，感受到了他身体的力量，没有多余赘肉的胸肌贴在我身上——早晨长跑，傍晚仰卧起坐锻炼出来的身体。我感觉到腹肌那里的热度，那儿在渐渐地坚硬起来。我们拥吻起来。我们的嘴唇彼此滑过，光滑而冰冷，他越来越紧地抱住我，拥抱的压力让我浑身发冷，因为新鲜的水从我的薄毛衣里被挤了出来。晚风吹来，我们都打了个寒战。

"去换掉衣服吧，车上应该有可以穿的衣服。"他松开手，打开后备箱，找到了一件短袖 T 恤和半长裤，还有干毛巾，"去年夏天来这里游泳时就放着的，一直没拿掉。"车是公司的，但大部分时候是他在开。他把 T 恤递给我，又从地上捡起长裤和西装，拉开车门，示意我到里面穿上它们。

我穿好衣服，用毛巾束好头发，那样就不会再弄湿干的衣服了。下了车，我看到他穿着衬衣和半长裤背对着我站着。我站定，深吸了口气，走过去，用双手从背后环住他。世界静默无声，我只听到我们两人"咚咚"的心跳声。

"我怎么可能故意的呢？我怎么舍得在这么冷的天让你落水呢？"许多年前，在天兴潭回来的路上，他故意落在大部队的后面，小声地跟我解释。"舍不得"三个字让曾让我如此安心。就像现在，我也觉得无比安心。我苦苦寻找的不就是安心吗？我多么害怕半夜醒来突然袭来的不安，伴随着不安的还有绵绵不绝的虚无感。我们久久地拥抱着，不说话。我想，或许我从此能够满怀真爱地安定下来，平静生活了。

天色暗了下来，沉沉的暮色袭裹了我们。

"回去吧。"他说。

车发动起来了，伴随着发动机的轰鸣声，他突然大声说道："红哥，有件事我必须告诉你。"他的语调急促而郑重，好像击打在牛皮鼓面上的鼓点，果断中又带着点歉意，"我的老丈人是被欣欣误用安眠药毒死的。"

啊！

"情况是这样的。"他说，"那天，裘丽上班去了，我在家照顾生病的老丈人，可公司打来电话，当时我在申通快递，有个快递员和客户吵架了，我只好赶去救火。我嘱咐欣欣外公午觉醒来，就给他吃两片维生素 C，但我没把药片拿好。裘丽经常失眠，开了整瓶的安眠药放在药箱里。欣欣拿错了药，老丈人服了药后还喝了酒，他嗜酒如命，就是生了病，也还常常背着我们偷偷喝酒。其实，我只离开了一个小时，回去时看到他还睡着，也多没想，裘丽回来后，才发现不对劲。"

他没有说，这是他的错，他永远也无法原谅自己。他也没有说，裘丽责怪了他或者原谅了他。也没有说，事情发生后，他们是如何面对的。

"欣欣不知道原因，外公死了，她哭得很伤心，我们跟她说外公是突发的心脏病，我们也是这样跟丈母娘说的。那几天丈母娘回西白山的娘家了，大雪封山，没法出来，丧事办好了她才回来。只是，我和裘丽再也没法坦然地面对她。"他艰难地继续说道，"所以，我们来到了织里。"

这件事把他们维系在一起，这样的事情不是让他们俩劳燕分飞，就是把他们捆绑在一起，一生一世。而我，只是一个贸然闯入的知情者。

"这和我们有什么关系？"我质问道，"这不公平！"

他责备地看了我一眼："唉，可这世上何曾有过公平？"语气温柔，可改变不了责备的实质。

我应该了解老丈人对他的意义。当年，他曾提出资助周建华继续上学，周建华拒绝后，又介绍他去工具厂上班。从小就开始的盘根错节、千丝万缕的恩情，嗯，当然最大的意义是他成了他的女婿。

"生活不容易呀！"他说，"我已没勇气再重新开始了。"

是的，生活对谁都是不容易的。很多年前，我们斗嘴的时候，他说你们这些城墙上的有钱人，他看到我们住了商品房，但看不到为买它，我们全家是如何往死里省钱。就像现在，他只看到我一帆风顺的人生：考上大学，毕业后有份好工作，有个外人看来条件不错的家。但我却还在莫名其妙地折腾。也许，这世上谁都不能真正理解谁。

站在他的角度，我确实比他容易。我在夏燕这里拿和他差不多的薪水，但他的工作量是我的数倍。夏燕说她的"大内主管"，除了没文凭，其他都不差，她甚至很庆幸他没文凭，否则一个能力这么强的大学生，这么点工资哪肯做那么多事。公平？想想他的人生，如果他能和我一样正常升学，会怎样？我们的人生会交错在一起吗？

不会，依然不会！他最初喜欢的，最后娶的都是那种看上去柔弱的类型，他的女儿将来也会成为别人温柔的妻子。不管什么时候，他首先会想到要保护她们，而我这样的，他觉得随便扔在哪个地方，都能够顽强地生活下去。

再说，我的自尊也不允许我去缠他。

既然如此，那么，我还是认同他吧。于是，我清清嗓子，用一种了结某事的口吻说："是呀，谁会愿意老是折腾呢？——你说，我们这样子回去，夏燕会怎么笑话我们？"

果然，夏燕听完解释，笑得把饭喷出来了——她等着我们一起吃饭。她可着劲地嘲笑我。可是，后来她不笑了，她说："问题是，怎么会要那么长时间？"我想起了潭边的拥抱，钝痛瞬间遍布全身。我抓起桌上的烟，颤抖着点燃了，深深地吸了一口，徐徐地吐出，我想轻松地开个玩笑的，结果却成了一句哽咽。

第一期杂志出好，我就离开了夏燕的公司。在我们友谊渐渐淡化的岁月中，偶尔的联系中我从来没问起过周建华，也没从她那儿得到过有关他的消息。

我主动和我的男性朋友分了手，回到了丈夫和孩子身边。事情过去后，我意识到在寻找自我的需求下，隐隐的有一种不那么光彩的奢望——能在和我那位男性朋友的博弈中胜出，从而过上像夏燕那样多金的生活。之前，我从未看清这一点。但，就算我有足够的耐心和手腕等到胜出的一天，生活也未必真像我之前想象的那么美好。

回文联上班前，我尝试着做了其他事，加盟玫琳凯，开了一阵子书吧。怎么说呢，外面的世界很精彩，只是我失败了。

2012 年，我们进入了微信时代。我们几个初中同学有个群，周建华有时会在群上说几句，有一次，他抱怨要陪韩国猪吃饭——看来他还在夏燕的公司里。朋友圈中，他发的图片不少，大多是关于欣欣的。但在其中，我看到一张照片，是傍晚时分的一个深潭，图像模糊，水面黑乎乎的，很难与潭边林立的石头分清，他在下面写着：水晶潭，水深三米，绝好的游泳地。但不会游泳者，小心落水。

消　失

　　儿子三十八岁生日那天，水娟用整整一个下午炖鱼头，飘出的香味弥漫了整个楼道，惹得进进出出的邻居们直吸鼻子。水娟向每个与她打招呼的邻居解释：今天是国勇生日，国勇喜欢吃炖得透透的鱼头。今天孙子也会回来吃饭，孙子吃性随他爸爸，也喜欢炖得透透的鱼头。有这样一个大鱼头了，只需再做几个清淡的蔬菜，就足够他们祖孙三个吃了。

　　三点半，水娟把炖鱼头的锅从炉子上拿了下来。她盘算，五点左右，父子俩都到后，用大火热一下就可以了。然后她锁门去接读一年级的孙子。水娟坐的是公交车，路上堵了一会儿，等她到的时候，老师说，阳阳刚被他妈妈接走了。

　　水娟拿出手机想给阳阳妈妈打电话，踌躇了一会儿又放了回去。她不喜欢和前儿媳多废话。回家的路上，水娟买了一大捧打折的鲜花。儿子以前在美佳生日的时候总会给她买一束鲜花，但是从来没见过美佳给他买鲜花。有美佳在，她不好意思买。现在，美佳变成了前儿媳，做妈妈的总可以给儿子送鲜花了吧。

捧着这一大捧怒放得几乎快要凋谢的玫瑰花，水娟感到有过节般的喜庆了。

五点，国勇没来。五点十五分，国勇还没到。给国勇打电话，手机响了，但是没人接。嗯，这个时候国勇应该在开车，不方便接电话。五点半，五点四十五分，六点，六点十五分，每隔十五分钟，水娟就打一次电话，电话那头铃声一直响，但是始终没人接听。到七点的时候，电话那头的提示就变成：您拨的电话暂时联系不上。

水娟只好给美佳打电话，这是他们离婚后，水娟第一次给美佳打电话。儿子儿媳离婚有半年了。美佳客气地叫她阿姨，问她有什么事。水娟迟疑着，斟酌着措词，电话那头传来阳阳和小朋友打闹的声音，然后听到美佳呵斥阳阳让让小弟弟的话。水娟听清楚了，那边只有美佳一个大人，她本来是想问国勇在哪儿的，终觉得不妥，就改口说："阳阳吃过饭了吗？国勇昨天说带阳阳过来吃饭的，阳阳怎么没来呢？"

"我不知道这事呢。阳阳，爸爸说过今天带你去奶奶家吗？"

"没，爸爸去年说过给我买变形金刚的，到今天都没给我买。"

水娟匆匆挂了电话，她怕阳阳扑上来抢电话闹着要和爸爸说话，向爸爸要变形金刚，只要她挂了，美佳是不会主动打过来的。阳阳呢，没有妈妈的允许，也不会打电话来。水娟总觉得孙子和她有些生分的。她私下里恨恨地想，那都是美佳搞的鬼。

那晚很晚的时候，国勇给水娟发过短信：妈妈，我去外地出差了，回来后会联系你。但是，水娟看到这条短信，是在一个月后了。水娟这个年纪的人大多不会用短信功能，眼睛花花的，捧着手机盯着小小的屏幕打字，累人，就是读短信，也挺费力。所以，水娟从来不读短信，反正，也没人给她发短信，她收的短信都是些垃圾短信，以往，等手机短信爆满了，国勇会一条一条替她删除。但这一次，是读四年级的外孙女蓉蓉删除的。

那天是蓉蓉生日，阳阳过来吃饭。两个孩子有一阵子没见了，你追我跑在屋子里打闹。水娟的手机响了，是短信，两个孩子扑过去抢手机。蓉蓉抢到了。阳阳抓着蓉蓉的衣角，手使劲向上伸，想把蓉蓉的手臂攀下来。蓉蓉高高地举着外婆的手机，把里面的短信一条一条读出来。读到那一条，她跑出去大声喊："外婆，妈妈，舅舅有短信发过的，舅舅出差去了。"水娟接过手机，戴上老花镜，把这十几个字细细地读了一遍，心里忖度，就是出差也不用那么久呀。正想着，又一个短信发进来了，巧了，竟是国勇：妈妈，我换公司了，在杭州。过年回来。

国英一边端菜，一边说："妈，弟弟换换环境，也是好的。快四十岁的人了，能照顾好自己的，你就别老担着心。"

水娟想，你有老公孩子，这个弟弟你当然不操心，国勇是我儿子，如果连我也不关心，还有谁关心他。但是这个话，水娟没敢说。水娟有些怕女儿国英，当初，国英犟着嫁给这个她始终看不上眼的女婿。刚结婚的那几年，他们的日子确实过得很紧巴，她这个做妈妈的，没有伸手帮一点，冷嘲热讽的话倒说了不少。后来，他们日子越过越好，逢年过节也回来看看她，现在第二个孩子都读四年级了。当年为女儿着想的反对如今却成了她的顾虑，女婿一沉下脸，水娟的心就会不由地紧了紧。

过年回来。离过年时间倒也不长，也就一个多月。算上刚过去的一个月，与儿子分开也就两个多月。就当儿子又去读书了吧，水娟这样宽慰自己。要知道，除了国勇读大学的四年，水娟从来没有和儿子长时间分开过。

对儿子，水娟没什么好抱怨的。从小到大，国勇都让她舒心，做学生时，一直都是好学生，成绩优秀，从来没有什么事要大人操心的。孝顺，大学毕业那年，国勇的父亲去世，怕水娟一个人在家太抑郁，二话没说就放弃留杭的机会，回来工作，母子俩住一起。结婚后，国勇也基本每天回来看看她，陪她说会话，有事回不来，也会打个电话给她。但，现在，国勇怎么了？

过年的时候，国勇也没有回来。只在年三十中午收到一个短信：忙，不回来了，一切都好，勿念。连"妈妈"两个字都没有。

水娟觉得抓狂，她打电话找国英，但没等她开口，国英就说："国勇说今年不回来了，妈，要不，你到我们家来过年吧？"水娟听国英的口气，"要不"，她沉吟了一会儿，说："我在家过年就很好。"女儿"嗯"了一声就挂了。女婿的一大堆亲戚都在女儿家过年，年夜饭就够女儿忙了。

水娟又打美佳电话，美佳照例又喊阿姨，问有什么事。水娟说："给阳阳准备了压岁钱，阳阳什么时候能来？要不，年夜饭让阳阳过来吃？"

美佳笑出了声，说："阿姨，年夜饭要去外婆家的，阳阳等国勇回来再一起过来吧。"美佳的笑声让水娟觉得身上爬满了虱子，此刻，她是那么厌恶美佳，比国勇第一个女朋友还让她厌恶。

她很想立刻摔了电话，但是"国勇什么时候回来？"这句话未经她大脑允许，就已经脱口而出了。

"我不知道，得问阳阳。阳阳，中午你爸爸电话里怎么说的？"

"爸爸说过几天会打电话给我，然后带我去买玩具，没说哪天回。"

国英和阳阳都接到过国勇的电话，国勇为什么不给我打电话？放下电话，水娟酸酸地想。

就在这个春节，水娟学会了发短信。

转眼五一了，水娟还是没有国勇的消息。漫长的三个多月，连短信也没有一个。水娟发出去的短信呢，就像石沉大海。有时候水娟想国勇一定出什么事了，但其实她很确定国勇没出什么事。每到月底水娟去交水电费电话费，都被告知已经交掉了。这就说明国勇在那几天回来过，只是没来看她。有一个月，交话费的那几天，电信局一开门，她就站在门口了，她想堵住国勇。但不久，她就知道交话费的点不止一个。再后来，国英又告诉她，国勇不用回来在杭州也能交。尽管如此，水娟还是常常去交费点转，有时候，在等待的椅子上一坐就是一下午。

阳阳来水娟家里的次数越来越少。刚离婚的头几个月，阳阳每星期都跟着国勇过来，国勇去杭州后，最初的几个月还能每过一两星期就来一次。现在，水娟得给美佳打好几个电话，阳阳才会来一次。美佳接电话的时候，很有礼貌，说："阿姨，好的，阳阳不在，他回来我跟他说。"可有一次，水娟分明听到阳阳在电话那头大声啸叫。有时，美佳说："你自己跟阳阳说吧。"阳阳答应得好好的，可到点了却不来了。于是，水娟就想起国勇的第一个女朋友慧莲了。

国勇毕业多没久，就和慧莲好上了。两个人就住在水娟家里。慧莲描眉画唇，夏天吊带衫，冬天短皮裙，说话嗲嗲的。两个人回来就锁在房间里，吃完饭筷子一放又躲回去，水娟听得到儿子的欢声笑语，却很少能和儿子说上话。换下的衣服在房间里堆成山，都是水娟一件一件替他们洗。他们在一起，水娟总觉得不踏实。但国勇看慧莲的眼神腻得都能淌出蜜来，水娟也就只有把一肚子的不满咽下去。让水娟揪心的是慧莲居然怀孕了，这迫使水娟下定决心。于是，在一个早晨，水娟在洗手间堵住了国勇，只说了一句话："这样的女人不着家，不适合你的。"

之后，就是美佳了。美佳第二次来水娟家里找国勇，国勇不在，水娟正在换卫生间的电灯炮，却怎么也拧不进去。美佳就说阿姨我来吧，先去关了家里的总电闸，再爬上椅子去换，拿着灯炮对了对，说："阿姨，这个灯炮不配型的，家里没的话，我去买一个，楼下的五金店里都有的。"这么一个灯炮，让水娟立刻喜欢上了美佳。但现在，水娟却想，假若当初慧莲把孩子生下来了，也许，国勇现在还在她身边吧？

婚前，水娟想和国勇他们一起住，但所有的人都反对，又不是没有房子，你一个老太婆夹在他们新婚夫妇间算什么呢？于是，水娟就要求他们晚饭回来吃，但是美佳笑着说不，理由倒也说得合情合理：她常常要加班，饭没个准点，有时候都到吃饭的点了，又突然有应酬。妈这里呢，饭又已经做下了，这会让妈很不便的。水娟的心就在那个时候咯噔了一下。

但这个咯噔怎么就慢慢地就变成了抹不平的罅隙了呢？从水娟发现她的钥匙开不了他们新房子的门开始吗？水娟记得某天清晨，那时阳阳还不满一岁，她照例六点不到就去国勇家了，她要帮他们带孩子呀，尽管美佳一直坚持自己带孩子，可她这个做奶奶的，总要尽自己一份心的。后来，国勇给她新钥匙的时候解释说他丢了钥匙，匆忙中换了没来得及给水娟。但水娟从此再也没有用钥匙开过他们家的门。

五一节，天气晴好，水娟买了一把仿真枪去看阳阳。进屋，看见阳阳穿着倒背衣，拿着一个拖把，在拖地："妈妈说，拖完客厅的地，才可以出去玩，兵兵在楼下等我呢。"九岁的阳阳还没有拖把高，两只手扶在拖把柄上，小小的身子弓起来，步履不稳地一下一下地拖着。心疼的感觉一下子击中了水娟，这个美佳，这个美佳，怎么就把孩子当奴仆使唤？当年，美佳不给国勇洗衣服，现在，美佳要这么小的阳阳拖地。她泪眼婆娑地抢过阳阳手中的拖把，三下两下就把地拖完了。然后，她走到阳台间，美佳在那里洗衣服，水娟说："不是我说你，美佳，你是怎么当妈妈的，阳阳才这么小，你就让他做这种事！孩子的骨头都没有长硬，拖把柄会压得他长不高的！你们家才多大，拖地用得了多长时间？你忙的话，叫我一下，我会来拖的。"

美佳双手搓着衣服，抬头看了一眼水娟，笑了，就在这一笑中，水娟想起，类似的对话，在很久以前，在国勇和美佳还没孩子的时候就发生过了。那时候，白天，当国勇和美佳都去上班的时候，她常常去他们的新房，看看有什么需要她要做的。她发现：他们两个的衣服是分开浸在脸盆里的，第二天再去，国勇的衣服还在脸盆里，美佳的衣服已晾晒出来了。她就对美佳说："你工作忙的话，国勇的衣服就叫国勇带回来，我会洗的，国勇上班很辛苦的，回来还要洗衣服，多不好。"美佳笑笑，不说话。可是有一次，美佳笑着说："妈，我也有工作的，我的工作压力也很大的，家里的杂事那么多，都是我干的，三十多岁的人了，自己的衣服总要会洗吧。况且洗衣机就在这里的，国勇怎么那么懒，放一下都不可以呀。妈，我是老婆，不是老妈子，我可不惯老公。"那些话呛得水娟一脸尴尬。

美佳把衣服倒进洗衣机里脱水，然后喊："阳阳，你出去玩吧，记得明后天去看看奶奶。"阳阳欢呼雀跃地跑了出去："奶奶，明天见。"接着水娟听到阳阳高声喊着"兵兵，兵兵"，楼下又传来另一个孩子同样欢乐的回应声。多么可爱的孩子呀，水娟感叹。就在这时，水娟看到美佳的脸沉了下来，她并没有反驳水娟的话，但是一声不吭，进进出出收拾屋子，仿佛水娟并不存在。水娟跟在美佳身后，从阳台走到厨房，又从厨房走到客厅，终于觉出了自己的多余。水娟觉得确确实实是自己说错了话，她想道歉，但这话又怎么说呢？况且她心里并没有真的认为她错了，她只是说了不该说的正确的话。她只好讪讪地向美佳道别。

身后"砰"的一声巨响，那是美佳关门的声音。

第二天刚过中午，水娟听到敲门声，是阳阳。阳阳进门把书包往桌上一扔，兴高采烈地说："奶奶，我去楼上小强哥哥家玩。"接着是"砰"的关门声，然后是一阵欢快的脚步声。快三点的时候，水娟炸了一盘薯条，拿了两个苹果去小强家。两个孩子在电脑前玩得正起劲，薯条和苹果并没有吸引他们的注意力。水娟再三催促后，阳阳抓了一根薯条往嘴里塞，皱了皱眉，说："炸得太老了，怎么没有蕃茄酱？"水娟赶紧去拿蕃茄酱，撕好，放在一边。然后就站在他们身后看他们玩游戏，只见屏幕上一片刀光剑影，两个孩子不断的发出惊呼声，但是水娟一点也没有看明白他们为什么要惊呼。四点多的时候，美佳来电话了，她就在楼下等阳阳。阳阳一边下楼，一边对水娟说："你要对妈妈说我看了一下午的书哦。"阳阳走后，水娟发才现，一整个下午，她都没和阳阳说上几句话。如果她不拿薯条和苹果上去，她几乎没见着阳阳。她想，也许，她该去买台电脑了。

国庆长假了，还是没有国勇的任何消息。水娟生日那天，倒是收到了一条短信：生日快乐。短信一响起，水娟就回拨，但那边已经关机了。水娟拿着手机，怒火中烧，在房间里走来走去，不时地发出啜泣声，后来她倒在床上，痛哭起来。猛的，她爬起来，三步并作两步冲进国勇的房间，看到什么抓什么，抓到什么扔什么。一地狼藉之后，她的情绪才平稳下来。简单的晚餐后，她开始彻底清扫国勇的房间。

抽屉一个一个拉开，柜子一个一个打开，衣服一件一件堆到床上，重新叠过，连床底下贴了封条十几年没动的纸箱也一个一个全部撕开了。水娟在庞杂的物品中艰难举步，把东西重新归类，这里所有的一切都提醒她，国勇曾经真实地存在过。他在这个房间睡了二十多年，从小学起，到结婚前。离婚后，也住过一段日子，后来公司在乡镇设了一个办事处，回来的次数就少些了。

然后……现在，他居然不回来了！国勇是怎么了？

水娟在一个纸箱里看到一个密封的塑料袋，她觉得陌生，散乱一地的物品，每一件都经过她的手的，那么多年来，国勇房间从来都是她整理的。疑惑中，水娟拆开了塑料袋，是一套崭新的小衣服，是那种刚出生的婴儿穿的，抖开衣服，掉出几张照片，照片上的人笑容灿烂，明媚得让人眼红，竟然是慧莲。可水娟明明记得，在确定要和美佳结婚前，国勇把所有与慧莲有关的物品都清理掉了。国勇什么时候把它们放在这个纸箱里的？怎么还会有这么一套小衣服？

转眼又到年底。裹粽子、炒花生、杀鸡鸭、糟肉，搞卫生，每一件事情水娟都自己亲手做。买过年衣服的时候，按惯例，也给国勇买了一件，和去年的那件新棉袄一起挂在衣柜里。

除夕了，国勇没有回来，水娟又是一个人过的年。对着满冰箱的鸡鸭鱼肉，满柜子的炒货，水娟发了愁。正月初一，水娟拎着两瓶糟鸡肉，去国英家。国英家很热闹。初二一大早，水娟又拎着两瓶糟鸭肉去美佳家，拍了很长时间的门，都没人应，打电话，才知道，美佳和阳阳去新加坡旅游了，回来后阳阳要在外婆家待到开学才回来。

每个人都很忙碌，都很快乐。每个人都不在意有没有国勇。美佳，终究是外人，国英，女生外向，她只在意老公孩子，可是，阳阳，那可是国勇的亲生儿子，怎么也不想？很多日子，水娟都纠结着这个问题。

见不到国勇，水娟分外地挂念孙子。

水娟五月份就去买了电脑，通了宽带。确实，阳阳来水娟家的次数多了起来。水娟心安理得地坐在的阳阳身后，看阳阳玩游戏，阳阳越来越酷似国勇，这让水娟很欣慰。都说游戏不好，可当初国勇念书时，不也每周玩游戏，不也考上了名牌大学？阳阳才读小学二年级，那么多空余时间，不玩游戏干吗呢？不过，美佳很快就限制了阳阳来水娟这里的时间。通常，不到一个半小时，美佳就来接阳阳回去了，只是阳阳总要赖一会儿再赖一会儿才肯走，水娟高兴地看到美佳的脸越拉越长。再后来，阳阳周日下午去学跆拳道了。周六天气晴好的话，美佳带着孩子到处游山玩水去了。水娟的电脑只在下雨的周六寂寞地工作一个多小时，每个月的宽带费却一分也不能少。这个寒假，阳阳只在刚放假的时候来玩过一次，连日的阴雨，多日不开机，开机的时候重启了好几次，阳阳生气地敲打着键盘。每敲一下，水娟的心就揪一下。

好容易等到开学。水娟找了种种理由去学校看阳阳。天热，送饮料，到下午，怕阳阳饿，送点心。天雨，送雨伞，天气骤然转凉，又去送衣服。阳阳一年四季的衣服她都备置着呢。这天，水娟拿着一盒酸奶刚进校门，阳阳的老师就拦住了水娟。老师的话说得很委婉，但意思水娟是听明白了，说水娟这样频频来学校，妨碍了学校的正常秩序，对阳阳也不好。渴了，学校有饮水机，饿了，就应该吃好中饭。这次既然来了，就去吧，以后就尽量少来。

水娟喏喏着，去了教室。阳阳从教室里出来，看到水娟手中的酸奶，不高兴地说："奶奶，以后你别来了，老给我送东西吃，同学们都笑话我了。"

水娟把吸管插好，送到阳阳嘴边，柔声说：“喝吧，正长身体呢，要加强营养呢，最近，有爸爸的消息吗？”

　　“没，爸爸就过年前来过一个电话。”阳阳吸溜着酸奶，不耐烦地说，“你怎么老问爸爸呢，你想爸爸你怎么不自己去找？”

　　水娟忽然暴怒起来了，她用力摇着阳阳的身子说：“你怎么也不想你爸爸，他是你亲生的爸爸呀！他是你亲生的爸爸呀！”水娟没察觉，她的声音一句比一句高出好几个分贝！

　　阳阳惊恐地瞪大了眼睛，看着他的奶奶，扭动起身子，要用力挣脱水娟，酸奶从吸管里喷了出来，溅了水娟一袖子。阳阳终于挣脱了水娟的手，他一边往后退一边嘟囔着说：“想有用吗？我都快不记得他长什么样子了！”

　　“你怎么也不想你爸爸，他是你亲生的爸爸呀！他是你亲生的爸爸呀！”阴阳怪气的声音，两个孩子在教室门口挤眉弄眼地学着水娟的话。一会儿，又跑出几个孩子，他们你推我搡地在教室门口学着水娟的话，然后发出一阵又一阵的怪笑。

　　阳阳“哇”地哭了出来。

　　这以后，阳阳再也不肯从教室里出来见水娟了。

　　天气热了，开了几天空调，水娟感冒了。一连数天，咽痛，咳嗽，白天体温降了，晚上体温又升高了。总觉得胸部闷，怕是心脏有病，老咳嗽，怕是肺部出什么问题，睡不好，怕是神经也出了问题。国英说她根本不可能有那么多问题的，上半年刚做过体检，她最多得的是空调病，这痛那痛是心理问题，说她纯属没事找事。水娟没听，执意要去住院。医生说这么点小毛病，就要住院，病房哪里会够，但终究还是让她住了。水娟就给国勇发短信：妈妈住院了。

住了几天，水娟咳得更厉害了。国英说，本来感冒了抵抗力就弱，还整天和货真价实的病人在一起，不病得更厉害才怪。于是，女婿出面，让她住到了干部病房，双人间，干净，病房外就是小花园。

水娟又给国勇发短信：咳嗽，高烧，查不出病因。我想见你。

发过去，不见回音。水娟悲愤之极，她又发：难道非得我死了，你才肯回来见我吗？

手机仍然寂然无声。

水娟不死心，拨出了烂熟于心，千百次拨过的号码，听到的是：您拨的号码已停机。

国英让医生给水娟做全套检查，结论是感冒。两天后，病房里住进了另一个老太太，这个老太太身子骨弱，怕冷，怕闷，整日里开着窗，不让水娟开空调，只肯让吊扇缓缓地转。水娟出了几身汗后，不咳了，咽也不痛了。这时，水娟自己也着急出院了，她有更重要的事要去做，她要去找国勇。国勇的手机都停了呢。

水娟去了一趟杭州，但杭州那么大，国勇所在的格瑞特进出口公司在哪？坐了N辆出租车，所有的出租车司机都把她放到某条路口上，告诉她往前走多少路就到了，但是她一次也没有看到格瑞特进出口公司的牌子。后来，她想到，去电台电视台播寻人启事，也许管用。但她身上的钱不够了，她所有钱都花在打的上了。

回来，水娟问国英上哪个电视台去播寻人启事。国英瞪大了眼："妈，你开玩笑吧？寻人启事，国勇不是好好地在杭州吗？就在格瑞特进出口公司！"

水娟的眼泪一下子流了出来："哪里有这个公司，我把整个杭州都找遍了，都没有看到这个公司，而且他的手机都停机了。"国英狐疑地去打电话，那边居然有铃声，只是国勇没接。半小时后，国勇回过来了，国英按下免提，水娟听到国勇在说刚才开会不方便接电话，前段时间去日本出差了。水娟扑过去，抢过话筒，有很多话要说，结果却只是一声一声地喊着"国勇国勇"，带着哭腔。电话那头先是沉默，接着传来一片嘈杂声，然后"啪"的一声，那边挂了。

水娟失声痛哭起来。国英轻轻拍拍水娟的肩膀，那应该有安慰的性质，但是她说："国勇的朋友都知道他去杭州了，亲戚们也知道，尽管联系不多，可国勇没有失踪，你怎么可以去电台电视台播寻人启事呢？那不是闹笑话了吗？"

"你总不至于要让所有的人都知道你们母子失和吧？"女婿毫不留情地补了一句。

她看明白了，国勇不想见他。可国勇为什么不想见他？

十几分钟后，水娟的手机响了，是国勇的短信：刚才老总找，工作很忙，过些天再联系。

又到国庆长假了。水娟的期待又落了空。她真想再一次跑到杭州，她想，随便什么电视台或者电台，她闯进去，轮番地播寻人启事，总有一天，国勇会看到会听见的。不管怎么说，总得见到国勇，问问他为什么要这样对待妈妈？但是女婿的话"你总不至于要让所有的人都知道你们母子失和吧"又时时在耳边响起。水娟想：我不播寻人启事，难道别人就不知道我们失和了吗？

　　的确有邻居问水娟，很长时间没见到国勇了，他现在怎样了？对这种询问，水娟一概说："前些日子国勇刚回来过，晚上八点到的，第二天一大早就回杭州了，工作忙。"日子久了，这样的关心日渐稀少，相熟的人习惯了水娟总是一个人。水娟也不得不习惯了。客厅里，原先挂国勇照片的地方被贴上了风景画。国勇买来的东西也一样也一样被清理出来，锁入国勇的房间。好在，这么多年来，国勇操心买的东西很少，清理起来，很方便。水娟把国勇的房间门锁了，并在门框上镶了一面大镜子。这样，水娟进进出出的时候，就看不到国勇的痕迹了。

　　有一天，有人问水娟："国勇和美佳复婚了吗？"他说他在商场看到国勇和美佳带着阳阳在逛街呢。又有一次，有人告诉水娟，他在宁波的香溢度假村看到国勇美佳和阳阳了。

　　水娟就心急火燎地跑去找美佳。她看到打扮得花枝招展的美佳从楼梯上迤逦着下来，手臂上挽着一个男人，这个男人可不是国勇。可是不久，在美佳家楼下，水娟自己也仿佛看到国勇。那一次，她看到美佳带着阳阳站在他们家楼下，不久，一辆黑色的轿车停下，一个穿米色西装的男人下车为他们母子俩拉开车门，那男人回头的那一瞬间，水娟觉得他就是国勇。水娟追着汽车跑过去，可马上发现那是徒然，她依稀记下了那辆车的牌照。数字没记全，但浙 A 是确定的，这可是杭州牌照呢。她赶紧拨打电话，先是国勇的，然后是美佳的。两个人都没接，这愈发让水娟觉得那个男人就是国勇了。

又过了些日子，有天晚饭后，水娟在美佳家附近散步，她看到美佳家楼下停着一辆杭州牌照的黑色轿车。水娟绕着这辆车走了许多圈，细细地打量，一次次地与记忆中的那辆车比较。最终，她确定它们是同一辆车。她仰头望美佳家，窗户紧闭，但从窗帘的缝隙中似乎有微弱的灯光照出，她走上楼，敲门，无人应声。她打美佳电话，无人接听。不知从什么时候起，美佳也常常不接她的电话了。她把耳朵贴到门上，好一会儿后，才确定里面没有人。

水娟回到自己家，打开国勇的房间门，熟悉的一切，令人心碎的熟悉。关了灯，她在黑暗中坐了很久。她决定用那把她从没用过的锁去试试，没准美佳并没有换掉家里的锁。就算换掉了，有人开门，作为男人，总会出来看看的。

已是夜里十点多，深秋夜晚的风吹来，凉得有些彻骨，水娟戴了口罩，围了厚实的围巾，忐忑不安又义无反顾地向美佳家走去。那辆杭州牌照的车依然停在楼下，给了水娟一个定心丸。钥匙捂在手里，手插在大衣袋里，等水娟在美佳家门口站定，那把钥匙已汗津津的。水娟深深地吸了一口气，把钥匙插入锁孔，手直哆嗦。她停下来，左右张望，门边竖着一根木棒，不知为什么，她把木棒握在了手上。

门打开了。客厅里的壁灯亮着，灯光很昏暗。小房间的灯亮了，门开了，穿着睡衣裤的阳阳抱着热水袋走了出来，嘴里不满地嘟囔着："妈妈，你们怎么才回来？"但是，紧接着阳阳发出一声惊叫，顺手把热水袋狠狠地向水娟砸来。水娟本能地一闪，手中的木棒却也飞了出去，热水袋砸空了，木棒却结结实实地落在了阳阳身上。水娟赶紧去扶阳阳，阳阳却一脸惊恐的爬起来夺路而跑，三步并作两步，跑入小房间，"砰"的关上了门。

"阳阳，是奶奶呀。"水娟在门外着急地说。阳阳喊着"妈妈，妈妈，快回来"。水娟无从解释，她只好束手无策地听着阳阳惊恐的哭声。

门又一开次了，灯也拉亮了，是美佳回来了，和她一起回来的还有一个男人，一个穿米色西装的男人，这个男人与国勇身材相仿，但他确实不是国勇。

"怎么了？你来干什么？"

"我来找国勇。你总该知道他到底在哪的。很多人说看见你和国勇在一起，我以为……"

"我们还是一家人的时候，我都不知道国勇每天晚上去哪儿了，你知不知道国勇每天晚上都要出去？去哪儿去干吗我都不知道。我们离婚两年多了，你居然用这种方式跑来问我？"

阳阳跑了出来，他扑向美佳，委屈地哭。现在，他确信刚才那个怪模怪样的人确实是奶奶。但当阳阳从妈妈怀里抬头看水娟时，水娟忍不住打了一个寒战，她看到他的眼神里全是恨意。

"你哪来的钥匙？"

"当初国勇给的。"

"哦。"美佳仿佛恍然大悟地应了一声，却满含了嘲讽的意味。美佳不再说话，那个男人客客气气地把水娟送到家门口。还没等水娟走到楼下，手机就响了，美佳发来的短信：请你别再打扰我们的生活，下次，我们就报警了。

美佳说那些年国勇天天晚上去哪儿去干吗她都不知道。整个晚上，水娟都在想这句话。

阳阳整整两个月没来看水娟，直到过年的时候，才和蓉蓉一起来了一趟。水娟给他压岁钱，他竟然执意不要。水娟看着这个越长越像国勇的孙子，心里一片荒凉。国勇已经连短信都没有一个了。逢年过节前的期盼成了一种习惯，失望也成了习惯。春节一过，水娟把电脑也锁入了国勇的房间，这样，骚扰她心灵的东西又少了一件。她在自己家里能够更自在些。

水娟去晾衣服的时候，摔了一跤，摔裂了左手的掌骨。没法自己穿脱衣服，不得已，只好住到了国英家。女儿出嫁这么多年了，这是水娟第一次近距离地走近女儿的生活。

国英的两个孩子，一个六年级了，一个高三了，女婿工作忙，基本要到睡觉的点才会着家，家里的一大堆事都是国英在操心。让国英费神的是高三的外孙，成绩不上不下，家教补习的开销很大，为了他的营养和睡眠，两口子煞费苦心。除却这点，其他时候，国英的家倒也很和美。到了休息天，女婿也在家了，笑声就更多些。

每天晚饭后，蓉蓉洗碗，国英打扫卫生，然后，蓉蓉做作业，国英和水娟或看电视或聊天。水娟总想和国英聊聊国勇，但是，每到这种时候，国英就借故去看蓉蓉的作业，或者去拿样什么东西，甚至有时候出去买东西了。国勇是她们母女之间谈话的禁地。可有一天，当蓉蓉做了一盘炒年糕端给她们的时候，水娟夸着蓉蓉的时候，终于成功地把话题引到国勇身上了。

"蓉蓉这么小就这么能干，长大出去不用担心了。国勇呢，可是连一碗面都不会做的。从小，油瓶倒了也不扶的，也不知道他在杭州谁帮他洗衣服，谁给他做饭吃。"

"国勇这么大的人了，你担什么心，他儿子都能做面条了，上次美佳生病，就是阳阳做面条给她吃的。"

阳阳都能做面条了，水娟不禁一哆嗦，心疼的感觉再一次袭击了她。她想象阳阳在大冷的天，在厨房里，用冷水洗菜为美佳做面条的情景，又想起阳阳穿着倒背衣，弓着背拿着拖把拖地的样子，她脱口而出："这个美佳，真不像话! 阳阳这么小，就让他干这干那的，她把儿子当奴仆呀!"

国英看了她一眼，不再说话。水娟试着想再说些有关国勇有关阳阳的话，但国英打断她说要去超市买面条了。

又五年过去了。国勇没有给水娟任何消息，生日祝福，新春祝贺都省了。那个原先发过短信的手机号是彻底停了，再后来，水娟再拨这个号码，电脑提示音变成"对不起，您拨打的号码是空号"。水娟不知道国英阳阳他们是不是有国勇的消息，但内心里她是确定他们有联系的，可没有一个人在她面前提起。有时候她觉得国勇一定是真的发生了什么意外，他们怕她伤心，所以瞒着她。她呢，只好领受他们的好意。在潜意识里，她觉得这样生不见人的状态不如来个确定的意外更安心。但这么想的时候，又觉得她这是在咒儿子，哪有做母亲的这样咒儿子的，于是，又很自责。

五年间，因为拆迁，水娟搬了家，新房子只有五十多个平方米，两室一厅，但对于水娟来说，足够大了。很多可有可无的东西，水娟都狠狠心扔了。屋子里空荡荡的，倒显得这五十多平米特别大似的。国勇的所有东西在搬家的时候打成一个大包，塞在车棚里。水娟没有自行车，那个车棚一年都开不了几次。新的邻居们不知道她有个儿子，水娟无需应付旁人所谓的关心。思念和追问在心底，但再也无从申诉了。

　　国英提前退休了，蓉蓉也快要去上大学了，国英闲了，来看水娟的次数多了，几乎每隔一两天就来一次。或许，也是因为，水娟的年纪渐大，行动不那么利索了，她一个老太太独自住着，让国英不放心。或许，国英还担心水娟整天一个人对着空荡荡的家要寂寞得发慌。国英不知道，其实水娟在公园晨练的时候，认识了一个同年的老头，两人颇有相见恨晚之意。水娟与老头一起散步、做饭、聊天，原来觉得漫长的时间竟然变快了。她动了结婚的念头，但想想自己都七十多了，有这个必要吗？不是水娟刻意隐瞒这件事，她只是一时没有找到恰当的时机和国英说这件事。母女俩之间的交流融洽多了，但国勇仍是她们交谈的禁区。渐渐的，水娟像那些新邻居一样，试图让自己相信，她真的从来只有女儿，没有儿子，国勇的存在，只是一个错误的记忆。

　　阳阳上初中了，快变成一个大小伙子了，几乎就是近三十年前国勇的翻版。逢年过节，寒暑假他都会来看看水娟，但每次来都坐不了多长时间。当年他眼里的恨意慢慢变成礼貌。

　　水娟知道，阳阳对她不亲，阳阳来，多半也是美佳的意思。是呀，其实，美佳一直都是识大体的，但她更坚持自己原则。这或许就是与美佳相处不好的原因吧。

美佳和那个穿米色西装，开杭州牌照汽车的男人结婚了。看起来，阳阳与他的继父相处得很好。不过，水娟却有足够的世故认为，好是暂时的，裂痕迟早会出现。一想到这点，水娟就会偷偷地发笑。

　　水娟依然常常要去美佳家附近散步，为的是能多看看阳阳，阳阳不喜欢水娟，但水娟对阳阳始终充满了无法收回且不计较的爱。水娟越来越觉得尽管阳阳长得像国勇，但他的性格却随了美佳，所以她想，怪不得阳阳不喜欢她。

　　有一天，水娟沿着江边散步，忽然听到有人喊"水娟阿姨"，这样的称呼真的是很少听到了，现在，很多人叫她"水娟奶奶"。她循声去找，觉得眼熟，但想不起是谁，但她终究认出是谁了：竟然是国勇的高中同学兴国。兴国读高三时，在国勇家住了一个学期。大学毕业后，他去了美国，在那儿娶妻生子。兴国说："这次回来是给父亲做八十大寿的，正想着如果有空要来看看你，没想到却在这里遇上了。"言辞之间有着真诚的因意外而带来的惊喜。

　　"前几天，在杭州去国勇家吃饭，国勇做的菜，他做的菜跟您当年烧的口味完全一样，真好吃呀。国勇现在的妻子比美佳还要漂亮，但比美佳小了整整十年，国勇有福呢。水娟阿姨，我第一眼看到她时，觉得她像慧莲。但再看，一点也不像了，只是打扮的有些像，爱漂亮的女人都那样穿。他们的女儿像瓷娃娃一样白净可爱，还聪明着呢，五岁不到，钢琴弹得顺溜着呢！"

　　"国勇说你搬家了，叫我不用来看你的。水娟阿姨，你真硬朗，一点也看不出有七十多了。国勇说了等你八十岁了，要给你办酒呢。"

……

这是水娟七年来第一次真实地听到有关国勇的情况。她贪婪地把兴国说的每一个字都刻到脑子里。这么说,国勇确确实实生活在杭州,而且结婚了,有孩子了,竟然能做得一手好菜。国勇知道她搬家了,说明他和国英他们保持着联系,国勇知道她是健康的,说明他一直在关心着她的。国勇一定没向兴国透露他们母子有裂痕的事,否则,兴国看到她的时候,说话的神情不会那么自然。兴国说国勇要给她做八十大寿,她今年七十四岁了,再等六年,只要她足够健康,活到那个时候,她就能见到国勇了?

国勇好好的,国勇现在的生活很幸福,明确了这一点,水娟激动万分,她无需再有那么多意外的设想了。那晚,她兴奋得整晚睡不着,想象着国勇在杭州的生活,她试图描绘出那个她从未见过的年轻漂亮的儿媳,还有瓷娃娃般聪明可爱的孙女。可一想到,她们有可能根本不知道她的存在,心里又黯然了。

是什么让国勇如此受不了她了?

水娟本不想把遇上兴国的事告诉国英,国英不是不肯跟她说有关国勇的事吗,那么她也不说,这样一来,她们就扯平了。但水娟终于没有憋住,有一个晚上,她终于跟国英提到了这件事。最后,水娟懊恼地问:"你说,国勇为什么要那么对我?"

"那些年,我一定做错了什么?而且错得让他受不了我了?"

"我拆散了他跟慧莲,伤了他的心?"

"在他和美佳之间我干涉了太多?甚至如何对阳阳,我也做错了？"

"国勇是怕我跑到杭州去搅和他的生活吗？"

……

说这些的时候，国英在织毛衣，她的头始终低垂着，没有应和水娟，水娟忍不住生气起来，说："国英呀，你有没有在听？"

国英从毛衣中抬起头，她收起了毛衣，水娟看到她的动作，知道她又要回避这个话题了，她想她应该更生气，为什么要那么刻意地不提国勇，但她忽然就又偏不生气了。她想，好吧，既然所有熟识国勇的人在她面前都当作没有国勇这个人，那么，从此我也跟他们一样吧。没错，国勇是我的儿子，但是我在他的生活里确实是没有一点用处了，他已经那么讨厌我了，我为什么非得那么耗费心神地想着他。

"妈，你为什么非要想自己做错了什么，你干吗总那么自责呢？也许错在国勇呢。"

水娟惊愕地"啊"了一声："你真那么认为？"想想，也是，确实是国勇这样不告而别的。三十八年的母子情他不吭一声单方说断就断，不是国勇的错还能是谁的错？

"或许也没有谁错了，国勇只是想换个环境自己安排生活罢了。"说完，国英拎着毛衣袋子回家了。

这个夜晚，水娟又在辗转反侧中度过。不过，水娟现在不必一个人独自煎熬了，她给那个老头打电话，两个老人在失眠寂寞的长夜中煲电话粥，直到其中的一个因呵欠连天拿着电话机睡着了。

水娟终于把老头向国英他们隆重推出了。国英一笑置之，女婿倒是很支持。水娟就想，要是国勇在，他会怎么说。可是，水娟马上对自己说，怎么又想到国勇，真是要命。可其实现在，水娟想什么时候提国勇就什么时候提，老头愿意听她絮絮道叨叨，他们在睡不着的夜晚，拿国勇当打发漫漫长夜的道具。但没过多久，水娟自己不想说了。有什么好常常提的，只是国勇欠她一个解释。老头说：也许音讯全无那么久了，国勇回来的时候，都不知道怎么面对你了。

对呀，水娟想，也许国勇只是不知道怎么向她解释。有些事情时间拖得越长，解释就变得越困难。所以，干脆就不解释了。

现在，水娟仍然期盼能有国勇的消息，她一直没有换手机号，她等着有一天，国勇能打电话给她。后来，她想，就是换了也没关系，不是还有国英吗？只要国勇想找她，她总是会在这里等着他的。她仍然期盼能在有生之年见见国勇，如果有可能，还想向他要一个说法。只是，不再那么特别耗费心神了。她像一个熟谙世故的人在等待非份之想时那样，仅仅是怀着希望而已。

回　家

（一）

回家前，我把开了十多年的蓝鸟卖了。我原本计划坐长途客车回去的，坐了一次公交车后，我改了主意。那天，我坐在靠窗的座位上，后排的男人趴着我的椅背打着盹，呵出来的气息直喷到我的后脖颈上，我不得不把身子往前倾，可前排小伙子的后脑勺也让我不舒服。我只好低着头，双手捂着耳朵，缩起身子，尽可能地离他们远一点，给自己围起一个安全空间。我意识到，在长途客车上必然也无法避免这种情况。

车总要再买一辆的，我本想到家后征求吕今晶的意见后再买——今后我是要和她一起生活的。现在，我决定无论如何得自己开车回去。一下公交车，我就给吕今晶打电话，电话要接通的时候，我挂了电话——不就一辆车吗？我相信无论我开什么车回去，她都不会有意见，前提是没问过她。吕今晶是那么一个有主意的人，问过她最后没有采纳她的意见会让她很恼火。我们在很多事上，观点一致，可在买东西上，却很难统一意见。她是个完美主义者，迷信品牌，追求时尚。我担心她说出 smart 之类的车型。

买什么车让我颇费一番心思。与吕今晶阔别了八年，我不想回去时显得太阔绰，也不能太丢份，还要照顾到吕今晶的喜好。权衡了很久，最后我花三十多万买了辆奥迪 A4。

接待我的售车小姐很年轻也很漂亮，看着赏心悦目，清汤挂面似的长发让我想起十几前的吕今晶。与她交谈了两三分钟，我就知道她不是个成功的销售员，我猜她可能是全公司销售业绩最差的。她太急切了，笑容殷情得让人起腻。夸张地介绍每一款车的优点，说话的时候，身子不自觉地向前倾。正是春夏之交，她穿着低领的套裙，黑色的文胸若隐若现，搞得我有些心猿意马。我看着她的脸，把一只手放到她的腰际，她愣了一下，不过，很快显出一副见多识广不以为意的神情。真不知是哪个该死的前辈教她的。凭直觉，这是个容易得手的小姐。我很想和她玩玩，我的手移开她的腰际，停在她的背上，那个位置是文胸搭扣的地方，我说："你想不想知道，你为什么总卖不了车？"

手机震了一下，是邮件提醒，吕今晶的电邮。我至少有半年没有收到她的邮件了。有些话她从不在电话里说，我们都知道有些话在电话里说着说着就会演变成争吵。她的思念，她的幽怨，她对我的期待，对未来的担忧，她总是用邮件的形式传达给我。我们一周通一次电话，只是最近半年，我们变成两三周甚至一个月才通一次电话。她说她越来越忙了——升职做信贷部门的经理了。我们的电话平和家常，总能让我烦躁的心安静下来。但有那么一段时间，应该是 2009 年的夏天吧，她三天两头来电话追着我问什么时候回去。有次，我在做上海汽车的补仓操作时，她来电话了。那天，她有些歇斯底里，一会儿指责我不负责任，一会儿失声痛哭，电话足足打了两个小时，直到她的手机没电了，才放过我。我确实做得不够好，可是，她该知道的，之前她一直都是理解的——我不是不负责任，我只是想过一种没有家庭负担的生活而已！我心里没有别的女人，我只爱她！这通电话让我情绪恶劣到了极点，我忘了补仓，摔了手机，砸了电脑，一个人去酒吧喝到半夜，醉得不省人事。等我第二天起来，已经永远失去补仓机会了。这个电话，我至少损失了二十多万。那以后，我常常让手机处于关机状态。之后，我们有过一次比较正式冷静的谈话，彼此达成协议：我们一星期最多通一次电话，我保证永远不会和别的女人生活在一起，但吕今晶有选择别人的权利。

我没打开邮件，我想一个人的时候静静地读。最近，我越来越思念她。八年了，所有我睡过的女人到后来都成了她。我泡过的那些妞，总和她有相似的地方，或者身材，或者皮肤，或者额头，最让我无法抵挡的是眼神。如果我碰到一个和吕今晶神情相似的女孩，一定会设法去认识她，就算上不了她，也要和她说说话。眼前的这个售车小姐还没到让我难以抵挡的份，我觉得，在打算回去的时候泡妞有点对不起吕今晶。

"你怎么知道我卖不了车？这个月我一辆车都没有卖掉，有时候，明明是我先做的接待，客户买车的时候却找了别人。"她的声音里透着沮丧，眼神里满是期待。真是个天真的妞。吕今晶在她这个年纪时可没那么简单。我不想泡她了，我缩回我那只轻浮的手，拍了拍她的肩膀："再说吧，现在签合同，就买黑色的奥迪A4，我们商量一下配置就可以了。"我没理她的欢呼雀跃——此刻，我心里全是十几年前的吕今晶。

贴车膜，等车牌，整理行装，又过去了几天。我以为收拾行李是一个浩大的工程，我在两室一厅的租房里住了六年多，屋子里堆满了东西。我再也不会回来了，我搬的可是一个家呀。最后我的行李只有一个不大的箱子，里面是四季换洗的衣服。发动汽车的时候，忽然觉得就是这个箱子也是可有可无的。哪个地方会没衣服买？

加油的时候，我碰到了邹依琳，就是那个售车小姐。今天，她穿了轻爽的运动服，头发扎了起来，我摇下车窗付钱的时候，看到她挎了一个大包抱了一箱矿泉水从对面走过来。她也看到了我，伸出一只手朝我挥，同时她不得不抬起腿——那箱矿泉水要掉下来了，现在，她整个人歪着，两只手都忙不迭地去抓矿泉水，包带勒着她的脖子，她去抓矿泉水的时候使得她的大包悬空着荡了几下。她稳了稳身形，站直了，兴高采烈地说："我约了朋友去爬山。"笑容如阳光般明媚，我喜欢这样的笑容，这样的笑容没有让人起腻的东西。

半小时后，手机响了，号码很陌生："你在哪儿？能不能回来接我？哦，我是邹依琳。"我没吱声，"大哥，求求你，别拒绝我，我就在刚才那个加油站里。"语调里带了些哭腔。我有些懵，我可以找到一百条婉拒的理由。只是，事实是我回去了。

我远远地看到邹依琳抱着那箱矿泉水站在路边，低着头，心事重重的样子。我停下车,她抬起头,眼睛红红的,看来刚哭过。她坐进来,忽然大笑起来,没等我问,就说:"我不高兴和他们去玩了,大叔,你去哪儿,我陪你去,好不好?"

我不喜装的女人,不管她有多么年轻漂亮。明摆着她是遇到了伤心事,她这个年纪除了为情伤心再没别的值得伤心了。当然,等她到我这个年纪就会知道当年的伤心算不上伤心。她找我无非是寻找安慰,我能给她什么?一个年轻姑娘上了你的车,第一句话起定调作用。我还不确定我到底想怎样对她,我不吭声。她电话里叫我"大哥",现在变成"大叔",我琢磨着它们的区别。邻家大哥,路边大叔哪一个是代表安全的?或者说哪一个是她想要的?

见我不说话,她似乎有些急,就自个儿说起了话,她是搞销售的,主动与人搭讪应是基本素质。声音哆哆的,笑容也是腻歪歪的。我有些烦了,我没有泡妞的心情,我心里想着吕今晶:"你想去哪儿,我送你去。我要回浙江和老婆团聚,总不能带着你去吧。"

"我没地方去。我请了两天假,约好和男朋友去爬山的,结果他竟然带了别的女人。"她哭了起来,"我跟你去吧,反正你今天也到不了浙江,明天你把我送到汽车站,我自己会回来的。"

我看了她一眼,她用手背擦着眼睛,抽噎着说;"我现在不想一个人待着。我怎么那么不走运,工作干不好,男朋友也看不住!"

"你就不怕我……"还没说完,她就打断了我:"就我们两个人,最坏也就那么回事,难道你还会我杀了不成?"

这回轮到我惊讶了，真不懂现在的小姑娘。被情伤了，都这么着急地想用别的人疗伤吗？最近几年，陪我解除寂寞的都是这种。嗯，她都这么说了，我还推三阻四的，倒显得我小样了。一路上，有个养眼的女人陪着，也不算什么坏事。只要吕今晶不知道，她不会影响我今后的生活。吕今晶那里，只要我不说，她永远不会知道。吕今晶那么傲气的人，她从来不屑盘问，不屑追踪。退一步说，就算我真带了个小姑娘回去，我猜她还是会露出嘲讽的微笑，懒得和我理论。

"会过去的，没有人会因为伤心而死的，这是我老婆说的。以前，只要是我老婆说的，我就认定是错的，但事实总是证明她才是对的。所以，最近几年我唯老婆是听，老婆怎么说我就怎么做，我其实应该打电话问问老婆，可不可以带上你。"我油嘴滑舌地对邹依琳说。

她笑了，脸上还挂着泪珠。她抽了一张纸巾，擦干泪，四下里看了看，我猜她可能在找垃圾袋。女人比较麻烦，坐一路车，总会制造些垃圾出来，我的行程计划中没有女人，所以没有垃圾袋。过了一会儿，她把揉皱了的纸巾塞进自己的包里。她没往窗户外扔，让我的情绪更好了些，我讨厌乱扔垃圾的女人。接着，她拧开一瓶矿泉水喝了起来，喝得很凶，才几口，一瓶就没了，接着又拧开了一瓶。那架势像在喝啤酒，存心要把自己灌醉似的。

车子穿过了市区，上了国道，车还在磨合期，我没上高速。五月份了，国道两边树木的叶子全变绿了，有些已经绿得有夏天的味了。田野里是一望无际的绿色。邹依琳在唱歌，我听不清她在唱什么，歌词念得飞快，是时下流行的唱法，好像有个红得发紫的歌星叫周杰伦的就是这样唱的，我一点也不喜欢他，当然我也不想听邹依琳这样唱。她那么开心，我不好意思叫她别唱——我不想面对一个哭哭啼啼的小姑娘，我到现在还没想好，我要怎么着她。于是，我打开车窗，风一下子猛烈地吹进来——外面正刮起一阵风。风把邹依琳的长发吹了起来，她正把头转向窗那边，于是，几根发梢拂到了我脸上，痒痒的。我想起很多年前，和吕今晶开着蓝鸟去玩，也有一次，她的发丝拂在我脸上了。当年，我喜欢握着她的手开车。那时候，我们开车没有目的地，开到哪算哪，看到风景好的地方，就停下来，玩一会儿。有一次，我们在车上吵架了，我很难受，她却说没有人会因为伤心而死。我忘了吵架的原因，这句话却一直记得。

两个小时后，邹依琳频频提出上洗手间。她说每次喝多水都是这样，一开始不要上，可等到想去了，每隔十几分钟就得去一次。车子拐上了山路，开了好几里都没看到路边有厕所，她说她真憋不住了，反正是山路，让我在有树遮挡的地方停一停。我发现，当她不装了，当她真着急的时候，当她真很开心的时候，是挺可爱的。我故意错过几个适合小便的地方，她坐不住了，身子扭来扭去，小脸急得红红的。我觉得这一路变得有意思起来了。天地良心，当我真想停下时，山路两边一边是悬崖，一边是光秃秃的岩石。

终于看到树了，我刚停下车，她就急急地拉开车门蹿了出去，衣服袖子在门把手上挂了一下，她甩甩手臂飞快地跑了。看着她慌不择路地往山上奔，我忍不住哈哈大笑起来。

她回来了，在车门口使劲地跺着脚——她鞋子上沾满了泥，双手拍打着身子——运动服布满了细碎的枯枝。她上车了，举起右臂对我说："你看，树枝刮破了我的袖子。"我想也许不是树枝刮的，是门把手扎破的，我伸出手去抓她的袖子想查看一下，她躲了一下，"嘶"的一声，几乎整只袖子都被我扯了下来。我看到了她黑色的文胸带子——它早滑到了胳膊上了。我感到我的身体起了反应。"爹呀，你得赔我衣服。"她叫了起来。

　　她叫我"爹"了，我大笑了起来。我已领教了她的没头没脑，她早把她的男朋友扔到了脑后，不知道什么时候起，好像不唱歌后，她就很高兴，小姑娘的"伤心"真是靠不住的玩意儿。她一直在叽哩呱啦地说话，说明星，说她小时候的事，说网上看来的好笑的段子，她的语速很快，有抑扬顿挫的感觉。不谈她的男朋友，不谈她的工作，她放松下来，浑身散发出明媚的青春气息，还真让人愉快。

　　我从行李箱里找出针线，让她先缝几针，凑合着，等下了山就陪她去商场买衣服。她说她不能脱，因为里面没衣服了，她也不会用左手缝衣服。我只好胡乱替她缝几针。缝衣服的时候，我们靠得很近，她身上有股好闻的体香。这香味逗引着我，考验着我的意志——我对自己说，她也无非是一个长得还可以的女人，我要快点回去和吕今晶团聚，十几年前的吕今晶可比她有魅力多了。

　　邹依琳从试衣间里出来的时候，我眼前一亮，碎花的吊带长裙把她的身材衬得修长挺拔，胸前的蕾丝花边让人充满遐想，我忽然很想知道藏在花边下面的内容。这会儿，我决心要泡她了。至于吕今晶，我想，她会理解泡和爱的区别，当然，我会小心不让她知道。营业员又给邹依琳披了一件黑色的长袖披肩，更漂亮了！她在镜子前自我陶醉了好一会儿，才扭捏着，一摇一摆地走到我面前，问："好看吗？"她的声音又发嗲了，她又开始装了——我猜这套裙子肯定不便宜。果然，打完折，还要2800。我眼都没眨，就刷了卡。

"真的很完美，不过，脖子上看上去太光了，再去挑根项链吧？"我装作漫不经心地说。邹依琳睁大了眼睛，脸上的表情交织着惊讶、疑惑、犹豫，最后，她耸耸肩，无所谓地笑了，我知道我们之间基本达成了协议。我向她伸出胳膊，她挽住了。相比衣服，项链不算贵，也就五千多。

下午四点多我们从商场出来，邹依琳提议去上岛咖啡。我们刚在包间坐下，邹依琳就去了洗手间，半小时过去了，她还没回来，又过去了十五分钟，她还没回来，难道她一个人跑了？我忙活了一天，在她身上扔了八千多块钱，没有产出一点回报就歇菜了？若是这样，这倒是我最近几年来干过的最蠢的事了。

邹依琳终于坐到了我对面，冲着我甜甜地笑。她化了精致的妆，得承认，化过妆后，更漂亮了，尤其是在若明若暗的灯光下。不过，我更喜欢不化妆的女人，特别是这么年轻的姑娘。

"等得不耐烦了吧，但我得对得起这身衣服，况且你说你再也不回来了，明天之后，我们再也不会相见了吧？"邹依琳说，她的声音里透着点依依不舍。我掂量着她的话里到底有几分情谊。她看着我，假睫毛忽闪忽闪的，我有种想把她的假睫毛抠下来的冲动。有的时候，我有些不那么切实际，我常常会想要纯粹的感情，我希望我泡的妞，她们对我的感情会是真的。我觉得，只要她们真了，我也会真的。但对明天就要分手的邹依琳，我还是别想真不真了。

我们要了红酒。我的酒杯里只有浅浅的小半杯，每次碰杯，我只是象征性地用嘴唇碰了碰酒杯。邹依琳很善解人意，自己替我解释说开车的人不要喝酒。她的酒量不怎么样，一小杯红酒下去，脸就红了起来，薄薄的粉底根本盖不住她的酒意。她双眼迷离，水汪汪地看着我。此刻，我已经很有把握。饭后，点了咖啡，舒服地躺在沙发上，听着轻柔的音乐。感觉得到大堂里人来人往，但不闹，服务员站在包厢门外，喊一下就来，服务贴心不腻人，菜的味道也很合我意。这真是个美好的夜晚。

邹依琳彻底放松了下来，她随意地横倒在沙发上，领子更低了，都看得见黑色的文胸了。身体的欲望席卷了我，我很想看看，她的乳头是什么颜色，很想把手放在那里，把玩感受一下。我站了起来，这时，她忽然问我："我为什么总卖不了车？"她还惦记着这件事。我走过去，一只手放到她裸露的胸口，一只手揽住她的腰，盯着她的眼说："夫妻两个来，女的不喜欢你。男人单独来，他只想摸你这里，只想扒光你。"邹依琳变了脸色。我无法判断是我的动作还是我说的话伤了她。我缩回手，坐到自己的座位，再一次凝视着她，用绝对真诚的语气说："我说的是真的。"

她的脸色渐渐缓和了下来，她拉了拉领子，把露出来的文胸遮住，慢慢坐正了，低着头，说："谢谢你。"过了一会儿，她抬起头，挺了挺胸，双手抚着长发，斜着眼看我，问："那么你呢？"

这小妞挑逗起我了，我觉得她在挑逗我了，我若不做点什么，太对不起她了。我飞快地抢过她的话，说："我也一样。"一边说着，一边毫不犹豫地扑向她，把她推倒在沙发上，把手伸进了她的衣服，抚弄着她的乳头，直到我们都变得坚硬。

我们去了宾馆。邹依琳在卫生间，她说她先要洗个澡，还要把妆容洗掉。化妆很麻烦，卸妆更麻烦。我半躺在床上，抽着烟，欲望一波一波地袭来。我不急，因为，很快它就不会折磨我了，很快这一天就会画上一个完美的句号了。我觉得很好，一整天都非常好。明天后天，未来的每一天也会很好。

床头柜上有个皮夹子，是邹依琳的，她的身份证搁在上面，是用她的身份证开的房。我拿起她的身份证：邹依琳，1994年3月20日出生。真年轻呀，还没满二十岁呢。"爹呀，你得赔我衣服。"耳边又响起她白天的惊呼，她还真可以做我的女儿。这个日子看起来怎么那么有亲切感，好像对我也有重大意义似的。她是福建莆田人，前妻也是莆田人。猛地，我想起我的女儿也是1994年出生的。我惊出了一身冷汗！心痛地觉得，在世界的另一个角落，我的女儿也在陪某个可以当她父亲的臭男人。邹依琳当然不是我女儿，但欲望在刹那间消退得干干净净。

（二）

我有女儿的，但是最近我几乎忘记这回事了。有时候，忘记某些事，更容易面对眼前的生活。我不是一个执拗的人，对除我之外的任何人，我总有办法说服自己别太在意了。相对来说，女儿佳佳不一样，说服自己不在意她有些难。

都说女儿是父亲的前世小情人，但我的女儿不喜欢我，十岁之后她就不喜欢我。为了见她，我得开四小时的车。可见面的时候，她会突然叉着腰，指着我的鼻子，骂我"混蛋"，我想一定是我当时说了什么做了什么惹她不高兴了，我很努力地想避免这种情况，可是我真的不知道怎样才能讨她欢心。她渐渐长大，翻脸时的神态和语气和前妻越来越像，这让我难受。我想，我不能怪她。她和她妈妈生活在一起，她妈妈把对我的仇恨种植到她心里了。

我对佳佳的印象停留在她三四岁时候，那么娇柔可爱。我在家，就黏着我，她醒着的时候我出去，她跌跌撞撞地追出来抱住我的腿，我只好趁她睡着时才出门。她喜欢趴在我身上睡觉，涎水流出来，把我的衣服都弄湿了。可是，我得承认，那时候，有许多时候，我会烦她。哦，当时我太年轻了，才二十五六岁呢。后来，我和陆素娟离婚了，一切都变了，她改姓陆，再后来名字也改了，我叫她佳佳，她不理，冷着脸让我叫她"陆晴"。

我有三年没有佳佳的音讯了。最后一次见她，是在莆田仙游私立一中门口。她成绩不好，没考上高中，我花了一大笔钱把她送进这个学校。我记得那是星期六的上午，她不用上学。我穿着西装。她穿着连衣裙，涂着鲜艳的指甲，我看得很清楚，每个指甲的花纹都不一样。她打扮成这个样子，我很不高兴。我没有说她，说也没用，她不想读书。我还知道她恨我，我理解为她是在报复我。我想带她去公园，像小时候那样，拉着她的手，边走边聊，然后一起吃个饭。我在公园门口停下车，她嘟囔着跟我下了车："你带我来这里干嘛，我不去。"我去拉她的手，她一下子甩开了我的手，尖叫着："别碰我。"引得路人都朝我们侧目，好像我是一个流氓。我很气馁，只好自己往前走，她跟在我后面，沉默着不说话。我们回到车上，我没再提一起吃午饭，我给她钱，在她要求的数目上又另外加了三张。我看着她下车，关好车门，她往前走了几步，忽然回过来，敲着我的车窗，笑着说了我一声"爸爸，再见"。我一直看着她迈着轻快的步子往前走，直到她消失在拐弯处，我才发动汽车。我没想到，那个笑容会是她给我的最后的笑脸，从那以后，我再也没有联系上她。问陆素娟，她冷哼了一声，说："你的宝贝女儿死了。"

我不相信佳佳死了。我早就不相信陆素娟的话了。她彻头彻尾就是个骗子。我二十三岁做了父亲。我们还没结婚她就怀孕了，寻死觅活地要嫁给我。这事换成今天，根本不算什么，我一定能妥善地解决。可那时候，除了娶她我没辙了。领结婚证的时候，我发现她其实是二十八岁，而不是她先前告诉我的二十五岁，她比我大了整整六岁哪。我记得那天的情形，到家后，我捶捶打打，拿她的年龄说事，希望她能给我一个解释。她很镇定，边脱着衣服边说，她爱我，所以没用一张假身份证骗我。当她只穿着一条花边内裤站在我面前时，我的怒火已被欲望取代，我对自己说，是的，我喜欢她，年龄不是问题。后来，我知道我只是喜欢她的身体。快进入的时候，她哭了起来，为了让她开心些，我开始向她认错。在我们六年的婚姻生活中，每当有矛盾，她总是用这种方法来诱惑我认错。现在想来，真丢人。

领证后，没和我商量陆素娟就去人流了，说结婚才五个月就生孩子她太丢人，我很高兴她这么做，我才二十二岁，我还没有准备好当父亲。我一直小心谨慎，她又怀孕了，我开始怀疑早先那个流掉的孩子不是我的，因为我有一天，我发现另一个男人写给她的信，内容暧昧，日期是 1993 年 5 月。那几天她出差了，我想等她回来质问她的，可怎么也找不到这封信了。既然当初她在年纪上能骗我，怀孕这事也可以赖我头上。我越来越多疑，越来越厌恶她。为了摆脱她，她提的任何条件我都答应了，包括佳佳改姓陆。如今我后悔了。我得承认，当初她执意要佳佳，我是暗暗高兴的，我爱佳佳，但我照顾不了她。后来，她们母女去了莆田，常常过好几个月我才见佳佳一次。每次和佳佳分手，她都哭得成泪人儿，把我的心都哭碎了。可回来后，见不到佳佳，我也过得很幸福。因为我有吕今晶，我认识她的时候，她才二十二岁，如今，她三十七岁了。十五年过去了，我还爱着她。

我听到卫生间的门开了。我紧张极了，赶紧用被子把自己遮得严严实实。

"喂，你能不能帮我吹一下头发。"她在撒娇，我没理她。她嘟囔着，忽然，她"啊"地尖叫起来，我吓得从床上蹦了起来："怎么了？"

"有蟑螂啊，多恶心哪！"她跺着脚，踩着蟑螂，"我的脚呀，我没穿鞋呢？"她哭了。走过去一看，哪是什么蟑螂，只不过是一张纸。我捏起"蟑螂"给她看，她惨白的脸才重新红润起来。我回到床上，想起佳佳小时候也那么怕蟑螂，一看见蟑螂，她就往我怀里钻，哭喊着说："爸爸，爸爸，你快踩死它，恶心死了。"现在，她还怕蟑螂吗？

邹依琳走到床前，静静地看着我，她披散着长发，穿着半透明的睡衣，睡衣里面什么也没有穿，薄薄的真丝，把她身体的轮廓完整地勾勒出来，真美呀。我闭上眼睛，不敢再看。我从来都不是一个能挡得住诱惑的人。她拉开被子，钻了进来，我不得不往旁边让，我一直让呀让，只嫌两米宽的床还不够大，我终于让到了床沿。

邹依琳又开始笑了，她一寸寸地移过来，挨着我躺下，放肆地把一条腿搁到我身上："你怎么了？你今天在我身上花这么多钱，不就为这事吗？大叔。"原来，她早就明了我们的游戏规则。她拉过我的手，放到她的胸上，"放心，我不是处女，我那混蛋男朋友上个月强奸了我，现在他就想着强奸别的女人了。我跟你来一回，如果他回来找我，我也不亏了。"她带着哭腔说，语气里有着不顾不管的绝望。她只是想疗伤，但还不善于此道。过去的八年里，我碰到过不少这样的女人，她们与我约会，不久又回到她们更想去的怀抱。我善于替补，也只是替补，这让我沮丧。可我能说服自己，我还想怎样，我从来不带她们回我的出租屋，从来不和她们一起做饭，一起一觉睡到天亮——不管多晚，我都会回到我一个人的家。很多时候，我和她们在车上做本该在床上做的事。这也是我非得在回家前卖掉蓝鸟的原因。是的，习惯后，我很享受那样的关系，没有负担，没有责任，虽然也没爱。但今天，我听着邹依琳这么说，她说话的语气让觉得自己是在乘人之危。以前，我觉得自己是雷锋，填补她们的精神，充实她们的身体。她和她们有什么不同？

"你会后悔的。我老到都可以做你爹了。"过了一会儿，我说。

"不，你今天不要了我，你会后悔的。过了这村，没那店了。"
她轻笑着说，翻身坐到我身上，脱掉了睡衣。坚挺饱满的乳房
就这样晃在了我眼前，它们的形状和吕今晶的很像。我是第一次
遇到乳房和吕今晶像的女人。她把手指放进自己嘴里，吮吸着，
静静地看着我。如此色情的画面，我的欲望又回来了，这个淫荡
的小蹄子，真是深得我心哪。我关掉床头灯，伸手去摸她粉红
色的乳头，我抱紧了她，闭上眼，去吻去咬她的乳房，那质感和
我多年不见的吕今晶的太相似了。我激动了起来，隔了八年之久，
我终于又拥了她，而且，今后，我再也不会离开她，我可以一直
拥有她到老。"轻点，痛。"邹依琳呻道，我一个激灵，她不是吕
今晶。不，她是吕今晶，而我不是史华良，一个我不认识的男人
在操吕今晶。这么一想，我很愤怒，接着是痛苦。欲望掺杂着痛
苦，我受不了了，狠狠地推开了邹依琳。

"你又怎么了? 你明明要的?"黑暗中，她的声音带着困惑。
是的，我们都坚挺着。但我真的不想操她了，只是都到这份上了，
不操是对她的侮辱。我没法跟她说吕今晶，只好说："我下不了
手。"她没说话，又一次靠过来，用她年轻的充满弹性的身体撩
拨着我。我的心抗拒着，身体却又不自觉地膨胀着欲望。我们在
床上打着滚。

我听到叹息声，仿佛是七八岁的佳佳在我的怀抱里流泪撒
娇。我知道不会是佳佳，是邹依琳在呻吟。但这呻吟声提醒我
她和佳佳一样大。我退缩了。我不再动作，是邹依琳在动，她在
解我的衣服扣子。我又听到了笑声，这回是吕今晶的声音了，我
仿佛看到她在床边，满脸嘲讽地对着我笑。我想起，三年前，

有那么一回，都午夜十二点了，吕今晶电话我，命令我和她视频。她要求我捧着手提电脑，把屋子里的每个角落都展示给她——她是在查有没有女人在我的出租屋里。一直把床底都翻开，她才咯咯地笑着表示满意。她解释说她刚才梦见我在广州结婚了。弄得我火大，后来我一直怀疑这件事只是个梦——吕今晶不是那样的人。但我还是因为这取消了回家的打算。我怕吕今晶也变成了陆素娟，要知道曾经的陆素娟也是美丽温柔的，可后来，在我们婚姻的最后一年，她每天都在盘问我，每次回家都要嗅我身上的味道，发疯地寻找着小妖精的珠丝马迹。天地良心，那时，我还没认识吕今晶。有时，为了惹恼陆素娟,我故意在自己身上喷香水。邹依琳越来越主动，越来越疯狂，这妞的欲望完全被挑起来了。她喊着，叫着，我也浑身躁热，肿胀得又难受又舒服。我一个翻身，粗暴地把邹依琳压到身下，我决定进去了。见鬼去吧，佳佳。佳佳不是佳佳，是陆晴，她早晚也是个浪荡的妇人，和陆素娟一样的荡妇。见鬼去吧，吕今晶，你也不是什么贞洁烈女，谁知道这些年，你被别人操过多少次。

　　"砰"的一声响，接着邹依琳发出一声惨叫，有东西砸到了她身上。我赶紧开了灯，我们太用劲了，床头柜上的电话机被我们踢了下来，砸中了她的脚趾，十趾连心痛。电话机的话筒与机身分开着摊在床上，我拿起话筒看见了邹依琳的身份证。我又一次看到了1994年3月20号，福建省莆田市。我想起佳佳十三岁那年，有次在我车上她看到一件女人文胸，更糟糕的它还搁在一张黄碟上，封面上的女人赤裸艳丽，还好，画面上没有男人——那时的情况下，这是我唯一可以庆幸的事。她打开副驾驶室的抽屈时，看到它们大摇大摆地放在那里。她捏起它们，皱着眉头，尖着嗓子骂我"流氓"。我没法向十三岁的佳佳解释，那只是男人的一种正常生理心理需要。也许是从那次起，她再也没给过好脸色了。我一阵恶心，我又一次觉得我在欺负我的女儿。我也许真的就是一个流氓，在玩弄一个可以做我女儿的女孩。我拿着身份证，忍不住颤抖了起来。我觉得我做错了。

"来呀！"邹依琳打开身体躺在床上，她的脸红红的，嘴微张着，眼神迷离地看着我，我知道她的痛已过去，覆盖她的是欲望，此刻她真实地渴望着我。我犹豫着，我心疼花在她身上的八千多块钱，我不是一掷千金的花花公子，我早已不会凭白无故地为女人花钱。可我知道，操了她，我得到的也只会是无穷无尽的懊恼。

1994年3月20号，我的佳佳也是那年出生的，她现在在哪儿？此刻，我无比思念她。她千万别像邹依琳这样在向男人献身。就当她是佳佳吧，就当她是佳佳吧，给佳佳买衣服买项链别说八千，就是八万十万我都要愿意呀。

我放下身份证，穿起了衣服。我决定现在就离开这里，我不是一个意志坚定的人，我其实经不起诱惑。

"你干什么？"邹依琳从床上爬了起来，赤裸着身体站在我面前，骄傲地挺起胸，逼视着我，"别搞得好像我强奸你似的。"她的手伸向我的鸡巴，我还只穿着内裤，我的鸡巴不争气地立刻把内裤撑成了一把伞。我狼狈地往后退了几步，不敢再看她，抓起衣服胡乱地套到身上。

穿戴整齐后，我镇定下来了。这是个糟糕的晚上，这是糟糕的一天。但我或许可以体面地离开这个房间。我给邹依琳披了一件浴袍,拍着她的肩膀,看着她的眼,用一种带点痛苦,带点伤感的语调说:"你要知道,不要你并不容易。你那么漂亮,是男人都会想要你。可你还那么小,还是个孩子呢,你真的和我女儿一样大,我下不了手。回到你男朋友身边吧,原谅他。背叛总会留下痕迹的,你可以纯洁地回到他身边。将来你会感激我的。"我说得那么高尚,我都快被自己感动了。

我没打算再开一个房间。我找到车,坐进去,把窗打开一丝缝,放倒椅背。打算休息一会儿,就出发。我想尽快离开这里,忘记这狗屎的一天。我真有些累了,很快就迷糊过去了。不久,我被手机吵醒,发现,已过去了近一个小时。是邹依琳的短信:你是个"好"男人。好字还加了引号!她居然羞辱我!我真该把她身上的钱全都拿走,包括那根项链。我刚按下删除键,就又听到"嘀"的一声响,又一条短信:你让我对这个世界对男人又有了信心。谢谢你,我会永远记住你的。我读了又读,忽然觉得有泪涌上来,这个天真的姑娘,我不是什么好男人,只不过被吕今晶和佳佳搅了局。我一边发动汽车,一边删除短信。

(三)

我刚开到楼下,一辆车就开走了,正好可以停入它让出来的位置。透过车窗,我看到陈氏窗帘的老板跷着二郎腿坐在店门口剔着牙,我离开的那天,他也这样剔着牙。仿佛八年来,他就一直坐在这里剔牙。下了车,我看到江滨路两旁停满了车,小城最大的变化是车多了。我很高兴地发现，我的奥迪停在八年前我的蓝鸟常停的位置上。陈氏窗帘的老板对我笑笑，说："你回来了，你老婆刚出去了。"他的话让我觉得我似乎从未离开过。我谢过他，走到三楼，敲门，没人应，打吕今晶的手机，手机欠费停机。吕今晶还是那样爱欠费，十几年来，她的手机每年都要欠几回，总是要等我发现她手机欠费，总要等我给她充话费。

下楼的时候，听到了乐队演奏的声音，我加快了脚步，直奔跨湖大桥，声音越来越近，没错，音乐声就是从那里传来的。我倚在栏杆上，看到了桥下的那支乐队，七个人，一个都不少，他们还在。他们身后是波光粼粼的河水，他们的头顶是车来车往的大桥，江滨路两边的霓虹灯闪烁的光亮倒映在河水里，很多人倚在岸边的栏杆上看他们。我看到那个吹单簧管的女子，当年她瘦瘦的，现在，她胖了，她该为人母了吧。可不管怎样，她还在这里，还在吹。十年前起，他们每周二晚上都在这里演奏。我离开前，他们演奏的晚上，我和吕今晶常常站在这里，听他们演奏。

我听到了熟悉的《回家》，萨克斯曲《回家》。我和吕今晶都特别喜欢这首曲子，后来顺子出了一首《回家》，吕今晶从此就不听萨克斯曲《回家》了。她爱极了顺子，反反复复地唱顺子的歌。我在美国的那一年，她刻了一盘 CD 寄给我，全是顺子的歌，《回家》唱了许多次。后来，我到了广州，在电话里，她也为我唱过《回家》。"回家，回家，马上来我的身边，我需要你"。耳畔响起吕今晶的歌声，我心里充满了柔情，啊，这里的一切都没有变，就等着我回来。回来，真好！

我回望我们的家，三楼的阳台还是黑乎乎的。我一个人沿着江边慢慢走，很多年前，我们曾无数次一起沿着江边散步，甜蜜、苦涩、幸福、忧伤，种种回忆涌上心头。我是如此思念她，我是如此爱她。只是，为什么我会一走就八年？走累了，我守在路口——那应该是她回家的必经之路，八点、九点，快十点了，还没有看见她。

我又回到了家，再次敲门，还是没人应门。再打电话，手机关机。此刻，我不急了，离开了八年，再等一个晚上又何妨？我去了江对面的广厦大酒店开房，打开窗，发现，竟然对着自家的阳台。我一直守望着，快十一点了，对面阳台的灯终于亮了，一会儿，房间的灯也亮了，依稀看到有模糊的身影在光影里移动，然后什么也看不见了——她拉上窗帘了。我想象着她在打开床前的音响，她睡前有听音乐的习惯；想象着她换上睡衣，蜷起身子，在黑暗中静默一会儿，她一直都这样。

早上醒来，看到对面阳台上晾着衣服，窗帘拉开了，窗户也开着。我久久地望着那里，一点动静都没有。打她手机，仍然是关机。我觉得头有些昏昏沉沉，喉咙痒痒的不舒服。每年春夏之交，我都会得一次感冒。去买感冒药的时候，路过一家户外用品店，在那里我买了架望远镜。

我清晰地看到了吕今晶，穿着居家衣服，赖在床上，吃着零食，看着电视。我几乎听到了她的呼息，触摸到了她的肌肤。她胖了些，眼角有了皱纹，她的神情是我熟悉的那种恬静。与她相识十五年，我很少看到她急，不管多难的事，她都不急，我沮丧的时候，她安慰我说：一切都会过去的。哦，她也有情绪失控的时候，我想想，十五年来，也就那么四五次吧，多数还是在电话里。我们在一起的时候，只有一次，是的，只有一次，是在她父亲去世的时候。她责怪我没有及时赶回来——我在火化时才到殡仪馆，可那事也不能全怪我，那几天，我在杭州，接到电话立刻赶了回来，但路上跟别人撞车了，我总得处理好事故才能离开吧。那一次，她足足一星期不理我。

吕今晶站了起来，接着，我看到有个小男孩跑了进来，满头是汗，脸上全是污垢，吕今晶板着脸，推着他去了卫生间。她关上卫生间的门，嘴巴一张一合，她在大声说话。我很着急，想知道她在说什么，可一句也听不清楚。不久，男孩出来了，穿着海军衫，头发湿湿的，滴着水，兴高采烈的样子。吕今晶拿着一块毛巾使劲地替他擦头发，神情柔和慈爱，这种神情我从未见过。我感觉到了妒嫉。小男孩的头从白色的毛巾里钻了出来，亮晶晶的眼睛正对着我，我一时错觉那是佳佳。

史努比，他是史努比，我们的儿子。我的手发抖了，我放下望远镜。他的眼睛太像佳佳了，他的额头像我的父亲，他是我的孩子，和佳佳一样，是我的骨血。他应该八岁了，我从来没真正见过他。最初，吕今晶给我寄他的照片，后来，往我邮箱里发照片，有一段时间，吕今晶要他在电话里跟我说话，但孩子不愿意，我也没什么话可以跟他说。后来，我们通话时再也没有他什么事了，再后来，吕今晶似乎也不怎么提他了。我打开电脑，找出史努比的照片，我似乎是第一次知道我有个儿子，第一次仔细端详我的史努比。我一直觉得他不像我，他的神情，他嘴角微微翘起，眼睛笑得眯成一条线的样子就是一个微缩的吕今晶。

照片上姿态各异的史努比，神情都是这个样。我从来没有想念过史努比，我只是思念着吕今晶，挂念着佳佳。此刻，我终于想起，史努比的出生日期：2005年4月1日，那天是愚人节。

2004年，非典已过去了，但我父亲却在广州又被疑似了，我们被隔离了三个多月，后来确诊为肺癌，我们回到家治疗。我们打算在那一年结婚的——我们现在还没领证。但父亲在杭州肿瘤医院病情不断恶化，半年后，父亲去世。那半年里我基本就待在杭州，开始的时候，吕今晶休息天也过来，后来就不怎么来了。等葬礼结束，我才注意到吕今晶的体型发生了巨大的变化，她居然已有四个多月的身孕。她说一发现怀孕就告诉我了，我还让她好好保养，让她少去医院。可我对这事真的一点印象也没有。我试图说服她打掉这个孩子，但是她执意要生下来，她说："就算你不要我，我也要生下他。"不久，我在美国的母亲出了车祸，那时候，已接近预产期了。我犹豫一下，给吕今晶留下一笔钱，去了美国，妈妈已无法自理生活，我就留在了美国，直到她去世。可我不知道，回国后我为什么要留在广州。我只是很清楚地记得，在广州下飞机后，我有多么不想回家。我告诉吕今晶，我爱她，但我害怕小屁孩，害怕尿布，我请求吕今晶给我时间，过一段时间，我一定会回去。当时她同意了。六年了，除了炒股，除了每周开四小时车去看佳佳，后来变成去找佳佳，再后来，连佳佳也不找了，我什么都没干，回家的日期也一再被我拖延着。我不知道我在害怕什么。

我不是一个称职的父亲，佳佳四岁起，我开始缺席。不管她多么厌恶我多么恨我，我都原谅她，可眼下，我知道她不在乎我的原谅。她不想见我，我的手机始终没有变，只要一个电话她就能找到我。但是三年了，她从来没有给我打一个电话、发过一个短信，连要钱的短信都没有。她不会知道，我每周六都开着车在福建省莆田市，大街小巷地找她。史努比的整个童年我都缺席，我不知道，他是否羡慕别人有爸爸，是否哭着喊着吵着向吕今晶要爸爸，是否在被别人欺负后，想着有个强壮的爸爸为他讨回公道。但或许，我可以弥补，从此，陪着他长大，做一个好父亲。

　　我再一次拿起望远镜，对面的房子里已空无一人。我打吕今晶的手机，还是关机。我已经给她充了话费了，她怎么还不开机。记得刚才，我明明看到她的床头柜上放着一只手机。难道她停用这个号码了？我失魂落魄地在房间里四处转圈，然后，我抓起衣服，飞快地跑下楼。此刻是中午，他们一定是去吃午饭了。吕今晶除了早餐，中午和晚上一定要吃米饭，她喜欢吃格林咖啡的咖哩饭，喜欢喝浓浓的罗宋汤。我在街上狂奔，正午的阳光温暖得灼人，汗水很快打湿了我的衣服。我在格林咖啡前停下，扶着墙壁，大口大口地喘着气。

　　我咳了起来，把痰咳在纸巾上，四顾寻找垃圾箱，这时我看到了吕今晶正从对面的快餐店里走出来。我赶紧挥手喊她，但紧接着又是一阵咳嗽，我不得不拍着胸口咳完这一阵，我眼睁睁地看着他们坐进一辆红色的现代跑车。她换车了，当年，她开的是小QQ。我算了算八年来我汇给她的钱，去美国前，我给了她八万，后来，她说为养孩子她辞职了，奶粉太贵，雇不起保姆，我就给她汇了八万，之后，我断断续续往她卡里打过钱，不多，每次都没有超过一万。再后来，她说孩子上幼儿园了，她应聘去了中兴银行，没再提缺钱，我也就没再怎么给她钱。

我穿过马路，朝他们走去，边走边打她手机，依然是关机。车子启动了，我追着喊着跑出了很远，但他们很快就消失在拐弯处。她怎么会没看到我？她应该从反光镜里看到我的。陆素娟骑摩托车不会看反光镜，转弯的时候她是停下来的——很多女人都这样，但吕今晶不是，她几乎可以算是一个摩托飙车手。十几年前，我教她开汽车，很快就会了，学的时候，换挡都没怎么熄过火。她开车的时候，喜欢留意周围的事物，看到举止怪异的路人，会在车上手舞足蹈地学。有次我说她你这样迟早会出事，她惊讶地睁大眼睛，说："开车和走路有什么不同，难道你走路的时候只是盯着路吗？"

我又咳了起来，脚步发软，大概还发烧了，我不该这样跑的，我得回去吃药，喝大量的水，好好睡一觉。一切明天再说。我不知道睡了多久，接连不断地做梦，甜蜜的梦，痛苦的梦交织着，让我一会儿清醒，一会儿迷糊。我记得，清醒的时候，我就拿着望远镜观察对面，有时候吕今晶就在我眼前，触手可及，有时候，我只看到一扇紧闭的窗户。我不记得有没有打过吕今晶的手机，我记得我打过，但或许只是梦境。现在，我醒了，烧也退了。是时候，回家了。

我又一次拿起望远镜，我看到我们的房间一地狼藉，吕今晶在收拾衣服，她把衣服放进两只巨大的拖杆行李箱里。史努比一阵风地从房间跑到阳台间，又跑回来，他和一只小狗在嬉戏，母子两个笑嘻嘻的。后来，吕今晶一手拖一个行李箱走出房间，史努比抱着狗蹲在地上，在满地的垃圾中挑挑拣拣。吕今晶折回来，拉了他好几次。史努比拉着脸，好几次甩开了吕今晶的手，吕今晶也神情激动地说着什么，哦，他们吵架了。小狗的嘴也一张一合着，我仿佛听到了"汪汪"声。

我放下望远镜，我要回家了，我要去做他们的调解员。远远的，我看到她的红色跑车停在我的奥迪车后面。接着，我看到吕今晶拖着两个行李箱走了过来，史努比牵着小狗跟在后面。他们上车了，我紧走几步，敲着车窗，高兴地说："嗨。"

吕今晶摇下车窗，我的手扶到车窗沿上："我回来了，再也不走了，你的手机怎么一直关机？"

"啊，不走了？"她扬了扬眉毛，略微带了点惊讶的表情。

"是的，是的。"我热切地说，"我回来和你们一起过日子呀。"

"妈妈，谁呀？我见过吗？"史努比把身子探到前排，摇着吕今晶的肩膀大声问。清脆的童音使我幸福地颤栗起来，我有多久没有听到这么美妙的声音了？好几年前，佳佳和我说话时就尖起嗓子，像个成人了。我看到了他还有些汗湿的头发，闻到了他身上淡淡的汗酸味——他和他的小狗跑了一上午了。他看着我，我在他的眼睛里看到两个小小的影子，那是我。他的上半张脸是我们家族的翻版，他比佳佳更像我，我有些激动。他的身子微微晃动着，阳光照在他身上，把他身上蓝色的海军服摇成片片碎玉，我仿佛看到了蓝天、大海。不久，我们一定能在阳光明媚的日子一起去海边。

"你坐好，只是妈妈的一个熟人，叔叔是说他回来和朋友们一起过日子。你别跳上跳下的，我们很快就走了。"

我愣住了，她就这样介绍我？她面无表情地看着我，就好像我是一个陌生人，她的眼神表明她不想和我多说话。她从来没有用这样的眼神看过我，她的确常有这样的眼神——当她不愿意和她的客户再多说什么时，当她面对她不在意的事时，当她认为那事那人与她无关时，我记得当年我们谈论"九·一一"事件时，她就是这样一副漠不关心、无动于衷的表情。我想解释，我想说我真的一直爱着你——你其实是懂的，我想说我做得不好，但请原谅我一次吧，今后再也不会了。我想她是理解的，没有人比她更了解我。可是，她的神情阻止了我开口，我想起很多年前她说过"有些事我理解，但不谅解"，或许我已不在她"谅解"的范围了？她俯身从副驾驶室的抽屉里拿出一个大信封，递给我："本来是要快递给你的，现在当面给你，更好。"

　　我接过来："是什么？"她没吱声，我不知道说什么好。我听到钥匙插进去的声音，然后，发动机响起来了，我看到我的手在慢慢抬高——吕今晶在摇车窗了，情急之下，我喊道："史努比。"

　　"汪汪汪。"回答我的是三声狗叫，那条小狗探出头来，龇牙咧嘴地冲着我狂吠。

　　"你怎么知道我家小狗的名字。"史努比身子前倾，一只手攀着她妈妈的椅背，一只手按在车窗上——是他的手阻止了继续上升的车窗玻璃，笑嘻嘻地问我。那条狗直立着，前爪搭在史努比的肩膀上，"汪汪汪"，又是三声。

　　"那是因为，他也有一条叫史努比的狗。"

　　"叔叔，你的史努比长什么样的，你可不可以带来给我看看？"我忙不迭地点头，我想我可以立刻去买狗，买多少条狗都行，只要他高兴。

"那你知不知道我们的新房子在哪儿？"

"轰"的一下，熄火了，吕今晶恼怒地把车钥匙拔下来又插进去，重新发动了汽车："吕凡博，你把手拿开，妈妈要关窗户了。"

车窗快速升了上去，我不得不缩回手。我去美国前，吕今晶问我给孩子起什么名字，我随口说史努比，我不知道我为什么要起这样的名字，佳佳喜欢史努比的衣服，佳佳养过一只叫史努比的猫，它确实不该成为我儿子的名字。吕今晶最初给我寄的孩子照片背面写着：努努宝宝。我以为他真叫史努比，他什么时候成"吕凡博"了？

我想起吕今晶给我的最后一封邮件，她在信里给我讲了他们副总儿子的故事，他们副总有个得感知觉统和失调症的儿子，智力没问题，就是动作特别慢。医生说是抚养不当，该爬的时候没让他爬落下的毛病。副总如何内疚，如何晚上推掉应酬，陪儿子做作业，督促儿子闭着眼睛跳绳，因为医生说闭眼跳绳能改善视动不协调。十年练下来，孩子的动作快多了。我记得最后几句话：比比他，我以前的抱怨是多么不应该，不就是一个人带他吗？我向你道歉，这么多年来纠缠着你责怪着你。我多么庆幸我们的孩子是健康的，我很愿意好好抚养他长大。

车子开走了，我上了我的车，也许我可以跟着她的车，但我的身子在不停地发着抖，好不容易把车钥匙插进去，我发动汽车，一次又一次的熄火。我深深地吸了一口气，拔出钥匙，也许我可以先看看，吕今晶给我的是什么，我颤抖着手撕开信封，红红的硬皮掉了出来，砸在我大腿上，我捡了起来，是写着我名字的房产证。她一个人，不，她们母子俩在这间房子里住了八年，现在，她把它还给了我。"我多么庆幸我们的孩子是健康的，我很愿意好好抚养他长大"，她说的是"我很愿意"，那时，也许，更早些的时候，她已经做出了决定。

遗　嘱

（一）

　　那是个意外，擦天窗玻璃的时候，我从凳子上摔了下来，摔断了第三根脊椎骨。医生说还算幸运的，若是摔断的是第二根的话就是瘫痪了，现在只需卧床两到三个月，便可痊愈了。于是，我便怀着逃过一劫的庆幸回家休养。

　　我们正准备打一场官司，为一笔三十六万的欠款，我要把与我们合作多年的辅料供应商告上法庭。对方说那笔钱已经还了，但欠条还在我手上，他们也拿不出已还钱的凭证，查财务的账，也没有这笔款来往的任何痕迹。于是，我电话对方，表达了这个意思：一时没钱还没关系，但我需要重新写一张欠条，仍然只收银行利息。但对方勃然大怒，说钱已经还给谢三强了，凭什么还两次。我问谢三强，谢三强耸耸肩，摊摊手，表示他从来没有拿到过这么一笔巨款。我没有理由怀疑谢三强，因为谢三强是我老公，是厂子的经理。欠债还钱，天经地义，没钱还债，情有可原，况且合作了这么多年，他们长借三十六万我也愿意的，但他们这种态度惹恼了我，满大街都是求人的辅料供应商，我犯什么贱，看他们的脸色。

谢三强对我打官司的提议不置可否，没反对，也不支持。联系好的律师在我摔断脊椎骨的那天约我见面，我去不了，官司的事得全权委托谢三强了。他说缓一阵子再打也不急，辅料商虽多的是，但知根知底的熟供应商却不多，如果替代他的供应商拿来的全是劣质辅料，那损失的就不是三十六万了，而是三百六十万了。我想说，检验员是吃干饭的吗？但终于没说，我知道供应商摆平一个检验员太容易了。他笑我想不通，明明有钱请保姆，请钟点工，却非要自己做家务，况且天窗玻璃有必要每个月都擦吗？摔断脊椎骨那是自找的。我无话可说，他不会理解，在我自己的家里，我不愿意由外人来打理的心情。

回家休养我做的第一件事，是让谢三强从厂子的库存里拿回一箱内裤，全倒入洗衣机里清洗一次，一百条，够我每天扔一条了。我没指望谢三强会替我洗内裤。

回家休养这四个字听起来很迷人，但其实我一刻也没得休养。厂子里的一大堆事情还是我在处理，厂长、车间主任的电话绕过谢三强一个接一个地打进来，通过电脑我在选择样衣，客户总在与我沟通后做最后决定。网络和手机让我很方便地遥控了我一手创办起来的服装厂。谢三强在厂子里坐阵，但我知道，一如从前，他坐在办公室里做得最多的事情就是在网上打牌。别人要他拍板的时候，他会弹着烟灰很轻松地说："打电话问老板娘去。"我躺在床上并没有影响整个服装厂的运转，脊椎骨摔断前要赶的那批服装如期出厂了，利润可观，接下去的三个单子也都安排妥当了。谢三强笑嘻嘻地夸我能干。就是在这个时候，我向他砸了一个杯子。

我觉得生不如死。

洗脸刷牙都在床上，吃饭拉尿都在床上。明明手脚都是会动的，但是脚却使不出一点劲，得谢三强帮着穿脱衣服，更难堪的是，大小便都得用体盆解决。尿急的时候，得给谢三强打电话，等他回来后，才能把体盆塞到我的屁股下面。每次我都憋得很急，常常还没有等体盆放妥帖，尿就来迫不及待地喷涌而下。我天天如此近距离地听着自己哗哗的撒尿声，湿漉漉的臭气热烘烘地蒸腾而上，正是夏天，开着空调，整天开着小窗换空气，仍然觉得房间里充满着异味。我有意减少自己大便的次数，从每天一次到两天一次，到三天一次，到后来每拉一次大便都成了一件无比困难无比麻烦的事。原本很容易的翻身变成很耗体力的事，用手撑着，每移动一丁点都会让自己满头大汗。天热，每天要擦身子，每天要换衣服。这些事都得让谢三强帮忙。热毛巾拿在我手里，细细地擦自己能擦到的地方，总觉得毛巾的热气散得太快了。翻转身子擦背，是谢三强擦的，潮腻腻的毛巾浮皮潦草地掠过脊背，感觉是汗津津的一阵冷气，但无论如何，总算是擦过了。谢三强是体贴的，记得半夜醒来帮我翻一下身子，只是有时候翻过去之后，他自己也一个转身立刻鼾声大作，我就一直那样趴着了，直到天明。

长久地待在空调间里，感觉特别干燥，我控制着少喝水。但有一次，我挡不住诱惑，一口就把整瓶矿泉水喝完了。没过多久，尿意就上来了，打谢三强电话。等待的时间并没有超过半个小时，可我憋不住了，在听到钥匙在锁孔里转动的声音时，我尿床了。尿液渗过席子，渗过棕棚，滴滴答答地落在木地板上。谢三强站到床前的时候，滴答声还在持续。我捂着脸低声说："不用体盆了，帮我擦擦，把裤子换了吧。"

谢三强打来一盆水，脱了我的裤子，用湿得滴水的毛巾帮我擦了擦，把我挪到了干燥的那边。就在帮我穿裤子的时候，裤腰搭在了大腿根部的时候，谢三强的手机响了，他眉眼舒展着接了电话，告诉我女儿回来了，他就去车站接她。

谢三强兴冲冲地走了。远在巴黎的女儿回来了，就为了看望摔断脊椎骨的妈妈。这也让我激动不已，尽管来回的机票钱都是我挣的，但旷掉的课得她自己负责。窗外的天空一片蔚蓝，耀眼的阳光透过玻璃窗晒到了床上。刚才给我擦拭的时候，谢三强顺手推开了铝合金窗，他忘了拉上窗帘。远远的对门窗户窗帘紧闭。我用力拉了拉裤子，竭力想把腰略微抬起些，好让裤腰到达它本来应该在的位置。接着我又试图扯长上衣，想要盖住被刺眼的阳光照到了的私处。最后，我只好把双手放在了上面。我看到我的脚边有块长长薄薄的小毯子的，我小心地用脚一点一点地移动它，终于到了我的手可以够着的点，我把它抓起来盖在了身上，但与此同时我感到手上潮腻腻的，一股腺味钻入鼻孔里。

"妈妈。"女儿欢呼雀跃的喊声破门而入，"可真臭呀！这个房间要好好通通风了，爸爸你让妈妈睡到我房间里去呀，爸爸你怎么都不知道帮妈妈洗洗澡呀……"

浴缸里放满了水，水温不冷不热，我整个身子都浸到了水中，这是我这一整个月里第一次真正接触到水。浑身上下所有的毛孔都张开了，贪婪地吸收着水分。女儿用莲蓬头帮我洗头发，我第一次知道原来海飞丝香波的气味是如此让人迷醉，我也闻到了女儿身上甜美的体香。我看着自己软塌塌下垂的乳房，腹部上一整圈的赘肉，在水里微微起伏，我感到了羞耻。谢三强扶起我，我整个身子都挂在了他身上，透过雾气蒙蒙的镜子，我看到自己不再年轻的身体就这样一览无余地呈现在青春靓丽女儿面前，羞耻感又一次袭击了我。擦干身子，吹干头发，穿上干净的衣服，躺到本该属于女儿的清凉的席子上，我对谢三强说："将来，我若是瘫痪了，你还是让我死了算了。"

"那你得写下来，否则谁敢让你死？"

二十岁的女儿皱着眉头，不耐烦地说："妈，你说什么话呀，我的妈妈一定不会那么倒霉，就算你真病了，只要能救，我也不会让你死，我若没时间照顾你，就替你请一个顶极护理。"

"你妈妈钟点工都不让请，顶级护理怕是没戏。"

父女俩嘀咕着走了出去，我听到隔壁房间弄出很大的动静，我可以想象，所有的窗户都打开了，女儿在一遍又一遍地拖地，擦床，那张席子会被卷下来，晒到楼上的平台上。夏日猛烈的阳光，会把弥漫房间很多日的异味晒尽。他们提到了护理，我猜谢三强是想请女儿做说客，要我答应请个保姆。也许谢三强的姐姐不高兴天天来我们家帮忙做饭了，也许是谢三强厌烦了，但也许，是我多心了。

写下来，谢三强说写下来。写下来就是遗嘱了吧。

女儿陪了我一星期。有一天，我在床上通过电脑定样衣的时候。女儿惊愕地瞪大了眼："妈妈，你不必这样劳碌吧？"我默然，她在巴黎学的是服装设计，她在巴黎的这几年厂里一年的利润三分之一都花在她身上。好在，到明年夏天，她就毕业了。不是我们前卫，是因为在国内以她的成绩确实上不了略微像样些的大学。女儿回去前的当晚，我又睡回自己的房间，挪动身子的时候，我感觉腰部有了些力气。

当夜晚不必开空调的时候，我一个人站了起来。我小心地从楼上走到楼下，又从楼下走到楼上。我看见那个天窗，两个半月前，擦过的那一扇并没有比没擦过的那一扇更明亮。那些窗户，近三个月没有擦，也不见得有多脏。谢三强是对的，那么多年来，我干嘛没事就擦窗玻璃呢？楼梯、地面、家具确实是脏了。找个钟点工吧。

（二）

金融危机来了，公司在秋季迎来一个罕见的淡季。加工单还是有的，但利润微薄，还有做坏赔偿的风险，放十天假吧，就当是补上半年员工加班加点的休息日了。

决定去白云度假村休息几天。

度假村在山顶。这个度假村简单安静，里面不设娱乐城，餐厅也只供应家常素菜，有个露天茶室，名字竟然叫发呆茶楼。白天我就坐在茶楼里发呆。秋日的阳光很温暖，竹林掩映，有风吹过，带些凉意。有个下午，我在躺椅上睡着了。

第二天，嗓子发干，疼痛，更糟的是全身上下的骨头都痛。

测体温，37.7度，微热，感冒了。我服了药，在床上躺了三天，昏昏沉沉地睡了醒，醒了睡，尽管似乎总是处在睡眠状态，却一刻也没有睡踏实，在梦中骨头也酸痛。每天早中晚都测体温，一直都是37.7度，在我的经验中只有发高烧才会全身骨头痛，没想到如此低微的发热也会骨头酸痛。第四天，我起来了，既然坐着不舒服，躺着也不舒服。阳光不错，干脆去走走吧，说不定汗出了就舒服了。

我没沿开发商铺设好的路走，漫无目的地在山上见路就逛，在半山腰居然看到了一个鱼塘，塘边零零落落有几幢房子。有孩子追跑打闹的声音传来。

我沿着塘边散步，有个熟悉的热情的声音在喊："老板娘，老板娘，你怎么在这儿，上我家坐坐。"

我看到厂里的质检员雪莉挥着手向我跑来。雪莉小我一轮，很多年前，我们还住在租房里的时候，我们就认识了，雪莉是我们房东的女儿，房东整天骂这个成绩不好的小女儿不争气。她的家怎么会在这里？

"我姐姐嫁到这里了，厂里放假，我就来这儿玩几天。"雪莉热情地把我往一幢房子里带，房子是旧的，是十几年前农村里常见的那种造法，装修是新的，屋里还散发着油漆味。我在堂前坐了一会儿，觉得难受，就拿了一张椅子坐到了门外。雪莉搬来一张小茶几，在上面搁了一盘水果。

走路的时候有部分酸痛感是被忽略的，就像一直以来，厂里要赶着出货，日夜连轴转的时候，累也是被忽略的，只有身子摊在床上了，才会觉得骨头都快散架了。现在我在阳光下坐着了，面对着青山绿水，没有预想中出身汗后的轻松，只感到全身上下的骨头酸痛得难受。我想到了谢三强的小姑，肠癌晚期肝转移，死前的那些天一直在喊"痛痛痛"，杜冷丁一针接一针地打，剂量越来越大，间隔的时间越来越短，听说十个癌症病人九个都是痛死的，我一场小感冒都痛得那么难受，就觉得如果一直这么痛着，还不如让我死，那些天她是怎么熬过来的？

一只猫在不远处跑来跑去，不时发出"喵喵"的叫声，我听得烦躁，顺手拿起一个苹果砸了过去，投什么都不准的我，竟然砸中了它，它尖叫一声，鼠窜了几步，站定，然后仓皇跑走了。不久，它又一瘸一拐地跑了回来，竟没来由地向我奔来，猫爪扣在了我的脚背上，我觉得恶心，我是那么厌恶猫，于是，本能地一甩腿，它"喵呜"一声远远地摔了出去。我手上正拿着把水果刀，想也没想，我就朝它掷了过去，真是邪门了，我居然再一次掷中了，刀锋深深地扎入了猫的臀部。它惨叫着，滚了几滚。几个挥舞着木棒的孩子欢叫着赶来："在这里了，它跑到在这里了！"他们围着这只猫兴奋地喊，细一看，猫的一条腿早被他们打折了。

猫被他们围住，几根木棒一起伸向猫，猫艰难地躲避着木棒的袭击。

猫脸上的表情，我看不懂，但从它的动作中却不难明白，它是如何地竭尽全力了。猫闪腾跳跃，每一个动作都伴随着一声声的惨叫，它终于跑出了棍棒的包围圈，慌不择路地狂奔，足迹所到之处地上血迹斑斑。它竟昏了头，跑到了塘边，还没有来得及喘口气，一个孩子的木棒就赶到了，只一下就把它打入塘里。别的孩子围了上去，责怪先到的那个小孩下手太快，他们还没有玩够呢，商量着要把猫捞上来。

　　我不忍再看，扶着椅子站起来，没向雪莉告别就踉踉跄跄地往回走。身上的酸痛比来的时候更重了，我努力不去想象猫此时的境遇，但意识却不由自主地一次又一次地纠结在它身上。对猫来说，这完全是一场飞来横祸。我只是碰巧来到这里，猫却意外地被我一刀弄成残疾，正是这一刀让它最后的一段生命无比痛苦。

　　猫只要还没有被杀死，尽管它承受了终将死亡的宿命，但仍然竭其所能以求活命。死并不可怕，死亡就是睡着，但那种到达死亡之前的求生挣扎却令我恐惧。动物不懂自杀，所以它不得不为求生努力到最后一刻。如果我处在它这样的境地，我会怎样？谢三强的姑姑最后的一个多月整个身体发黄浮肿，无法排泄，靠打利尿剂排泄，无法吃东西，靠输营养液维持生命。她眼神里的绝望和求生的渴望，让我现在想起都不寒而栗。如果我也到那个地步，不如让我死了吧！

　　持续低烧有四天了，感冒药也吃了四天了，为什么症状不见缓解？长期低烧是很多疑难杂症的表现，莫非……我恐慌起来，不由得加快了步子。酸痛感越来越重，脚步越来越迟缓，回到房间，倒在床上，竭力想要入睡，却噩梦连连。被阳光照耀的私处，一圈圈赘肉的裸体，插满管子的身体在我梦里重重叠叠。我一个激灵，这样活着，做人的尊严在哪儿？活着的尊严在哪儿？我给谢三强打了电话："送我上医院，如果是不治之症，就让我死了算了。"

　　"那你写下来。"谢三强在电话那头轻笑着说。

挂了吊针，症状当晚就减轻了。三天后，我觉得身轻如燕。仅仅是一场比较顽固的感冒！但不知怎么的，我又想起了那只猫，我觉得我只是偶尔捡回了一条命，而它的命运，在我那纯属意外的一掷后急转而下，尽管我没有亲见它最后的死亡，但它还能活着吗？只是，对比之下，我并没有觉得重生之后的欣喜！我只感到命运的无常，作为生物的无奈。

写下来，谢三强又说写下来。写下来就是遗嘱了，写下来就是凭证了。

那么，我就写吧。

（三）

元旦前，接到外贸订单，厂里又忙了起来。我常常觉得疲倦，只要连续加两个晚上的班，而且只是加到十点左右，就会感到体力不支。但是，就在上半年，我还能前后半夜连轴转。我都四十五岁了，我想该轻松些了。

谢三强总坐在电脑前打牌。

因为一个扣子，整道工序都出了问题。车间主任赶来问我，都已做了好几千件了，怎么办。

"去问谢三强！"我的声音很大。

订商标的人手不够，另一个车间主任又来告急。办公室主任最近撂摊子走人了，这种事都得我来管了。

"去问谢三强。"我继续头也不抬地说。

电话响起，是样衣间打上来的，让我定夺要哪个款，我说：

"你们找谢三强。"两分钟后，谢三强从对面办公室里冲了出来，后面跟着两个车间主任。他站到我面前，用手敲我的办公桌："开玩笑吧！你？这种小事都要我管？"

"是没你打牌这件事大！"谢三强瞪大了眼，然后掐了烟，一副息事宁人的表情，嘟囔道："吃错什么药了！"磨蹭了一会儿，还是去车间了。

有了第一次，第二次第三次就顺理成章了。谢三强打牌的时间越来越少了。

原来我以前那么辛苦，全是自找的。

腊月二十七，大姐揣着几张存折来找我："想着这几天你该空了，这是亮亮今年挣的，你帮我把钱取出来，亮亮说尽管他花不了钱，但这么多钱抱一晚睡也是好的。"

我加了加，竟有五十多万。亮亮今年在网上打五张牌赢了那么多！去年是二十多万，前年不到十万。再往前的一些年，就还要少些。没错，他的赌技越来越好了。亮亮从小脑子就特别好使。

"你就取个整数，五十万，年后再帮我弄个五十万的存折吧。"

年三十，载着五十万现金去大姐家，看我的外甥亮亮。

五十刀簇新的百元人民币摆在亮亮的床上了。亮亮让我一刀一刀地给他，每一刀他都仔细地把玩过，最后又让我把五十刀钱扎成一捆。我没法把五十刀钱整齐地绑在一起，就找了只布袋，把袋口扎紧，亮亮紧紧地搂着这只布袋，闭上了眼。我关上门，退了出来。有风，冷，我觉得难受！

午夜十二点，村子里鞭炮声大作。大姐嫁在自村，她家的房子是十年前我父母的老地基翻盖的，当时一半的钱是我出的，她建的时候，在三楼给我们另外三个姐妹各留了一个房间。二姐三姐从来不在这过夜，我也只是每年象征性地来这住一两天。这些年，只有大姐没向我要钱，二姐三姐每年都向我借钱。二姐三姐不知道亮亮这么能赚钱，她们只知道，亮亮现在有月工资四千多，大姐因为要照顾亮亮，政府也发给她工资，每月也有一千多，两个人生病都享受医保。她们说大姐命好，亮亮是在复员前的三个月被查出病，被评为一等残废，如果复员后再查出，那么亮亮早就成灰了，不可能到现在还好好地活着。

　　但那叫好好地活着吗？

　　臀部每隔几个月就有囊肿，有腥臭的液体要流出，不得不到医院里住个十天半月，把炎症消掉。情况好的时候也坐不起来，不会自己转身，腰以下没有知觉，手能动，但我每见他一次，就觉得他手的敏捷程度一次比一次差。两条腿越来越瘦，瘦得真成竹竿了。亮亮所有的活动范围就在床上，大小便都是大姐在床上料理的。大姐所有的工作就是照顾他，亮亮身上没有一颗褥疮，不管什么时候，我每次见到亮亮，他都是干干净净的，屋子里也没有特别的异味，消毒通风大姐都做得一丝不苟。但大姐快六十了，亮亮三十三岁了，大姐还能这样照顾亮亮多久？

　　在陌生的床上我总睡不好，尽管那张床还是我未嫁时睡过的。凌晨四点，在零零落落的鞭炮声中我起来了。看见亮亮的房间里居然还亮着灯。我站在门口，犹豫着要不要敲门。在鞭炮声间歇的静寂中，我听到里面传来细碎的声音，我趴到门缝上细细一瞧，母子俩竟然一张一张地在数钱。我转身就走。

我想到夏天的时候，连自己的生活都无法自理，却还在床上遥控整个厂子的运行。人生何以要如此狼狈？如果再次回到那种状况中，不如让我死了吧。

正月初一吃过中饭，要回去前，去亮亮房间。亮亮已经把身份证和五十万块钱都放到布袋子里了。亮亮说："小姨，你帮我去存了。家里放这么多钱毕竟不安全。"

我点点头。亮亮又说："小姨，你厂子里资金周转不过来的时候，你就说一声。"我笑笑，没说话。亮亮那么会挣钱，是在减轻我的负担，我二姐三姐说得没错，如果复员后得这个病，大姐和亮亮就成了我得在床上遥控厂子的一部分理由了。但我又想起女儿说的话了："妈妈，你不必这样劳碌吧？"

"小姨，我活不长的，像我这种状况，最多也就再活个三五年，我要活着的时候为我妈多存点钱。不过，其实，为我妈多存点钱那也是瞎话，我妈用得了那么多钱吗？只是，我数那些钱时，才觉得自己活着还有点用处，否则我活着一点念想都没了。有些人削尖脑袋都挣不了那么多钱，我一个残废人却轻轻松松地挣了，想想我就得意地能笑出声来。其实我并不想活，但是我死了，我妈怎么办？你能帮我照顾我妈吗？我若走了，我妈也会很快就死了，我妈把照顾我当成她活着的全部意义，我一走，她找不到生命的意义，怕也活不长。但也说不定，我一走，我妈能活得更好，如果小姨你能在最初的日子里多陪陪我妈的话，我留给她的钱能让她过得舒服些的。"

我点点头，接着又摇摇头。在亮亮这样聪明的人面前，话是多余的。亮亮把一切都看透看明白了。可是，我怎么敢答应在亮亮走后照顾大姐。大姐不会缺钱，精神上，我怎能取代亮亮，心理上，我能给大姐多少安慰？

"小姨，求你一件事，我有个战友，精通电脑，年前失业了，我叫他初九来找你，你收下他吧，如果他没有用，他的工资我来发。"

"好，哪怕他真是个白痴，看在你的面上，我都收下，况且只要是人，总会有点用处的。我那儿正缺一个办公室主任。"亮亮笑了，这样的笑容我很久很久没见到了，我心里一阵酸痛，这一刻，我确定亮亮是真的不快乐。我也知道了他最需要的是什么。

我拎起布袋，转身，迈步，关门。

我觉得冷。觉得痛。

屈指算来，亮亮这样的状况已有五年了。这么多年来，我终于设身处地想想他想想大姐了。

如果我到了亮亮这样的境遇，不如让我死了吧，我不是亮亮，没有哪个至亲的人需要我屈辱地活着来换得她活着的意义。到那个时候，我的女儿我的丈夫没有我会活得更快乐！

写下来，写下来。尽管没和谢三强交流，我也能想象他一定会这么说。

（四）

正月初八，开业。过了十六，才开工。休息了半个多月，但是坐到办公室里，面对那些数据，面对处理不完的杂事，我常常觉得疲倦。睡眠质量差，多梦，易醒，腰痛，老忘事。我想，也许我是厌倦了这种高强度的生活。越来越多的事情被我推到谢三强身上。谢三强看我的眼神里多了些不解，他私下里跟人说我大概是到更年期了。

小伙子身上散发着年轻的气息，和亮亮没病之前是如此相像，令人怦然心动。这样的人在你眼前，想方设法逗你开心，够赏心悦目了，况且陈洪还能干，办公室的杂事他安排得井井有条。

陈洪的到来，还让打样的师傅轻松许多，他能轻松地进到我们同行的网站，大公司里的设计图片他很轻易地就偷来了。那些厂的密码对他来说似乎是不存在的。他说盗 QQ 号是很容易的事，进入别人的邮箱只要有心也不难，传说中的黑客也就是这个样子吧。但是他说他是黑客中的菜鸟，只能唬唬不懂电脑的人，如果他水平真好的话，他就去改银行系统的指令了，轻轻松松就让自己的存折上多出好几个零，还打什么工呀。

疲倦的时候，就去厂办公室，听陈洪天南海北的胡侃，聊天挺能让我心情舒畅。我觉得疲惫的次数越来越多，也就把越来越多的时间耗在厂办公室了。有一次，当我坐在陈洪对面哈哈大笑的时候，看到谢三强虎着脸站在门口。我不安地站起来回自己的办公室。

谢三强跟过来，关上门，逼视着我，压低着嗓门吼："别忘了自己的年纪和身份，别弄出笑话来。"说罢拂袖而去。

我觉得累，还有心慌，那不该全部是陈洪年轻的气息，以及热情的眼神带来的。

我有多少年没有体检了？

早期慢性肾炎。怪不得近来总觉得累。谢三强笑着说不是绝症，顶多是富贵病。别累着，心情愉快，积极治疗，应该没问题。

厂里的事基本扔给谢三强了。我考虑更改厂名，更改法人代表。把家和公司分开。我是我，厂是厂。对谢三强的能力我有些怀疑，十几年前我在家带女儿，他一个人管理厂子的那几年，工厂常常要加班，但居然每年亏损。我计划把现有的房产现金分成两份，一份女儿，一份我，厂子归他，厂子的盈亏我就不操心了。以目前的物价，我那点财产够我慢慢耗上一些年了。

手续办好，又两个月过去了。这期间，有一次，谢三强告诉我，辅料供应商的三十八万已入账。我"嗯"了一声，想起还有这么一件事，想问问去年他们的态度如此强硬，现在怎么又还了，可一转念，又懒得问了，反正钱也是厂里的钱，是谢三强的事。更改厂名后最初一段时间，谢三强回来会跟我说说厂里的事，有时也会征求一下我的意见。渐渐地，他不说了，我也从来没有问。每个月，谢三强都会给我一点钱，这就表明厂子的运行状况良好。

那些日子，早晨上公园散步，白天逛逛街，上上网，自己做调理营养餐，晚上早早休息。摆脱了厂里琐事的纠缠，疲倦感轻多了。与人交往，没人相信我是个疾病缠身的人。有时，去厂里坐坐，听陈洪胡侃，一星期去一次大姐家，在亮亮房间里默默坐一会儿。我有和亮亮聊天的冲动，但总挑不起话头。有一回，在大姐家碰到了陈洪。然后就有了默契，每到周日，我就接陈洪去看亮亮。

这时候，陈洪跟着亮亮叫我"小姨"了。有陈洪在，亮亮的房间就有了生气。很多时候，他们两个聊天，我只是坐着听他们说，亮亮的话居然比陈洪还多。我不由地想象亮亮还健健康康的时候两人在一起的情形。

两张都很年轻的脸。但截然不一样的人生境遇。那只意外身亡的猫又跳出来折磨我了。猫和人在本质上能什么不同？谁知道什么时候，陈洪也出一个什么意外呢？就像我之前可曾想到过会罹患慢性肾炎呢？

在亮亮的房间里，我开始思考假若慢性肾炎恶性发展成肾衰竭怎么办。一百次两百次我都想若到了那个地步，不如让我死了吧。

终于向谢三强提到这事，他还是轻笑着说："那你得写下来，不写下来别人还以为我谋杀呢。"

我开始一次一次在纸上写这个遗嘱，涂来改去，一叠便签撕完了，最后写下这么一句话：在病情加重到难以挽回的地步前，比如出现肾衰竭现象时，我放弃治疗，让我死了算了。在第二叠便签快撕完的时候，这句话变成了：疾病加重的时候，在抢救和死亡之间，我选择有尊严地死去。想了想，又在后面加了一句：我死后，我名下的所有财产留给女儿谢玉涵。加上抬头，签名，公证后这应是一份完整的遗嘱了。

谢三强看到这份草稿，不再轻笑，他认真地说："未必你非得这么做？也有可能，到那时候你想活呢？"我默然。

"况且，我们国家的法律不主张安乐死。"谢三强又说。他不知道私下里我已经积攒了不少安眠药。

"得找个律师咨询一下，让这份遗嘱合法化。"我说。

又一次去看亮亮，这次我带着手提电脑。他们聊起了破解密码。亮亮说："小姨呀，你以为我真的是打牌水平超好，我输的时候，就靠技术了。"两个人都说一般的QQ密码只要在这台电脑上登陆过，用不了几分钟就破解了，如果不相信，他现场就可以破一个给我看看。

我打开电脑，QQ的使用记录上有一个陌生的号码，63099029，不是女儿的，也不是谢三强的。我说那就破这个QQ密码吧。两个人搞了半个小时，还真上线了，我笑他们吹的牛皮还不算大，陈洪也取笑我说："这个号上只有一个好友，是小姨你的情人吧，里面的聊天内容我们就不看了，新密码你自己来按自己记住。"

下一次打开电脑，QQ上首先出现的就是这个号，我下意识地就输入了新密码，唯一的那个好友名字叫真的，63099029的网名叫爱你。合起来读：真的爱你。进入QQ空间，有许多照片。照片上的人是雪莉，厂里的，风景区的，餐桌上的，酒吧里的。哦，当时这台电脑是放在办公室里的。原来雪莉用过这台电脑。照片上的雪莉可真漂亮，平时我怎么只觉得她能干，没觉得她漂亮呢？女人脱了工作服，穿上得体的衣服，化个淡妆，还真能让人眼睛一亮。长裙拖地，小腰身的西装，宽边的太阳帽，毛领大衣，泳装，每一张都那么妩媚漂亮，真是一个风情万种的女人呀。她比我小十二年，我四十六，她三十四，十二年的时光是什么差别。她的美丽刺激了我，我使劲想十二年前我是什么样子的？十二年前我在干什么？结论是日夜为厂子为家操劳忙碌，顾不上打扮。我是近几年，才在衣着上费钱下力的。我一页一页地跳过，最后一张，竟然是雪莉和谢三强相拥在一起的合影，图片上传的时间是在三年前。

于是，我点开聊天记录。63099029是黄钻，是黄金会员，异地聊天记录都一句一句地呈现在我眼前。他们聊到了房子，提到过一笔二十万的装修款，还细细地讨论过我的遗嘱，还提到了假若我死了，他们重组家庭的可能。雪莉是有家的，我记得她还有一个五岁的儿子。

我关上QQ，对自己说，这没什么，这无非是一件我不该知道的事。一旦知道了，就必须去习惯的事。

日子一如既往地过着。只是对周日更多了一份期待。陈洪和亮亮聊天的时候，我并不能插进话，但是我喜欢这样看着他们，听着他们说。

谢三强对陈洪越来越不满意，说陈洪消极怠工，我离开厂后，打样的事他就不管了，差他做杂事常要偷懒。我听着但一句话也不说。我不知道陈洪知不知道谢三强对他的埋怨。在陈洪身上，我看不到他和谢三强之间有什么矛盾。他总说老板人厚道的，没想过跳槽。

有一阵子，厂里特别忙，一连三个周日陈洪都要加班。第三个周日的下午，我去厂里了，每个车间，每个办公室我都去逛了一圈。谢三强不在总经理室，在车间。陈洪一个人坐在办公室里发呆。我知道，加班其实是车间的事，安排得当的话，办公室里不会特别忙。

我站在陈洪后面有一会儿了，他都没察觉。我冷不丁"嗨"的一声，他猛地转过身来，脸上竟是受了惊吓般的表情。然后他笑了，做势要拥抱我，我也笑了。泡茶，喝茶，聊天，正开心。谢三强出现了，让陈洪去处理一件事。刚回来坐下，没几分钟，谢三强又在门外大声喊，说是卸货的人手不够，让陈洪赶紧一起去卸货。我小声说："你们谢老板抢你饭碗啊，他都成办公室主任了，看来你迟早得失业。"

　　我又坐了一会儿，百无聊赖，只好又到整个厂区转了转，在过道上，我看到谢三强和陈洪都在仓库门前，谢三强满面怒容地在骂某个人，陈洪淡然地坐在石头上抽烟。他居然在这个地方抽烟，服装可是易燃品呀，谢三强是怎么管理的？这么一小车服装，没必要总经理和办公室主任一起上阵干吧。我想了想，还是坐到了车上，回去吧，回去吧，厂子都与你无关了，别在这儿招人嫌了！

　　我开始设想，假若陈洪失业，我能为他做些什么。在亮亮的房间里，我甚至想提出我出钱给他们两个人搞个公司，陈洪具体做事，亮亮幕后策划，两个这么聪明的人应该是能赚钱的。再一想，终觉不妥，亮亮自己差不多就能有一百万，亮亮根本就没有办公司的念头，他活着的兴趣和意义不在这事上。我拿钱单独给陈洪，那又算什么？或者我可以借钱给他，让他自己去创业，但这事得由他开口，我怎么可以主动提呢？

　　女儿从巴黎回来了。她说她不想立刻来厂里帮忙，她想先去上海北京找机会发展，等山穷水尽的时候再回来。她用了"山穷水尽"这个词，难道得等她败完她名下的那份财产才肯收心。忽然间，我觉得不该给那么年轻的她这么一大笔钱。我想反对，至少也要设法限制她使用钱。但谢三强说女生外向，女大不由娘，她都二十一了，随她吧。女生外向，可我们只有一个孩子，她不就是我们的全部吗？她若不好，我心能安吗？谢三强说儿孙自有儿孙福，还是操心你自己的身体吧，保养好，多活几年才是正事。

我只有闭嘴。

刮秋风的时候，我又得了一场感冒，这场感冒让我在医院里住了十天，疲倦乏力骨头酸痛折磨了我十多天，我知道我的免疫力又一次下降了。我住院的那十天，厂里正赶着出货，谢三强只是偶尔来医院看一下，他让我二姐来照顾我。厂子忙起来会怎样，我是知道的，所以对谢三强带着歉意的脸，我笑笑。

离出院还有三天，女儿回来了。谢三强接我出院的那晚整晚没有回来。第二天一大早，女儿跑到楼上的平台给谢三强打电话，一顿指责，谩骂的话我都听不下去了。这是个被我们宠坏的孩子，从小就没大没小，尤其是对他父亲。我静静地站在门内，看着在阳光下激动得走来走去的我的女儿。

再一次坐到亮亮房间里的时候，我开始忖度，我和亮亮谁会先走一步？我开始更长时间地留恋在亮亮的房间里。陈洪不在的时候，我和亮亮之间很少说话。但就是沉默着，我也觉得懒懒地斜躺在亮亮对面的沙发上很自在。有时候，我会跟亮亮说谢玉涵，我管不了她怎么花钱，不知道她在上海混得怎样了，但是她账上的钱几万几万地被提走，我是知道的。我说的时候，亮亮并不答话，我也只是自管自地说下去。更多的时候，亮亮打他的牌，我发呆，或者上网。安静且心安。有一次，亮亮忽然对我说："小姨，你可别想不开呀！"

"想不开"这三个字，有着无穷无尽的意味。是别寻死还是别赖活，是别在意谢三强，还是别关心陈洪的生活，是别想着不肯安定的女儿，还是别在意越来越少的钱……亮亮呀，亮亮呀，小姨我，有时觉得心里通透着，有时又觉得是浆糊一团。

快过年的时候，整理东西。我和谢三强的结婚证、户口本、女儿的出生证、存折、现金、重要的信件、结婚后陆续添置的玉器金器都分门别类地放在我们的保险箱里。一个包装简陋的首饰盒吸引了我的注意力，我取出打开，是枚银戒指。那是二十三年前，谢三强送我的定情物。嗯，每一样东西都承载着一件往事。那颗玉坠子是我们扭亏为盈的那年买的，钻石项链是结婚十周年的礼物……一样一样拿出来仔细看，又重新放回去。东西重新放好，二十三年的岁月竟然也重演了一回。

原来人生是如此简单！

锁好保险箱，我手上还拿着一个文件袋。打开，是我那份遗嘱。我读了一次又一次，才放回保险箱。

倒了杯水回房间，在门口，不小心绊了一下，踉跄了几步，人往前冲，倒在写字台上，杯子砸在桌上，我伸手去拿杯子，杯子没拿到，却听到"砰"一声响，我把手提电脑划到了地上，接着杯子又蹦跳着砸到电脑上，杯子碎成几片。我呆呆看着一地的狼藉，叹了一口气，去拿了扫把，清扫吧。

然后，我坐在空空的写字台前，拿出一叠便签，找出复写纸，夹好，很快工工整整地写下这句话："玉涵：如果我意外身亡，那不是我的本意，我想看着你结婚生子。母字。"

想了想，又按上了手印。

我把这一式两份分别放进两个信封。一份锁入我和谢玉强的保险箱，一份锁入女儿房间的保险箱。

距　离

　　我常常梦见和陈浩天初次相逢的那个展厅。记忆在我眼前闪烁，深夜里，那些旧日时光在我小小的房间来回盘旋，一切都没有改变。我看见十八岁的自己，穿着棉布白裙，捧着陈浩天的诗集，穿过一排排活动椅子，走向在主席台就坐的陈浩天。那时，已近傍晚，签名售书的高潮已过去。陈浩天用拳头支着额头，手肘靠在桌上，闭目养神。我把诗集轻轻放在他面前，怯怯地"嗨"了一声。他睁开眼，一脸茫然，看了看我，又看了看书，回过神来，拿起笔，在扉页上龙飞凤舞地签下他的大名。合上书的时候，他深深地看了我一眼，那目光深邃辽远，有着说不出的沧桑，还带着些疲惫，我的心"咚咚"地跳了起来，不知怎么的，我不由自主握紧了他的手。那一刻，在我们相互凝视中，时光凝滞。

　　"吱"的一声响，吓了我一跳。椅子挪动的声音让我回到了现实，我看到两双纠结在一起的手，意识到那双纤细瘦弱的手是我的时候，我为自己的鲁莽感到羞愧，我慌乱地抽回手，碰翻了桌上的茶杯。茶水淌过桌面，滴滴答答落到地上，我顾不得多看一眼，抓过书转身仓皇逃走。在门前站定，透过落地玻璃门，依稀看到陈浩天的目光紧紧追随着我的背影，我不敢回头，也不敢多看镜中的陈浩天。定定神，推开门，玻璃门在身后晃了晃，关上了。我隐隐预感到，也许，我还会再次见到陈浩天。

最初，我把夹了檀香书签的陈浩天的诗集《月落》放在枕边，临睡前伴着调频台的音乐节目读几行，事隔多年，我已不记得那些诗句，但书页间散发出的檀香味还时时在我指间盘旋，那久远年代的歌声还时时出现在梦里。我学的是外贸英语，却热爱诗歌，长久地泡在图书馆里读普希金，读莱蒙托夫，后来是舒婷，海子……陈浩天这个名字在八个女生每晚的卧谈中变得温暖可亲，伴随着午夜音乐声，朦胧的情愫渗透在我的每一个梦里。我偷偷地写诗，满怀期待地寄出去。那一年，我曾在当地的晚报上发表过一首短诗，得过五块钱稿费。

除了诗歌，我还热爱漂亮的衣服闪亮的饰品，爸妈给的钱只够日常开销。那个时候，80年代末，海飞丝洗发液、美宝莲化妆品的促销事业刚刚兴起，在校学生是最受欢迎的促销员，我加入了这个庞大促销队伍。促销赚的钱，足够我把自己打扮得漂漂亮亮的。运气好的时候，我做一个早上促销，能赚五十块钱。偶尔，我也会对比诗歌和促销的价值。五块钱的诗歌稿费修修改改，费时两个多月。可是，相比较，我得承认诗歌更让我开心。诗歌和打工耗去了我大部分时间，我在学业上欠下了一大笔债，大三一到，即将面临毕业，我还有最后一次机会过英语专业八级考试、计算机二级考试。我不得不每晚坐在图书馆做英语试题，编 FOXBASE 程序。我放弃了促销员的工作，把陈浩天的诗集锁入箱子里。一年后，我以优异的成绩毕业分配到外贸公司。

上篇

（一）

办完事已是下午三点多，我赶着去乘五点回济南的火车，出租车在广州的大道上疾驶，我看着窗外，过了前面那座桥，往北五公里就到火车站了。我身后，救护车、警车呼啸而过，很快，车子在前面排起了一条长龙。桥上出了车祸，我遭遇了那个时候很少会出现的堵车。等我气喘吁吁地跑进火车站，我只听到一阵长一阵短的汽笛声。

徘徊在火车时刻表前，我有两个选择：坐晚上十点的慢车回济南，或者乘第二天上午七点的快车回，无论哪个选择，都将在第三天中午抵达济南。我走出候车大厅，暮色苍茫，去找旅馆还是买火车票？我犹豫不决，我害怕慢车的速度，哐当哐当迟滞不前，不厌其烦地在每个小站停留，和陌生人共趴一张桌子休息。拥挤的人流挟裹着我，我不自觉地跟随着人群朝出口处走去，站外等待出租车的长龙吓坏了我，打车找旅馆吃饭，明早退房打车，或许又会遭遇一次堵车。我挤出人群，站到路边，拿出一枚硬币，抛向空中，决定让它来替我决定今晚是否要为公司省下住宿费。老天，连续三次它都正面朝上。我折回售票大厅，买了九点的慢车票。

夜色沉沉中，我拎着简单的行李，通过检票口。上车的旅客不多，我听得见自己的皮鞋敲击水泥路面的清脆声响。火车上很安静，我找到自己的座位，从小包里拿出陈浩天的诗集《月落》，翻了起来。出差的前一晚，整理房间，看到这本书，顺手就放进了包里。到广州四天了，直到坐在回家的火车上才有时间翻开它。

火车启动，十几分钟过去了，相邻的座位上还没有人。我高兴地吁了一口气，满意地把小背包枕在头下，把诗集盖在脸上，蜷起身子躺下休息。我听到了若有若无的音乐声，那应该是从某个旅客的小收音机里传来的，和着哐当哐当的火车轮子敲击轨道的声音，我睡着了。我梦见我又回到了大学宿舍，八个女生叽叽喳喳地谈论着心中的白马王子，陈浩天三个字又从室友们的口中蹦了出来。

黎明前最黑暗的时分，我醒了。借着过道上昏暗的灯光，我看清了此刻是凌晨四点，我打着呵欠，拿着毛巾去洗脸。洗手间的门紧闭着，我轻轻地推了推门。

"请等一下。"一会儿，门开了，对视的那一瞬间，我想起五年前那扇在我身后晃动的玻璃门，是的，没错，他酷似陈浩天；没准，他就是陈浩天。我的心跳没来由地快了起来，想起那次莽撞的握手，脸红了起来。我低头走入卫生间，把门关紧，抚着自己的胸口，镇定着自己。我慢慢地洗脸刷牙，强烈地预感到那个人还站在门外，我告诉自己要矜持，要稳重。

打开门，他果然站在过道中，我看了他一眼，就这一眼，我确定他就是陈浩天。我们的目光又一次对接了，从他的眼神中，我确信他还记得我。我低头从他身边慢慢走过，决定不主动和他搭话。这一次，我等待着他向我走近。我听到自己轻轻的脚步声，也听到了另一个更轻的脚步声，我听出了脚步声中的犹疑，或许我该回头冲他笑一笑？但我努力地控制着自己，五年过去了，我不应该还是当初那个莽撞的小女孩。

我在自己的座位上坐下，我前面的桌上摊着陈浩天的诗集，我的双手按在桌上，不自觉地一次又一次把诗集合起来，又翻开。我看到，陈浩天在离我两排座位的地方站定，手扶着椅背。我意识到他在观察我，我的心更慌乱了。我觉得很热，用手扇风，觉得不妥，于是，起身去开窗。窗开了，四月凌晨凛冽的风呼啸着吹来，要命的是，我缩回手坐下的时候，打翻了桌上的杯子。茶水像五年前那样，再一次淌过桌面，滴滴答答落到地上。我仓皇地拿起封页已被沾湿的书，但是，这一次我无处逃离。这个时候，陈浩天走了过来，用他刚刚洗过脸的毛巾擦干了桌子，然后在我对面坐下了，深深地看着我："我们又见面了，这五年来，我常常会想起你。"

我的心跳再一次加快，我已经无法呼吸。我看着他，他的头发被风吹得一缕一缕的，似乎探到眼睛里去了，眼睫毛低垂着，这是我见过的最黑最深邃的眼睛。他的眼神里有一种深沉而痛苦的忧伤，这忧伤是如此深情地打动了我。那一刻，我已经知道，如果我接过他的话，那么，这个人将会和我的生命发生千丝万缕的关系。我的各种感官打开了，我的感觉敏锐到无处不察。我在呼啸的风声听到一个声音在警告我，我听到了我体内的血液时而戛然而止，时而突突涌窜。我的胸前抱着那本泄露我情感底细的诗集，我想起那连续三次的正面朝上，想起出差前夜的随手一放，也许，这就是妈妈所说的"命中注定"。我觉得我无法抵赖，也不甘放手，最终，我听从心灵的呼唤，我说："是的，我也是。"

天亮了，阳光透过车窗照进来，照在我们紧紧握在一起的双手，我记得很清楚，这一次是陈浩天握住了我的手。他的手骨节分明，温暖有力，每个手指头都干干净净，指甲缝里没有一丁点污垢。我记得有那么一刻，我心虚地四下里张望了一下，有那么一会儿，我试图抽回我的手。但当陈浩天松开的时候，我却没再往回缩。他笑着再一次握紧了我的手。我的挣扎只是一种姿态，我相信他也知道了这一点。我们隔着桌子相对而坐，我第一次在明媚的阳光下看到陈浩天——他的头发黑黑卷卷的，细看两鬓稍稍有一点花白。他的前庭宽阔，眉间有一道深深的"川"字形皱纹，这应该是经常皱眉的人特有的。他的双目深邃，眼神热切，但同时也很警惕。他的下巴圆圆的，有个小凹坑，像是很好斗似的。我听见他说："我二十五岁就结婚了。"

我的心一沉，下意识地把手往回抽了一下，但很快我就意识到我沉得没有道理，我记得他应该快四十了，我总不能苛求一个四十岁的男人还没结婚吧？于是，我仍然把手停留在他手上。

"我曾有个女儿，如果她还在，应该有十六岁了。她三岁的时候，得白血病去世了。"我看着他，想着说什么话才是合适的。可我的嘴是那么笨拙，嗯啊了半天，没说出一句完整的话，就那么静静地看着他，只是更加用力地握住了他的手——我把劲儿全使在手上了。

他居然笑了笑，我不明白他为什么笑，他说："我没看错，你和别人不一样，以前，每当我告诉别人这件事的时候，他们总是感到必须说上一句，太可怕了，多么悲惨哪。等等等等。"

　　"可你能怪他们吗？"不假思索的，我说道，我自己刚才就差点儿没说出一句类似的话。

　　"不能，"他说，"不过问题在于，整个事情要复杂得多。我的女儿会觉得是一种悲剧吗？我们没钱为她继续治疗，就算有，她会觉得快乐吗？看着她痛苦地活着，我们会快乐吗？真正悲伤的，只是她妈妈。她太喜欢孩子了。我不喜欢孩子。我也不能对别人说，女儿的去世让我得到解脱了。你不知道，她病情发作的时候，有多磨人，她那么小，甚至都不会说话，只会哭。那种哭声在深夜里听着寒碜着呢。"

　　我看着他的眼睛，这是一段悲伤的往事，我似乎应该说些什么安慰安慰他。但是，我觉得他并不需要这些，他的语调是那么平静，他的眼神清澈明亮，他看我的眼神甚至充满着柔情。他抚摸着我的手，那种温热，让我充满了渴望。他说我与别人不一样，是的，也许就是指的，面对他悲伤的往事，我却还能够沉迷于他的温柔之中。那么此刻，就让我享受这一份不一样吧。

　　陈浩天松开了手，直起身子，慢慢向后靠在椅背上，他的双手撑在脑后。他眯缝着眼看着我。我被看得不自在起来了。他的眼神里有种能够掌控一切的意味，此刻，他能掌控谁？毫无疑问，他是觉得他对我有把握。不快在刹那间遍布全身。有风从窗外吹进来，我紧了紧领子，也靠向了椅背，双手叠在一起放在胸前。我垂下眼睛，看到自己的双手，白晰柔软，像一对等待的小鸽子，它们不曾属于谁。可就在刚才，它们被陈浩天紧紧地握着。忽然，我感到羞耻，还有莫名的恼火——我对他还什么都不了解，怎么就允许他这样子对我？而且这个人已经结婚了。

一个影子出现在我眼角里。接着是一条穿裙子的腿，她在一点一点地移过来。

"这个位置有人吗？"自然是没有人的。我能说什么呢？或许眼下这个处境，有个无关的人出现，再好不过了。她在我对面挨着陈浩天坐下。陈浩天往里挪了挪，保持着刚才的坐姿。

"再也不会有孩子了，因为我已经离婚了。"陈浩天缓缓地吐出一口气，漫不经心地说。我的心又一次飞速地跳了起来，这么说，他是一个自由的人，与他调情算不上不道德。我抬头看了他一眼，他还是那样眯缝着眼，眼神里的那种自得的笑意惹恼了我。我赌气地把目光投到窗外，不说话。

岩石、树木、田野，这些始终不变的东西在车窗外构成了一幅又一幅的景色。岩石很大，有时是嶙峋突兀的，有时平滑得像块圆石，不是深灰色便是黑色的。树木看上去都是齐高的，一排一排地向后退。整片整片的田野全是一望无际的绿色。我觉得自己在某种程度上有点像哪本小说里的一个年轻女子，正离家进入到一片不熟悉、让人惊恐又让人兴奋的景色中，这个年轻女子将在这里面临自己的命运，她似乎并不在乎自己的命运会变得如何悲惨。

我收回狂野的思绪，转头看着对面。看清了紧挨着陈浩天坐着的女子，这是个漂亮的女人，但显然她不那么年轻。她的脸上涂了一层薄薄的白粉，大大的眼睛上有对忽闪忽闪的假睫毛，她也向后靠着，头几乎挨到陈浩天的胳膊了。我看了她一眼，又看了陈浩天一眼，陈浩天把手臂从后脑勺上拿下来，双手抱臂，又往里挪了挪。我轻轻地"哼"了一声,垂下了眼睛。我用余光瞟着那个女人,她穿了一件低领的薄毛衣,饱满的乳房呼之欲出。有人从过道上走过,她顺势又往里靠了靠。现在,他们几乎肩膀碰到肩膀了。

"你看着怎么那么眼熟呀,你上过电视吧?"

"没有。"

"我想起来了,你这种发式、额头还有眼睛和我表弟太像了。"那个女人兴奋地说,她的手都快碰到陈浩天的头了。典型的和陌生人搭讪的话,你怎么不说和你老公很像。我在心里鄙夷着。

"你刚才说你离婚了,我也离婚了,咱们同病相怜哪。"

……

他们居然聊上了。最初,陈浩天"嗯嗯啊啊"地应付着,不时抬眼看看我,我知道有些话他是在问我,但他说的每一句话,那个女人都能立刻接下去。不久他们越聊越热乎。我成了局外人。

我闷闷不乐地去看窗外的风景。有时,火车经过一整片的阴凉地,透过窗玻璃里,我仿佛看到他们越来越黏糊的眼神。我恶毒地想,过不了多久,他们的双手该紧紧握在一起了,他刚才不也就那样握住我的手了。我还那么享受他的抚摸,真是可耻呀!再过一会儿,那女的就会钻进陈浩天的怀抱了。

光线暗了下来,火车进站慢慢停了下来,窗外除了人流再没有什么风景可看。我不得转头面对他们两个。我想逃离这个地方。可过道上全是刚上车拥挤着找着座位的乘客。此刻,他们也不说话了,两个人都沉默着看着过道。我顺手拿起桌上的书,翻开一页,装模作样地读着。可很快,我就读不下去了,《月落》是陈浩天的诗集，我怎么甘心在这个时候读他的诗？

火车再次启动的时候，他们的聊天掀起了高潮，他们低头轻声交谈着，头几乎挨在一起。我气恼地把书扔回桌子，再次把目光投向窗外。沿途一直有的田野、树木、岩石统统不见了，取而代之的是一些裸露着红色砖瓦的低矮房子，稀疏地立在旷野里，那么荒凉。我泄气地转头，看到陈浩天的身子靠着窗，女的向后靠在椅背上，胸脯高高地挺着，陈浩天的视线正好落在那片裸露的白色的肌肤上。我觉得我没法待在这里了，我"腾"地站了起来，拿起包就走。

"洁洁，你去哪里？"陈浩天也站了起来，伸手拉住我，急急地问。

我不说话，打掉了他的手，转身就走。

"你们是一起的？"那个女人惊讶地问道。

"我不认识他，我没你熟悉他。"我回过头，盯着她，解气地说。陈浩天追了上来，我加快脚步，朝洗手间走去。在两节车厢交界处，我绊了一下，撞在一个抱孩子的女人身上。"对不起！"我狼狈地说，抬头的时候，吓了一跳——那个孩子的脸，惨白惨白的。女人的神情木木的，仿佛没听到我的道歉，一声不吭地走了过去。

在洗手间里，我看到镜子里的自己，脸涨得通红，眼睛里喷着嫉妒的火苗，那张涂脂抹粉的脸在我脑海里晃呀晃。我深深地吸了一口气，洗了洗脸，停下，又用双手掬了把水，泼向镜子，水滴沿着镜面，缓缓滑下，镜子里的那个影像渐渐清晰起来：那是一张年轻健康，没有涂抹任何化妆品的脸，这张脸常常被人夸奖漂亮。我意识到，这张脸应该比那个胸脯更有吸引力，况且，谁知道，她的胸是不是就是货真价实呢？她的眼睫毛就是假的，我不无恶毒地想。我想起公司里一直向我献殷情的部门经理李清荣，他是我的学长，我一分到公司，他就追我追得紧紧的，明里暗里地帮着我向着我，他可比陈浩天年轻英俊多了，也肯定比陈浩天有前途多了。他陈浩天算什么？我怎么就昏了头呢？我一次又一次把水泼向镜子，镜子里的影像模糊了清晰了无数次。我终于平静下来了。

开了门，一双手不由分说地拉住了我，他用力把我拉向他的怀抱。我想我可以大声呼喊，他其实就是一个陌生人，他怎么可以这样对我。但是我的呼喊只在喉咙里来回徘徊，怎么也冲不出口。

"你吃起醋来的样子真讨人喜欢。"

"不，我没有。"我抵赖着，"你盯着她胸脯看的样子真让人恶心。"

"瞧，还在吃醋，承认吧。"陈浩天抱紧了我，呵着气在我耳边说，"我看见的可都是你。我故意看她就等着你发飙。"我想推开他，但他的怀抱多么温暖，我感到全身沉浸在轻松中，都快乐得不知怎么好了，可又觉得，这跟失望气馁的感觉是何等的相似呀。

我的头靠在陈浩天的肩膀上，我的目光穿过挤挤挨挨的人头搜索着那个涂脂抹粉的女人，她应该还坐在我们的座位上吧。我多么希望她能看到这一幕！

我只看到那个刚才我撞上的女人，她抱着孩子坐在椅子上，头低垂着，黑色陈旧的腰包抵在腰间，包口朝着过道。她旁边站着一个小个子的男人，穿着深灰色的夹克衫，手扶在椅背上，不时地看看母女俩。他们是两口子吧。他们的衣服款式，他们的作派，他们脸上的神情是多么相似呀。从车厢另一头涌来一拨人，他们挤着过来了。其中一个绊了一下，撞上了小个子男人，小个子男人倒在了女人身上，我看到，他一只手按着女人的肩膀，一只手伸进了她的腰包。我一个激灵，难道他是个贼？我小声惊呼了一下。"怎么了？"陈浩天问道。我没有回答，因为我看到了那个大胸脯女人，在那个小个子男人直起身子的那一刻，我看到了她，她就在那拨人中间，正朝这个方向走来。我不由地把陈浩天抱得更紧了。她走过来了，我想她看到了我们，我留意着她的表情，我无比失望地发现，她的神情没有任何变化，但或许是脂粉盖住了她的神情。因为她经过我们身边时，我清楚地听到她"哼"了一声。这一声"哼"让我痛快异常！

　　我从陈浩天的怀里挣脱出来，拉着他的手回到座位上。《月落》静静地躺在桌子上，阳光洒在封页上，泛着亮闪闪的光。他拿起他的诗集，翻开一页。用眼神示意，诗人将亲自朗诵诗歌。我双手托腮，凝视着他。他清了清嗓子，轻轻念道："那一瞬间 / 一道阳光刺痛了我 / 我的瞳孔里差点就要流出了泪水 / 那一瞬间 / 仿佛突然有了你 / 有了遥远的安慰。那一瞬间 / 我的心变得柔软 / 仿佛一支金色的箭找到一个伤口 / 只有你知道 / 我就是这个世界的一个伤口。"他的声音低沉浑厚，我的耳朵神奇地过滤了火车上嘈杂的声音，只听见陈浩天的朗读，他读的每一个字都清晰地传入我的耳中，印在我的心上。

（二）

但终于我听到了别的声音，是那种呼天抢地的哭声。我从来没有听到过这么寒碜人的哭声，那么绝望，又那么愤怒。不断地有人从过道上走过去，他们都奔着哭声去，不断地有人回来，带回一些零碎的信息。

"发生什么事了？"陈浩天问在他身边坐下的乘客。

"听说有个女人的钱被偷了，整整五千块钱，那钱是东拼西凑借来给孩子治病的——那孩子得的是白血病，就放在包里，上车的时候还在的，过了两站发现没有了。真是可怜呀！"

过道那边的三个人回来了，他们也在说这事。

"这么大一笔钱，应该分散放呀。鞋子里、口袋里、包里，弄个小布袋贴身缝在内衣上，她怎么可以全放在一起？"

"现在出门，真要当心。现金能少带就少带。听说，现在有全国可以取钱的银行卡了。"

"农村里出来的，人家第一次出远门，哪能想到那么多！"

"这事乘警解决不了，据说已经报警了，到下个站，警察就会来了！"

"有什么用，小偷早下车了。"

……

"这没什么，这世上每天都会发生这种事，不过，确实，这小偷越来越猖獗了，是该严打了。"陈浩天对他的邻座说，然后，他一边站起来一边对我说："我们吃午饭去吧。"我还没觉得饿，但还是顺从地站了起来。

我们离哭声越来越近了，在两节车厢的交界处，在洗手间门口，我看到了那个哭着的女人。我发现我已经见过她了，而且不止一次。她瘫坐在地上，她的腰包敞开着，空空的——所有的东西都倒在地上了——粗草纸、钥匙、手帕、清凉油、病历本，她的孩子坐在她身边，那张没有血色的脸又一次吓着了我。有个乘务员蹲在她对面，应该是在劝慰她吧。

　　我全身颤抖了起来，不停地打着趔趄，好几次踩上了陈浩天的脚背，陈浩天扶着我的肩膀，几乎是拖着我走到餐厅。

　　"你怎么了？"

　　泪水涌上了我的眼睛，这事来得太突然，以至于把眼睛转开去都来不及，我本不想在他面前流泪的。

　　"好了。"他说，"没事了。"他从衣袋里拿出一包餐巾纸，抽出一张递到我手上。

　　我接过来，可怜巴巴地吸吸了鼻子，我又一次看见了那只伸向女人腰包里的手，我本来可以阻止他的，本来可以抓住他的，只要我当时大喊一声"有小偷"。可我却被猪油蒙住了眼睛，我只看到那个大胸脯的女人。我是一个多么冷漠自私的人呀！

　　我擦了擦眼泪，但是泪水像汹涌的河水，怎么也擦不完，很快，餐桌上堆起了一大叠纸巾。

　　"快别哭了，有什么事，说出来吧！——喂，我情愿送你一打巧克力，也不想在这里给你买纸巾呢。"

　　我抽抽噎噎地说不出话来，但是一旦开口说了第一句话，后面的就自然多了。说完了，我觉得好受多了，我看着陈浩天，等待着他遣责我。他沉默着看着我："就为这事？"我听出他有点不以为然，这让我觉得很受伤。

"我觉得你把事情戏剧化了。这事跟你无关，没有什么条文规定你得在那个时候站出来。况且，一开始你并不知道他是小偷，你当他们是一家子，谁会想到那个'丈夫'会是小偷呢？这世上每天都有人看到别人被偷，并不是每个人都会大喊'有小偷'的。"

我眼前闪过那张惨白得吓人的小脸，分辩道："可是，那钱是救命钱呀，没钱孩子就没救了。"

陈浩天的身子往前倾，伸手扳住我的肩膀，他的额头几乎触到我的额头了："听我说，如果她真是白血病，五千块钱根本不够，那是个无底洞，无休止地往里面扔钱收获的仍然是绝望，最后人财两空。"

我看出来了，他的情绪在突然之间变得很激动，我想起，他刚才说过，他有个得白血病死去的孩子。也许激动是因为他悲伤，他的心里其实无法释怀，对那事并不像他方才说的那么轻松。

陈浩天直起身子，往椅背靠了靠，这会儿，他平静了："我能理解你的负罪感，但我的感觉是——"他说，"我感觉这件事并不太重要。你的生活里还会发生别的事情——另一些事情没准会在你的生活中出现，相比之下，这件事情便显得无关紧要了。对于别的事情你才会产生真正的负罪感呢。"

饭菜上来了，我拿着筷子，挑着米饭，但是只有很少的饭粒落进我的肚子里，我不饿，真的不饿。陈浩天确实是饿极了，他狼吞虎咽地吃着米饭，一会儿，一碗米饭就被他消灭了，他又要了一碗。看别人吃饭，是一件很有趣的事，但不久，我开始走神，盯着他发起了呆，没再说一句话。不知道过了多长时间，也许是两三分钟，也许有一刻钟，等我回过神来，陈浩天已吃完了，他歪着着头，打量着我，很突然的，他笑着向我摊了摊手，耸了耸肩："瞧我是一种娱乐吗？"我只在电视里看到过这样欧化的动作，觉得潇洒极了。我的心情好了起来，我笑了，放下筷子，站了起来——我真没胃口吃饭。

过道上，已听不到哭声了，她大概是被乘务员劝到工作间去了，可穿过一节又一节的车厢，快到那两节车厢的交界处时，我一眼就看到，她还坐在那里，心情在瞬间变回沉重。我不由自主地又深一脚浅一脚起来，短短的几米距离，却仿佛有几万公里那么长。经过她身边的时候，我看到孩子在她怀里睡着了，没有血色的脸看着让人害怕，孩子的胳膊耷拉着，裸露着的手腕瘦得像根芦柴棒，这一切多么令人心酸啊。她们的命运，因为我，雪上加霜。这时，我看到她脚边敞开的腰包里有了五角、一块、五块的票子，应该是好心人捐的。我站住了，哆嗦着，从背包里找出皮夹，蹲下身子，把所有的钱都塞进她的腰包里。

四张蓝色的老人头票子让她吃了一惊，她抬起头，说："小妹妹，你真好心。"我感到脸热热的，也许我得说点什么。陈浩天拉起我，边走边在我耳边轻轻说："你疯了，你做过头了。我都要怀疑她的钱在你手上了。"

我觉得委屈，想要反驳他的话，但是我咬着嘴唇不吱声，我怕，我一开口，眼泪就又要掉下来。幸好，我听到他又说："但是，如果你那样做能让你心里好受些，那也值。但求你，从现在起，请你忘掉这件事吧！"

午后的阳光变得凌厉起来，过道对面的乘客拉起了窗帘，空气里弥漫着燥热的气息。陈浩天一直在说话，说他的童年，说他的大学生活，说他曾追过的女孩。我觉得他是为了让我忘掉那对可怜的母女才不停地讲，这多少让我觉得不自在，但是我真心领受了他的好意。火车转过了一个弯，现在阳光直照到我们身上了，我脱了外衣。广播在喊："下一站，杭州站。"

一阵离愁别绪涌上心头。陈浩天要在杭州站下车了。"要不，你跟我回家吧？就当我拐卖少女吧！"陈浩天笑着说。我心一动，但还是坚决地摇了摇头。我觉得他来济南找我更合适。离到站还有半个小时，陈浩天不再说话。我们看看对方，又看看窗外，直到现在，他还没问我要联系方式。我们就这样结束了吗？我感到一种不可挽回的痛，这一路，我们算什么，这一天，算爱情吗？这一天，圆了我懵懂情怀时的梦了吗？

陈浩天拎着他的行李下车了，我从窗口探出头，看着他快速往出口处走去，一会儿，他拐下楼梯口，再也看不见了。我心头沉重，我觉得我错失了很重要的东西。我宽慰自己，这无非是一场邂逅。这件事并不太重要——这话是他刚才说的，我想起他的原话——你的生活里还会发生别的事情——另一些事情没准会在你的生活中出现，相比之下，这件事情便显得无关紧要了。是的是的，更重要的事会在将来发生。

想到这里，我坐回座位，一转身，吓了一跳——那对母女坐在了我的对面。我低下头，心怦怦跳，负罪感又一次袭击了我，我发现我没办法一个人面对她们。我看到女人张了张嘴，似乎要说话。我不想和她说话，看到她我总觉得我是个罪人。我赶紧捂着嘴，打了个呵欠，趴到桌子上，假装睡觉。很快，我意识到我的莽撞——我已身无分文，我没钱吃饭坐车，明天到了济南，得饿着肚子走回家。这一路上我赖以依靠的人，他永远地离开了。我不禁开始埋怨起他了：他明知我一分钱也没有了，怎么不给我钱——毕竟我一个女孩子，开口向他要钱总是不合适的。

火车又一次开动了，有人推了推我，我没有抬头，决定就这样趴着到济南。

"洁洁。"好像是陈浩天的声音，我抬头，没错，真的是陈浩天。他的额头亮晶晶的，满是汗水，手里攥着一张一百元的纸币，他气喘吁吁地说："我快走出火车站了才想起，你一分钱都没有了。我跑回来，使劲敲玻璃窗，你就是不抬头，我只有上来。可现在，我下不去了，我得陪你坐到下一站了。"

我接过他的钱，听着他的责怪，幸福得都不知道怎么好了。

（三）

我没有回济南，在上海站跟着陈浩天下了车。上海站人潮汹涌，陈浩天替我拎着行李在前面开路，我背着小背包跟在后面，大口大口地呼吸着新鲜空气——我很高兴终于摆脱了那对母女，上海站里污浊的空气都让我觉得痛快了！我相信今生我再也不会碰到她们两个了。即使碰到，有陈浩天在我身边，那种负罪感不会折磨上我。

又坐了四个小时的长途客车，我们到了剡城。坐着黄包车，看着街上陌生的风景，我惶恐了。一路上，不断有人和陈浩天打招呼，他们看我的眼神带着探询。哦，他应该是这个小地方的名人——我强烈地感到这是他的地盘。我一会儿低下头，我有些不确定我的身份，陌生人探询的目光让我不安；一会儿又高昂起头，故意偎依着陈浩天——我觉得我是他的女朋友。我想，这里没有人认识我，即使我明天和他分手，也没有流言会跟随着我。

穿过一条条陌生的小巷，我一路忐忑着，终于到了陈浩天的家。

在楼道口，有个大妈直直地盯着我看。一路上，我已承受了无数探询的眼神，但是，他们看我时是躲闪着的，只有她，死盯着我，我避开她的眼神，她还追着不放。"王大妈。"陈浩天和他打过招呼，我们从她身边超过去上了楼梯，她居然跟着我们上楼了。我们到了三楼的转角口，她在二楼冲我们喊——后来我知道，她是站在自家门口："陈浩天，这小姑娘是你什么人？"

"女朋友，我们马上就要结婚了。"陈浩天攥紧我的手用比她更响的声音回答。我整个身体僵硬了，一时间，我分不清是幸福还是不安。我爱他，从十八岁起，他就在我的梦中，但是，爱他是否就要嫁给他呢？

"这么说，你们真的不可能复合了？你们曾是多么好的一对呀！"王大妈追着问，语气里的怅然，仿佛陈浩天的妻子是她的女儿。以后的若干年，微妙的对峙一直存在于我和她之间。我总觉得，从她第一次见到我起，她就对我心存偏见。她觉得我不配做陈浩天的妻子。

"我爱你，我很久没有爱过什么人了。也不信什么缘分，可在火车上一看到你，我就相信这世上真有缘分这种说法。之前的五年，我真的常常想起你，我对自己说，如果上天能让我再次见到你，我一定要紧紧地抓住你。"陈浩天在我耳边轻轻地说。我一阵激动，是的，那么多的偶尔，只为了让我们重缝，这不是缘分是什么？

　　客厅的墙壁上挂着陈浩天和他前妻的合影。我把行李放下，看看陈浩天，又指指照片。陈浩天找出一架梯子，爬上去，摘下合影。又指引着我，在小小的两室一厅的房子里搜索着她前妻的痕迹。在一个五斗柜里，他翻出了一本影集。我看到了陈浩天光屁股的样子，看到了他的小学毕业照，光光的头，戴着红领巾，瞪大着眼睛，一副傻傻的样子。在他的高中集体照中，我找到了他的前妻。之后，小范围的同学合影中，也总有她。后来，是他们两个一本正经的合影，透过一本正经的表象，我看到他们之间的亲密无间。嫉妒在我的胸中升腾。我神色黯然地合上影集。陈浩天伸出手来抚摸我的脸，我一动不动地站着，完全被他手上的气味所吸引。欲望渗透了我的皮肤，一种温热的感觉在我的体内涌动着，那些日子，只要一想起陈浩天，这种感觉就会突然地涌上来，我能感到那种温热从我的衬衫里慢慢渗透出来，我的肌肤充满着饥渴。但现在，我克制着，等待着，他说："那是过去的事了，如今我只爱你，有你陪着我，我此生无憾。我们一定会有很多很多的幸福时光。"许诺犹如润滑剂，欲望在刹那间冲破束缚，我们滚在了地板上。

　　我的寻呼机一直响，我把它团团裹进一块毛巾里，顺手塞入床下。有一天夜里，半夜醒来，我听到了细微的嘀嘀声。我算了算日子，这个时候，照理，我应回到济南三天了。现在，爸爸妈妈一定在找我，公司的领导也在找我。我爬到床底下，找出呼机，十几个呼叫号码。愧疚让我对自己的裸体感到羞耻。我穿好衣服，看着熟睡的陈浩天，突然地感到害怕，这个人，真的要娶我吗？这个人，真的就是我今生的依托吗？我不由地抽泣起来。一双温柔的手轻轻，轻轻地抚摸着我的背。妈妈的话在我耳边响起："每个人的姻缘，都是命中注定的。"我想，每个人的爱情也是命中注定的。

爸爸拒不接受陈浩天，他把陈浩天买的东西扔了出来，他说："如果你真的想嫁给他，离开我们，离开这个家，那么，这个家就不再是你的家。我也不再是你的父亲。你没有权利想念我们。"陈浩天站在我家门口，一脸无奈，他看着我，显得那么无辜。忽然间，我觉得心虚，仿佛是我拐骗了他，是我害得他要来承受这般羞辱。确实，是我自己义无反顾地跟着他在上海站下车的，跟着他走进剡城的家，发誓要今生今世在一起。那么，现在，我只能无条件地和他站在一起。那张汗津津的百元纸币让我的天平倾向了他，我觉得一个能想到我需要钱的男人是可靠的，是值得托付一生的，况且，他曾经还是我的梦。这世上有多少女人能像我这么幸运，把梦变为现实。在父亲愤怒又绝望的怒吼中，我迟疑着，但还是跟着陈浩天住进了小旅馆。两天后，我执拗地离开了家。

我记得，临走前的那个晚上，下着大雨，我一个人跑到家里，祈求爸爸能收回他的话。

爸爸在我的房间，清理我的东西，他把我的东西打成一个又一个包，宣称，如果我走了，他就把我的东西全都当垃圾扔掉，爸爸不住地骂我"不孝""不懂事"，预言我的婚姻不会幸福。我默默地流着泪，离开了家。在楼梯口，妈妈追了上来，抓住我的手："求你了，再慎重考虑考虑，毕竟陈浩天比你大了十五年。你一个人千里万里跟着他去，万一……"

"别管我！"我哭着说，甩开了妈妈的手。

"等一下。"妈妈说，"请在这儿等我一下。"妈妈急急地上了楼，一会儿，她跑了下来。我们站在楼道口那扇破旧的门前，感觉整幢楼黑沉沉的似乎要向我们压来，昏暗的灯光下，看得到雨点一直飞溅着。妈妈直直地看着我，好几分钟一下就过去了，我忍不住又抽泣起来。

"拿着。"妈妈把一个信封塞到我手上，"记得给我打电话，记住，你的家在这里，妈妈始终会在这里等你。"

（四）

陈浩天正儿八经的职业是围棋教练，利用晚上和星期天去少年宫教刚入门的孩子下围棋。每个晚上，我跟着陈浩天去少年宫，和个别陪读的家长一起坐在教室后面，听陈浩天讲课。我学会了下棋，不久，马马虎虎也能给有些孩子陪练了。

我看出陈浩天一点也不喜欢他的职业，他对学生几乎没什么要求，只要不吵闹，能让他顺利讲完课就行。对领悟能力强的孩子，他没有偏爱他们，对学习能力弱的，他缺少耐心。有天，有个孩子怎么也理解不了"征子",重来,没做对,再讲一次,小孩点点头,可是再来的时候还是错了。那天,正好一个陪读的家长都没有。陈浩天骂道:"猪脑袋!"顺手推了孩子一把,孩子趔趄了几步才站稳,眼里蓄满了泪水。我不安地走到孩子身边,想安慰安慰他,又觉得不妥。直到下课,陈浩天都没再理他。我发现,陈浩天上课时,如果没有家长坐在教室后面听,他就特别容易发脾气。私下里,陈浩天不止一次对我说过他烦透了围棋,烦透了那些笨孩子。他是多么希望能全心全意地投入写作。

白天,我们在家里,形影不离。他趴在写字台前写作的时候,我就翻看大学时代读过的普希金、莱蒙托夫的诗。在他的藏书中,我找到有关他们的诗歌评论。仿佛阳光穿透厚厚的云层,很多原本懵懂的问题豁然开朗了。我开始觉得我真的懂诗了,当我读到"面朝大海,春暖花开"时,不禁热泪盈眶。

陈浩天的满腔热情倾注在日常生活的每一个细节里。他把他的酬金如数交给我;陪我逛街时,笑眯眯地看我试穿一件又一件衣服;为我熬制山东风味辣椒酱;有月光的晚上,他在阳台上为我深情朗诵他写的诗。天气晴好的日子里,我们常常手挽手地去散步。

我们一起把两室一厅重新装修了一遍。客厅的墙壁用白涂料粉刷了一遍,正对着门的墙上钉了一排到屋顶的书柜,所有原来挤在纸箱里的、堆在床底下的书都整整齐齐地摆在了书架上,中间的一排摆了二十本《月落》,这是陈浩天唯一的一本诗集,签了他名字的那本摆在了正中间。这本集子后,他再也没能写出一首让他自己满意的诗。他不再称自己是诗人,他把自己定位为散文家。我亲手把有他作品的杂志一本一本码在《月落》的旁边。数数，有三十多本，隔着一张桌子，我给了陈浩天一个飞吻。

所有的家具换成了浅浅的蓝色，连房间的墙纸也换成了浅蓝色。卧室的钢砖被一块一块撬掉，铺上了本色的木地板。有些个夜晚我们在地板上做爱，在兴奋得忘掉一切之前那清醒的片刻，我记得我相信，我们的呻吟，我们的情话会让我们爱的永不改变。

那些日子，取悦陈浩天是一件很容易的事。一碗合他口味的甜羹，一个出其不意的拥抱，一句充满柔情的情话都能让陈浩天紧锁的眉头舒展开来。那一年，陈浩天发表的好几篇散文被选入年选。他志满意得，踌躇满志，无限膨胀着成功梦。

我已经有些懂文字了，我悲哀地发现，其实，他的文章也无非如此罢了。我相信，陈浩天自己也意识到了，因为我渐渐察觉到他的焦虑，苦于无法超越自己的焦虑在折磨着我们的生活。而且，开作品研讨会时，有批评的声音针对了他。我开始理解他眼神里的那种深沉而痛苦的忧伤。我明白他只是一个过气的才华耗尽的作家。我觉得这没什么，他就是一篇文章不发表，我们也一样幸福地往前走。这世上到处是平常普通的人，他们都有简单的幸福。只是，陈浩天无论如何都无法接受这样的事实。他抱怨琐碎的生活干扰了他的创作，抱怨围棋教练的职业枯竭了他创作的源泉。

我小心地维护他男子汉的尊严，心甘情愿地为他做好后勤。在厨房里变着花样为他做营养餐，他的衣服我总是熨了又熨，每一件穿上时看起来都像新的。他不喜欢我一个人出去到处逛，我也就尽量待在家里。有天下午，我们去公园散步，看到他一路关注着盛开的海棠花，第二天，我就买了一盆海棠花，精心伺弄它。

有一次，他去参加一次诗会，回来时，满脸怒色。我佯做没有察觉，给他剥了一个桔子，送到他嘴里，他推开我的手，把一叠文稿扔在桌上，顾自走进房间。我拿起稿子，标题是：陈浩天可以下课了。我迅速浏览了一遍，语言尖刻，但也许那个年轻的评论者说得也有道理。房门关上了，我赶紧推门跟过去，陈浩天站在窗前。我深深地吸了一口气，从后面抱住他，柔声说："别理那个乳臭未干的小子，跟着起哄的全都是有眼无珠的人，我们不跟他们一般见识。你的作品好坏自有公论。"话一出口，我就知道说错了，但是我再也不可能收回我的话。紧贴着他的背，我能感觉到他的胸膛在剧烈地起伏着，他在控制他的情绪，我的安慰犹如隔靴搔痒，甚至可能更触怒了他。我不知道我说些什么，才能让他平静下来，我只好亲吻他的脖子，用我知道的最原始的办法抚慰他。

20 世纪 90 年代初，物价飞涨，陈浩天授课的酬金维持在原来的水平。为了能有更多的时间创作，陈浩天还减少了去少年宫的次数。每个月数着那有限的几张纸币，我感到捉襟见肘，只好千方百计地缩减开支。我去逛商场，只敢去试打折的衣服，只敢去廉价的饰品店买看起来亮闪闪的货物。陈浩天仿佛不知道我们钱不够用，我也没说什么。催缴电费的单子贴到家门上，同一天，邮政局停了我们的电话。后来，我们知道，那一天有很多人打电话找陈浩天，其中包括一个大型刊物的编辑。

催缴电费的单子在门上贴了好几天，我怎么也凑不出三百多块的电费。真后悔上个月猛开空调。正是盛夏，陈浩天怕热，整日整夜地开着空调，他只肯在凌晨四五点关闭空调开窗换换空气。我一次一次去摁掉空调开关，他一次一次重新打开，闷热的房间里流动着我们暗暗较劲的空气。

"电费太贵了，你忍一忍吧，我们小时候连电风扇都没有，也都过来了。"

陈浩天虎着脸，拉开衣柜，又"砰"地重重关上。过了一会儿，他跳起来用力甩开衣柜门，把衣柜里所有的衣服都扯了出来，扔在地板，他边扔边数："一、二、三、四……你都有十条裙子！还在说没有衣服穿！"我呆呆地看着他，明白他在抱怨我乱花钱。可是，哪个女人的衣橱里没有十件八件的衣服呢？

吵架后的第二天早上，我们去逛街。我得承认，我和陈浩天之间的争执渐渐多了起来，不过，每次吵后，他都会主动来和好。比如主动提出陪我逛街，买点小玩意送送我，说点甜言蜜语给我听听——要知道拣好听的给对方听，也是要心情的，年纪越是上去，越是明白，说甜言蜜语不易。这天，我心里还有着疙瘩，我走在陈浩天旁边，没挽他的胳膊，一路都是他在说，我一副爱理不理的神情。去了几家常去的店，不过，什么也没有买。不是我不想买，我觉得我们的生活如此拮据了，买些漂亮但不实用的东西也确实没意义，况且，那些东西过些天又会成为吵架的由头。

阳光越来越猛烈，汗水打湿了衣服，陈浩天也不再说话了。我觉得疲惫，还有些悔意，这种季节这种天气出来逛街真是太不明智了，我觉得陈浩天心里也肯定这么想。中午时分，我们在一家冷饮店里喝冰镇汽水，一瓶汽水喝下去，我觉得好受多了，我说："等下我们买点酸梅，回去给你做酸梅汤。"陈浩天笑了，他隔着桌子伸过手，替我理了理头发，他的手指停留在我的脸庞，我又体会到那种熟悉的温热的感觉，不禁心神荡漾。走出冷饮店，我们已经手挽着挽手了。

"陈浩天。"有人喊，他答应了一下，同时猛地甩开了我的手。我顺着声音往马路对面望去，是个女人，她朝我们走过来了。她的裙摆摇摆，每一步都摇曳生姿。她在我们前面站定，我看清了，她的头发高高盘着，水晶发饰亮亮的，直晃我的眼。额头上细密的汗珠在阳光下一闪一闪的，这张脸如此熟悉。我记起来了，她是陈浩天的前妻——我只在照片上见过她。我得承认，真人比照片生动多了。我得承认，她真是个美女——年轻时应该比现在更美。更晃我眼的，是她高耸的胸脯和脖颈上雪白的肌肤，不知怎么的，我一下子想起了火车上那个涂脂抹粉的女人。醋意又一次在心中翻滚——他说他看到的全是我，我现在明白了，他看到的是他前妻。

"你结婚也不请我喝酒。你的新妻子真年轻。"她笑吟吟地看着我，又看看陈浩天。陈浩天局促地低着头，嗯嗯啊啊地说不出话："我们，我们没有办酒。"我愣住了，接着难受，继而是愤怒。不办酒是照顾我，我在这里没熟识的人，我的婚姻不被父母祝福。我从未介意我没有一场像样的婚礼，但此刻，我感到锥心的痛。他还在意她，她还在他心里。"你们曾是多么好的一对呀"——王大妈这么说过，这句话像根刺一样扎了我一下。我挺了挺胸，生硬地直视着她："是呀，比你年轻。"她笑了，盈盈笑意让我自惭形愧，我的浅薄让我脸红了。我伸手理自己的头发——长发被风吹乱了，我的棉布短裙皱巴巴的。我意识到，除了比她年轻，我处处不如她，如果我们同龄，我只配给她提鞋子。我低下了头，认出她的凉鞋是商场里最贵的那种，我全身的行头加起来，还不够她买一只鞋子。她的衣服、发饰都是我渴望的，但我知道，陈浩天买不起。

为了钱，没有征得陈浩天的同意，我出去上班了。陈浩天的脸色阴沉，可是，他也知道，如果他不愿意多去少年宫，钱真的是个问题。知道陈浩天不喜欢我和别的男人有接触，所以去了一家服装厂做缝纫女工。我妈妈是一个很出色的裁缝师傅。记得很小的时候，我喜欢坐在缝纫机前，看梭子和皮带在瞬间转得飞快，又缓缓慢下来，我着迷于倾听"嚓嚓嚓""嚓嚓嚓"的节奏声，特别羡慕妈妈能够整天地玩缝纫机，梦想将来也做个裁缝师傅。我无师自通地学会了踏缝纫机，才十岁就能把踩线的活儿做得又快又好。再大一点，我喜欢在镜子前一件一件地试穿妈妈店里的衣服，煞有介事地挑剔妈妈的设计。妈妈的裁剪台一空下来，我就拿些报纸和零头布，趴在那里剪呀剪。妈妈笑眯眯的，说她后继有人了。但是爸爸不喜欢我这样，他用戒尺把我逼到书桌前，规定我每天必须读完多少书。后来，我真迷上了书。我捧着书做饭，常常把饭做糊了。妈妈吃着烧糊的饭，开玩笑说："洁洁呀，你不能只沉迷于书呀，否则，你将来生活不会幸福呢！"

在陈浩天的小屋里生活了两年，突然每天在都是女工的车间里度过长长的八个小时，一时无所适从。我坐在缝纫机前，陌生拘谨，小心地把脚踩到缝纫机的踏板上，试探着缓缓踩了几下，我看到：梭子转动了，皮带滑动了，压在衣服上的线在双手间一截一截地向前移动。慢慢的，我仿佛回到了妈妈的缝纫店里，又听到了让我激动的"嚓嚓嚓""嚓嚓嚓"的节奏声，我深深地吸了一口气，呼吸之间，熟悉的感觉扑面而来，我的动作不由地越来越快，越来越快。我已经知道我的生活，将在这"嚓嚓嚓""嚓嚓嚓"的节奏声中发生翻天覆地的变化。下班的时候，清点，记工的组长瞪大了眼睛。

两个月后，我去了打样间，巨大的裁剪台震撼了我。数百件款式不一的样衣让我心花怒放，别人午休的时候，我关上门，一件件试穿，小女孩时的情怀再次俘虏了我。妈妈说得没错，她后继有人。我天生就是一个优秀的裁缝师。其实，许多不成功的设计，只要做小小的改动，就会有出其不意的效果。

来回上班的路上，我常常会看到陈浩天的前妻，她的爱爱精品店就开在另一条街上，是我上下班的必经之路。我听到别人叫她爱娟，哈，这么优雅时尚的人配这么一个土里土气的名字。我记得，很久以前，我想进这家店看看，但陈浩天借故把我拉开了。现在，隔一段时间，我会进店看看，她像接待普通顾客那样接待我，我看出，她一点也不在意我是她前夫的妻子。她的淡然，让我难受。我做梦都想她用敌意的目光看着我。较劲，只是我一个人的事。她的优雅，重要的是她的衣着不断地提醒我要努力，总有一天，我也要穿上品牌服装。

（五）

挟青菜的时候我吃进了一丁点花椒，麻麻的、辣辣的感觉刺激着喉咙，我咳嗽起来，把花椒咳在了纸巾上。擦了擦嘴，我拿起杯子喝了一口冰啤酒，冰凉的液体抚慰着因咳嗽而隐隐作痛的嗓子，接着顺着喉咙流到胃里，真爽呀！但是，不对，我感到有东西在我胃里翻江倒海，不行，我要吐了。我冲进卫生间，对着洗脸盆狂吐，啤酒青菜基尾虾红烧肉全吐了出来。

我回到餐桌，笑着对陈浩天说："那个花椒，够威猛的。"陈浩天往我的酒杯里倒满酒，又剥了一只基尾虾放到我的盘子里，举杯说："忘掉花椒，吃吧，祝你生日快乐。"我们的酒杯相撞，发出清脆的"砰"响，我一饮而尽，把基尾虾送入嘴里，快乐地说："祝我们年年有今日，岁岁有今朝。"可是，一阵恶心袭来，我使劲咽了咽，试图把这阵恶心压下去，但有东西涌到喉咙边了，我不得不再次冲进卫生间，啤酒吐出来了，刚落肚的基尾虾吐出来了。我纳闷，小小的一只基尾虾经过我的胃，吐出来怎么成了那么一大堆。我漱了漱口，正要离开，要命的是喉咙里再次涌上了东西，我不得不"呕"地吐了出来，是一汪黏稠的液体，已辨别不出是什么东西，但我闻到了一股馊臭的鸡肉味，我中午吃过鸡肉。紧接着，我又吐出一团又一团带着馊臭味的东西。我趴在马桶边，吐呀吐，觉得都快把胆汁也吐完了。

陈浩天站在我身后，轻轻拍我的背："什么东西吃坏了？要不，去看一下医生？"我点点头又摇摇头，不知道说什么好。电话响了，陈浩天去接电话，就在这个时候，我忽然意识到我有近两个月没来月经了。

"我要出去一下，你不要紧吧？"

"没事，你去吧。"我急急地说。我蜷起身子，窝在沙发上，我得好好想一想，是哪一次的不小心造就了他，我们一直都措施严谨。陈浩天说过，他不喜欢孩子，他不愿意有个什么都不懂的小人来打搅他的生活，他说："每个人，一生中都有很多想做的事。但对我来说，只有一件事最重要，这件事，比任何别的事情都重要，比我的家人，比我的爱情更重要，比我要一个自己的孩子更重要。只有这件事值得我放手去做。我不允许任何别的事情来干扰我。一个自己的孩子必定会耗去我很多的精力，很多的感情。所以，我不会要孩子。"

我不知道我是不是渴望有一个孩子，离开父母，和陈浩天在一起，快五年了。我选择爱情就是选择陈浩天，陈浩天认定写作是他最重要的事，那么，我也只有选择无条件地支持他。他对写作的狂热让我害怕。我开始意识到我选择了一个冷酷无情的人，除了写作，我不知道他心灵深处的世界。随着时间的流逝，我会在越来越多的午夜忽然醒来，在那样一个清醒和迷糊交界的时刻，我会觉得我是在和一个陌生人一起生活。这个陌生人是我在剡城唯一的依靠。我小心翼翼地经营着我们的关系，相信爱是我们之间唯一的纽带，爱是我们全部的生活内容。

我听到陈浩天上楼的脚步声了，接着，我听到锁孔里钥匙转动的声音，我想起来开门迎接。但我忽然觉得这张小小的沙发在上下颠簸，我仿佛是坐在波涛汹涌的船上。我抓着扶手，下了沙发，踉踉跄跄地走进洗手间，弯下身子，跪在冰冷的地板上，又一阵呕吐——我把刚喝下去的水吐了出来。陈浩天进来了，他站在卫生间门口，一言不发。然后我听到他在厨房里洗漱的声音，他关上房间门的声音。我一个人坐到客厅的椅子上，打开电视机，到不得不去睡觉的时候，我才磨蹭着上了床。我以为他睡着了，可我一躺下，他的一只手就伸了过来，放在我的肚子上，我一动不动地躺着。他慢慢地侧过身子，另一只手伸到我的胸口，我犹豫了一下，还是推掉了他的手。他躺回去，我听到他在说："我想，你是怀孕了。"

"过几天我就去拿掉他。"

"我要你生下他，可以吗？"一阵狂喜漫过心田，陈浩天要这个孩子。他这么说的时候我才意识到我有多么想要一个自己的孩子，在这样一个陌生的城市里，我即将拥有一个流着我的血统的孩子，无疑的，几十年后，我的孩子也会有孩子，我们家的血脉将会延续下去，我将真正地在这个城市扎下根。离家那么远，还有什么比生命的延续种族的繁衍更有意义。可是，陈浩天分明信誓旦旦地说不要孩子，是什么让他改变了主意。但我才不去深究这个呢，我迫不及待地说："好的，只要你喜欢，生多少个我都愿意。"

"你敢生下他吗？"陈浩天说"敢"，我琢磨着这个敢字的意思。确实有生孩子死去的女人，可更多的还是母子平安。或者陈浩天的意思是说孕期的辛苦，我今晚一次次的呕吐，让他怀疑我能否承受得住数个月的折磨。

"上个月，你去青岛出差三天，两个晚上没有回来，有三个晚上加班过了十二点才回来，其中有一晚到家，满身酒气。"陈浩天说的都是事实，只是我不明白他为什么要在这个时候说这些，我沉默着，预感到有什么事即将发生。

"你刚升了部门经理，就怀孕了。你从普通的缝纫女工到拉长到车间主任到部门经理只用了三年时间，升迁够快的，你拿什么在贿赂你们的董事长？"仿佛五雷轰顶，我再愚钝也听明白了，他居然怀疑这个孩子的来路！我打掉他放在我肚子上的手，坐起来，抱了一床被子睡到沙发上。

我想妈妈，我跪在沙发上，捧着电话机，一次一次拨出烂熟于心的号码，但总在快要接通的刹那间挂掉。我想我不能在深夜十一点的时候给妈妈打电话，那会打搅她休息。妈妈说过，姻缘是缘分，每个人的姻缘都是命中注定的。我忽然迷糊什么是命中注定，我想问问妈妈缘分是什么。我刚把电话机放回茶几上，它突然响了，是妈妈，她说："洁洁，生日快乐！我忘了今天是你生日，刚才梦见你了，才想起。"

我谢过妈妈，就说不出话来。刚才我还那么想和妈妈说说话，但现在却一句也说不出来，我发现我没法问妈妈什么是缘分，妈妈总是能在我的只言片语中猜到我的想法。在我年幼的时候，这对我们俩都是莫大的欣慰。但当我慢慢长大，却让我在很多时候感到不自在了。或许妈妈在我离家前就预料到我今后的状态。现在，我发现我不想向妈妈承认，我的婚姻已走到了这般田地。

"我一直都在想念你，很想很想。"妈妈说，"我还在想，你二十七岁了，也该当妈妈了。有了孩子，家才算家，一切才会真正稳定下来。"我感到泪水滑过脸庞，沾湿了话筒，我怕我在电话里哽咽起来，急忙与妈妈道别。挂了电话，我倒在沙发上，默默流泪，后来，我睡着了。醒来的时候，我发现我躺在床上，陈浩天坐在床边，死死地盯着我看，那双眼睛很黑很亮很深邃，五年的时光，面容苍老不少，但这双当初让我意乱情迷的眼睛没有变，很多时候，只要看着它们，看着里面的那两个小小的我，我就会迷醉。但此刻，我厌恶憎恨这双眼睛，我别过脸。陈浩天伸出手用力拔转我的脸，我能感到那份力量里蕴含着的怒气，而我，却连生气的心情都没有，他逼视着我的眼睛，说："你若不心虚，就生下他。"

　　两个多星期后，剧烈的孕吐过去了，我回到公司上班。每天不到下班时间，陈浩天就来到我办公室，说是接我下班。之前的三年，他一次也没有去公司找过我。他坐在椅子上，彬彬有礼，找准时机，和进进出出的人聊天。他向我的同事们自我介绍，说他是个写字的，然后，他又补充说就是写文章换钱来养家糊口的，我不工作的那几年，他就是用写字换来的钱养活我的。我听他如此胡说八道，厌恶得想要去捂住他的嘴。有次，我下车间，他跟着去，有人正在讲笑话，他接过话头，评价了一下，然后，讲了一个笑话，逗得所有的人都开怀大笑起来。

　　"看得出你先生很爱你，很体贴你。"公司里一个搞销售的人说。他不会知道，陈浩天天天来公司接我，可到了定期要孕检的日子，却是我一个人去的。他也不会知道，在晚间，趁我睡着的时候，陈浩天是怎样盯着我的肚子看的。

　　"你先生是个诚恳、风趣的人，作家和普通人毕竟不一样呀！"一个缝纫女工带着羡慕的口吻说。我意识到，如果陈浩天愿意，凭着他迷惑人的外表和口才，还有过气作家的光环，他还是能带走我们车间里的某一类女工。

"哪里，他根本不是这样的。"我笑着说，"你们只看到他的优点罢了。"仿佛我是出于礼貌，才这么说的。但其实，我说的是大实话。没错，陈浩天看起来是个亲和、殷勤、风趣、会照顾人的男人，还充满了想象力。但其实，他很容易神经质。别人不会知道，陈浩天常常会做些可怕的噩梦，在半夜惊醒时像孩子一样扑在我怀里哭；他在写不出文章的时候整天躺在沙发上，拒绝出门；他像得了强迫症似的，老怀疑有人抄袭他的文章；得到退稿信时，他是怎样的暴跳如雷。因为爱他，所以包容他的一切，但现在，在所有缺点外，他多疑——他竟然怀疑我的忠诚！或许我们之间还是有爱的，可是如果连起码的信任都没有，我不得不怀疑这份爱能否持续下去。

我肚子高高隆起的时候，有一天，陈浩天没来接我，因为我提前下班了。我一个人慢慢地走在街上，路过爱爱精品店，我犹豫了一下，进去了。自从怀孕后，我一次也没有进来过。爱娟坐在透明的玻璃柜台后，在给自己织一个披肩。听到声音，她抬起头，笑笑，很快，她露出了惊讶的表情，慢慢的，她的笑容淡下去了。她再一次低下头，埋首织着她的披肩。"真正悲伤的，只是她妈妈。她太喜欢孩子了。"我记起，陈浩天这么说过。我的样子让她想起他们夭折的孩子吗？我站在店堂里，有些不知所措。我感到，多年来，只有这一次，她真正把我看成了她前夫的妻子。也只有这一次，我真正伤到了她的心。

我缓缓地转过身，一步一步走出店门。我扶着门框，站在店门口，傍晚绵软的阳光照在我身上，我感觉不到一丝暖意。爱娟如此冷漠和敌意，是我从前一直期待着，可此刻我却感觉不到一丁点痛快之意。

"你走好，小心点。"我听到爱娟这么说，但她的语调那么冷，我听出她的意思是说，你赶紧走开。我"嗯"了一下，松开扶着门框的手，这时，我看到了陈浩天，他昂首挺胸地在街对面走着。"浩天。"我喊道，他跑了过来。

"你怎么会在这里？"陈浩天质问道，"这店是爱娟开的呢。"

"回家吧。"我说。陈浩天站在爱爱精品店门口，往里面张望了一下："爱娟，爱娟。"他喊道。我也探头去看，柜头后面的爱娟不见了。帘子掀动了一下，爱娟走了出来，手上拿着块毛巾，一边擦脸一边问："有事吗？"

"没事，没事，我们走了。"陈浩天忙不迭地说，我又看到了他脸上显出局促不安的表情，那种仿佛做错事的表情又一次让我心生不快。他拉着我，快步走出了爱爱精品店。一走出路口，我就用力地甩开了他的手。

闲暇的时候，我开始细细回想过往岁月里的点点滴滴。我一直以为我们是心心相印、生死相依的，我也一直以为他理解我的全情付出，懂得我无论天涯海角都愿意跟随他一生一世的深情。我的每一个决定他都理解支持。可其实，我与陈浩天之间隔着的何止是千山万水的距离呀。我反省，我对陈浩天也不是事事说的。他从不知道，我每个月都会去爱娟的店里逛逛。他不会知道，爱娟是我事业打拼的强大动力。他也不知道，我在心里，时常掂量我和爱娟在他心中地位——我一直暗暗纠结于他每次见到她时的那种局促的表情。公司里的事，我很少跟他细细提，工作上的困难，我一直自己解决。最初，是觉得他没兴趣，后来，就成了习惯。

（六）

安宁是个早产儿。八个月多一点的时候，我见红了。那天半夜时分，每隔五分钟我就想上洗手间，起初，我以为只是正常的尿频，身孕六个月之后，我差不多每隔半小时就得去一次小解。后来，我发现手纸上沾上了淡淡的血痕。恐惧迫使我推醒在沙发上熟睡的陈浩天，我们早就分床而睡，从我最近的那个生日晚上起。陈浩天一骨碌爬起来，很有把握地说："你是要生了。"

"天哪，不要呀！"我惊叫起来，"他还太小，他还不到出来的时间，他必须得在我肚子里再待一个多月。"妈妈说过，肚里一天，外面七天，早产儿相对来说会比较难养，妈妈在电话里无数次提醒过我，有些禁忌一定要不折不扣地实行，要保养好，千万别早产，早产儿头几个月养起来很辛苦。我一直按妈妈说的在做的，千般小心，万分谨慎，但是，我的孩子他还是那么迫不及待地要提前来到这个世上。

"真是孩子话。不过，去医院吧，也许医生有办法让他在你肚子里多待几天。"陈浩天边说边已动作利索地在收拾东西了。

已是深夜，街上空荡荡的，陈浩天搀扶着我，站在昏暗的路灯下，等待着出租车。他一直焦躁地看着手表，其实才等了五分钟，他就已经忍不住在骂娘了。冬日凛冽的风刮过，我打了个寒战。

医院不远，过了街就是，我说我们走过去吧。陈浩天摇摇头，脱下他的外套，摊开放在人行道上，让我坐在衣服上。肚子开始轻微的阵痛，每隔几分钟，疼痛就袭击我一次。我靠着树坐在地上，看到陈浩天拉着一辆板车向我走来。他扶起我，说："板车很脏，我垫了一块旧床单，应该干净了。"

我坐上去，陈浩天弯下腰躬起背，拉起板车，说："坐稳了！"板车摇晃着慢慢前行了。这小小的板车微微颠簸着，我小心地抓着扶手，闭上眼，温暖和感动在我心里荡漾。今晚，此时此刻，我再一次看到他对我发自内心的关心，或许他也是爱我的。是的，我终究只能和这个人相依为命，我们的孩子即将来到，不管曾经有过多么深的罅隙，随着孩子的到来，一切都会过去。

保胎药水挂上去，一个多小时后，阵痛就结束了。第二天做例行的B超检查，结果显示胎儿双肾集合系统分离一厘米，医生说绝对是个畸形儿，建议我引产。陈浩天拿着报告单，疯了一样，把单子撕得粉碎。他死死地盯着我的肚子看，那眼神让我害怕。我想起，过去的许多个夜晚，他轻轻拍房间门，喊我一下，我不回应的时候，他才推门进来，坐在床沿上，后来，我发现，他是在看我的肚子。此刻，我的心里忽然澄明一片，陈浩天是真的想要这个孩子。他竟然那么想要一个怀疑不是他生的孩子！或者其实他从来没有怀疑过这个孩子的来路。我被自己的想法吓了一跳。

我听到陈浩天在护士站很大声地说话，我不知道他在争辩什么。我的孩子在肚子里踢我，这小东西让他的父母心情很不舒畅，但是我不相信他会是畸形儿，这么多人生孩子，只有很少很少一部分是不正常的，概率和买彩票中头等奖差不了多少，我想我不会那么不幸。我一步一步挪到护士站，静静地听他们说，医生说要停了保胎的药，得及时引产，陈浩天拿不定主意，他问了许多个假若。"陈浩天。"我叫了一声，陈浩天受了惊似的转过头来，他看我的眼神是那么绝望，但一秒钟后，他轻描淡写地说："你说，怎么办吧？"我在心里叹了一口气，不由地想起他夭折的女儿，或许，在每一个治疗的当口，他都是这种态度吧。我的孩子在肚子里踢了我一下，我抚摸着肚子，说："我不引产，也不保胎，我生下来，不管什么结果我自己承担。"

　　下一次阵痛袭来又是在半夜，宫口很快张开，值班医生说当你觉得要解大便的时候就可以上产床了。孩子小，生得还算顺利，但是会阴裂开了。我听到孩子非常响亮的哭声，压在心上的石头落地了，果然，医生说："现在看看，他是个健康的男孩。但是，太小了，四斤六两，得送到儿保室，放保温箱观察几天。"我拿不定主意，我自己就是早产儿，我妈妈七个多月就把我生下来了，出生的时候才三斤多一点，那时可没什么保温箱，我不也长得很健康。

　　"让我看一眼孩子吧。"我说。医生举起孩子给我看，我躺在产床上，仰视到自己的孩子。只一眼，我就看出，他是他父亲的翻版，他的头发很黑很密，妈妈曾说，头发多的婴儿母亲带着累。我伸出手，想抱他，这个时候，他睁开了眼，瞥了我一眼。我知道他还什么都看不见，但是那一瞥让我受了惊，那眼神里竟然充满了倦怠、满不在乎的气息。他打了个呵欠，重新闭上了眼，我看到他的一缕头发垂了下来，贴在了眉毛上，让我想起当年在火车上陈浩天被风吹得一缕一缕的头发。没来由的，我忽然感到空洞洞的，仿佛一切都那么不真实。我得承认，这一刻，我还预感到，这个孩子不会给我带来安宁。

孩子抱走了，我听到产房外，陈浩天的声音又很大。我想他是焦躁了，孩子平安健康他还焦躁什么。后来，我知道，他是拒绝把孩子送到保温箱里。没想到，在今后漫长的岁月中，在对待孩子上，这竟然是我们唯一意见一致的事。

回到病房，陈浩天抱起了孩子，我看着他，说："我以为生完孩子感觉会很美好，尤其是，他是健康的，这多让人惊喜！他那么像你，可事实上，我只有一种空洞感。"

陈浩天低着头，仔细地看着孩子，他的脸上透露出一种热切的神情，不自觉地张开了嘴。他完全忽略了我，我其实只是希望他能看看我，轻声说一句抚慰的话。或者他抱起孩子是要和我一起逗逗这个小家伙，但他却自个儿抱着他，如此热切地看着他。我闭上了嘴，也闭上了眼睛。他看孩子的眼神让我懂得他爱，他真的爱他，甚至这中间可以没我的事，只不过是借了我的子宫用一用。我想起他那个夭折的女儿，他说起她时，那么漫不经心。我以为，他真的不在乎女儿的离世。可现在，我不由地想他当初说的不要孩子之类的全都是鬼话。我还记得他说过，他和前妻离婚是因为她太想再要个孩子，而他不想要孩子。我想起我们的争吵，他抱怨我太会花钱，要拐弯抹角地说我裙子太多，他要孩子，却要用"你若不心虚，就生下他"来激将我。我不明白他要孩子为什么不明说，我做了什么，让他以为我不愿意当母亲？难道，在我们之间竟然从来没有过坦诚？我对他，我对这个同床共枕了五年多的男人，究竟了解多少？

但是，现在好了，结束了，那一切都让它过去吧，但愿这个孩子能给我们的生活带来安宁。

"安宁。"我忍不住低低呢喃起来。

"好，我们就叫他安宁吧。"陈浩天忽然开口。

我坐月子的时候，陈浩天常常抱着安宁坐着，一坐就是几个小时，他脸上有种梦幻般的表情，那么温柔，那么热切。安宁每次晚上大哭的时候，陈浩天都会起床去照看他，这个做儿子的吵啊哭啊，从一开始他就知道他父亲在意他。换尿布，泡奶粉，擦身子，陈浩天在昏暗的灯光下边打着呵欠，边哼着歌做这些事，他很疲倦，但又很开心。我注视着他们，我的呼吸越来越缓慢，我的情绪越来越困惑。在他们之间，这对父子之间，如果不是因为要喂奶，我怀疑我是不是就是多余的。我躺在黑暗中告诉自己，我总算是做了一件真正让陈浩天高兴的事，即使我觉得他对我照顾不周，即使我觉得他冷落了我，即使我觉得我在嫉妒自己的孩子，但总算有一样牢靠的东西在维系着我们了，我该觉得轻松了。

中篇
（一）

我们刚睡着，就又被一阵猛烈的哭闹声吵醒。这已经是今天晚上的第四次了，我伸手往床头柜摸去，拿到钟，发现离上一次哭才过了二十分钟。我烦躁地翻了翻身，不想理他。我已经知道安宁没发热，也没有尿床，给他喝奶，他也未必要喝。我记得医生说过，不要小孩子一哭就去抱他。妈妈也说过，小孩子的娇其实是大人惯出来的。我知道陈浩天也困得不愿意睁开眼，但是，我还是听到了他伸手去够衣服的窸窸窣窣的声音，我轻轻地踢了踢陈浩天："别理他，过一会儿他就会睡着了。"

灯亮了，陈浩天起来了，我也睁开眼，看到陈浩天的眼睛红红的，眉头紧锁着，这是个疲惫的中年男人。心疼怜惜的感觉击中了我，我忍不住又说："他是被惯坏了。我可以和你赌，你狠下心来，只要坚持一个晚上他哭的时候不去理他，他以后晚上就不哭闹了。"已经有好几个晚上了，安宁半夜哭闹，只要抱着，他就不哭，可一放回小床，他又哭。

陈浩天没理我，他走到小床边，俯身抱起安宁，坐到我们的床上。我也坐了起来，挂着泪水的安宁马上在陈浩天的怀里安静地睡着了。这个小魔鬼呀，我擦干安宁的泪水，想继续说服陈浩天，我刚喊了一声"浩天"，陈浩天就打断了我，他瞟了我一眼，就这一眼，我就知道，我又惹火了他，他的眼神里全是对我的不满，他说："你嫌吵，就别管我们，你睡你的觉，我会抱的，没见过像你这么当妈的，孩子哭闹，自己不哄，还不让别人哄！"我被噎得说不出话来。我觉得不对，却没法反驳，只好闭嘴，赌气躺下。

等我醒来的时候，灯还亮着，陈浩天靠着床睡着了，他的一只胳膊枕着安宁的脖子，安宁的身体大半挨在床上了，但他的头几乎是悬着的，这是多么别扭的睡觉姿势呀，但是安宁却睡得那么香甜。我轻轻地托起安宁的头，移开陈浩天的胳膊，小心地让安宁的头挨到床上。陈浩天一下子醒了，他睁开了眼，茫然地看了看四周。"哇——"又是一阵激烈的哭声，安宁又哭了，陈浩天回过神来，他立刻去找安宁。我轻抚安宁的背，安宁睁开眼，看看我又转头看看陈浩天，此时，陈浩天侧身躺下了，他的胳膊再次枕入了安宁的后脑勺，安宁闭上眼，不哭了。我明白了，原来，安宁是要和我们一起睡。从此，安宁结束了睡小床的历史，他一直睡在我们中间，直到八岁。陈浩天的胳膊一直让安宁枕着，直到安宁厌烦了他的胳膊。

我也睡下了，但是我却怎么也睡不着。关灯前，陈浩天横了我一眼，这样的眼神我已经看到过太多太多次了。当他发现安宁尿了裤子，我没有及时更换尿布的时候，当安宁喝完奶我忘记替他拍嗝而使安宁吐奶的时候，当安宁哇哇啼哭我却还在管自己做事的时候，他都会这样横我一眼。有时候，他一边哄安宁一边唠叨。他嫌我没有照顾好安宁，嫌我不是一个称职的妈妈。他看安宁的眼神热切温柔，黏稠得能淌出蜜来。哦，他曾经也用这样的眼神看过我，但现在，他看我的时候，眼神里全是嫌弃和不满。我知道，现在，他心里眼里就只有一个安宁。他对安宁的爱里已容不下一粒沙子，他觉得只有他自己是最爱安宁的，他忘记了我是安宁的妈妈，忘记了不止他爱安宁，我也是爱安宁的。

奶水不够的时候，我要用大米熬成粥喂安宁，但陈浩天抢着把粥喝掉了，非要泡奶粉给他喝。我自制米糊，陈浩天又非得去买贝恩美米糊。我吃面条的时候，顺便喂了安宁几口，陈浩天就大发脾气，他觉得我不该和孩子同吃一碗面，不卫生，况且孩子有专门的面条，要给他吃面条就另做。诸如此类的矛盾每天都有。

我从小都被夸奖手脚麻利，干活利索，当初，陈浩天也夸我是做家务的好手。但自从有了安宁，我竟然做什么都没法让陈浩天满意了。

早饭后，我洗碗，安宁坐在学步车里，陈浩天在房间里写作。安宁的学步车撞上了沙发，沙发上的靠垫被震了下来，砸到了安宁的头。安宁哭了起来，陈浩天从房间里冲了出来："你怎么看孩子的？"

发完脾气，陈浩天去少年宫了，安宁睡着了。我忍不住给妈妈打电话："妈妈。"我委屈得几乎要哭出声，但我还是能理智地斟酌词句，"陈浩天太爱孩子了，我们常常为孩子闹矛盾，早上安宁被靠垫砸了一下，什么事都没有，他就心疼得发脾气！"

"洁洁，男人爱孩子是好事！他爱孩子，你们的婚姻就稳固呀！"妈妈这么一说，我悲从心生，安宁简直就是我们婚姻的第三者，从怀他起，陈浩天就变得如此陌生，但也许，他其实一直就是这个样子，只是我一直不了解罢了。但我，总不能对妈妈说这些吧。我叹了一口气，开始抱怨陈浩天的一些做法——陈浩天每天早上都要给奶瓶杯碗之类的用具用沸水煮三分钟，安宁的衣服全部用开水洗的，安宁一哭他就马上去抱……

"洁洁，这些都是陈浩天做的吧，你干吗生气？孩子也有他一半，他要怎么养，你就依他吧。我想，你是整天照看孩子，生活太单调让你容易上火了，况且你们两个人都在家，更容易起冲突，你多带孩子出去，或者请个人照看孩子，你去上班。相信妈妈，熬过这几年，一切都会好起来的。"我算了算，一年的假也快满了，或许我去上班后，一切都会好起来。

安宁是个贪心的孩子，他渴望我和陈浩天整天陪着他。我们中只要谁忙，他就闹着要谁。陈浩天躲到房里写作了，他就趴到陈浩天的房门前，用小手重重地擂房门，不会说话的时候用哭声呼唤陈浩天，等会说话了，一遍一遍地带着哭腔喊"我要爸爸，我要爸爸"。十有九次，陈浩天会依了安宁。哺乳假结束后，我去上班，刚刚会蹒跚走路的安宁总是跌跌撞撞地跑到门边，试图拦住正在换鞋的我，央求我带他一起去。我狠心离开，毫无悬念的，身后总会响起他撕心裂肺般的哭喊声。害得我一早上眼前都是他楚楚可怜的小脸。

　　我上班后，陈浩天的妈妈白天过来帮忙照看。安宁的奶奶是个居委会大妈，热心于公务，常常走不开。有几天，陈浩天要去上课，或者别的什么事要出去一下，奶奶也刚好有事走不开。这种日子，我只好带着安宁去上班。就算他们都有空，安宁吵着闹着要妈妈的时候，陈浩天也会带着安宁来公司。那时候，董事长照顾我，我做的是仓库保管，顺便也熟悉熟悉面料。安宁在堆满布匹衣服的仓库里爬来爬去，小小的身子穿梭在箱子与箱子的空隙间，和我玩捉迷藏。有时，我叫他，他故意不答应，直到我着急了，威胁他再不出声，妈妈就走了，他才大笑着喊"妈妈"。仓库保管员的工作虽然轻松，但也总有些零零碎碎的事，我不可能每时每刻都能照看安宁。记得有次，大概是安宁一岁半左右的时候，那天来仓库的人特别多，等人走完了，我才想到安宁。安宁不知怎的竟然在堆得高高的纸箱上，我发现的时候，他的一只小脚悬在纸箱外面，纸箱离地面足有大半个人高，一根竹棒靠着纸箱。大概安宁的脚踢到了竹棒，竹棒晃了晃，然后倒在地上，我不由地惊叫起来，冲过去抱他，他已经从另一个侧面摔了下来，地上堆着还没来得及整理的次品棉衣，他摔下来没什么大碍，但是额头碰到了竹棒的头，一时血流如注，那架势着实吓人。尽管去医院一点碘伏，一块纱布就解决了问题，但陈浩天还是拉长了脸，说："你去上什么班？难道我写剧本挣的钱不够我们花吗？"

我沉默了，我早就厌倦了做专职的家庭妇女。但是，那阵子，陈浩天的写作事业正迈出了一大步。他在我怀孕期间写的剧本《等待》得了奖，并且被人用两万块钱买断了版权。两万相当于我在公司上一整年才有的收入。我知道，陈浩天写《等待》费时很少，才用了一星期，之后，他就在跟我的肚子较劲了。这两万块钱，让陈浩天充满了激情。他开始盘算靠写剧本养家，他四处活动，还真有人约他写二十集的电视剧。说好五千一集，预付了两万块钱。我记得。那天晚上，他兴奋地抱着安宁在家里走来走去，他说："这种肥皂剧，一集两三天就能写好，二十集的电视剧最多两个月就搞定，一年写一个电视剧就足够我们生活得很好了。一年只要工作两个月，剩下的十个月全休假。将来，我的名气大起来，每集的稿酬还会多起来，那时候我干一单活就能过个好几年，不过，我一定会努力干活，多赚钱，让你们娘儿俩住上别墅，开上车……"我心里想说，你有自己的理想，但是，我呢？难道我就不应该有自己的生活吗？但我说服自己，陈浩天是我选择的爱情，是我选择的生活，既然如此，我就没有理由不支持他。

（二）

　　我至今记得，安宁四岁时，有一个晚上，我和安宁在床上玩积木。忽然，安宁扔掉积木，扑到我怀里，惊恐地问："妈妈，什么声音。"安宁七个月大的时候，是夏天，有天电闪雷鸣，风雨大作，我怕安宁害怕，就用手去捂住他的耳朵，他却躲开我的手，咯咯地笑。但是，后来，两周岁后，他开始害怕各种各样陌生的声音，有时候，我在炒菜，菜倒入热油锅时发出的声音也会让他吓得跑开，一旦打雷，他就会紧紧地抱住我。我想，这就是所说的无知者无畏，他在渐渐长大，渐渐懂事，恐惧之心也在他体内发芽生长。我仔细一听，的确，有不知从何处传来的轻微的"咚咚"声，我也无法说出它是什么声音。我用一只手捂住安宁的一只耳朵，让他的另一只耳朵贴到我的胸口，另一只手轻抚他的背，说："没有声音的，是妈妈的心跳声，你听，它在妈妈的身体里面跳呢，安宁的身体里也有一颗小心脏在这样'咚咚'地跳着呢。"安宁紧紧地靠在我怀里，嘴里轻轻嘟囔着，不久，他在我怀里睡着了。在我的记忆中，这样温馨的时候不多，安宁如此依赖我的时候很少。不知为什么，安宁三岁后，和我的关系就渐渐变得拧巴起来。之前，尤其安宁没断奶之前，尽管陈浩天一有空就抱着安宁，但安宁还是更喜欢和我在一起。

　　安宁三岁左右的时候，有天晚上，我们将近九点才回家。洗脸洗脚，脱掉棉衣，安宁都已躺在床上了。可这个时候，安宁忽然爬起来，说："妈妈，我要去游乐城玩。"边说边爬下床，我抱起安宁，告诉他太晚了，商厦都关门了，游乐城里的阿姨们都已回家了。安宁立刻大哭起来，吵着闹着要去，他奋力挣脱我的怀抱，冲到门边，试图去开门，我强行抱住他，他在我怀里两手两脚乱划乱蹬，想要挣脱我的怀抱。但我终于把他抱到床上。安宁消停了一会儿，就又跑下床，冲到门边，我又去抱他……新一轮的对峙又开始了。我不知道他小小的身躯哪来那么大的力气，哪来那么顽强的个性，他就像一头在困境中拼死挣扎的小兽。我的手上腿上肚子上已挨了安宁无数拳脚，我有生生的痛感，原来三岁孩子的脚力也并不温柔，我累极了。这时，我感到我的手背一阵剧痛，安宁居然用他尖尖的牙齿咬我。我的耐心在这个时候土崩瓦解了，我用力把安宁摁在床上，伸手要打他的屁股。

陈浩天进来了，他推开我，把安宁抱在怀里，边走边轻声安慰啼哭不止的孩子。我跟在后面说："别带他去游乐场，否则以后他经常会这样的。"安宁在他父亲的怀里哭得更响了，忽然。我感到一阵眩晕，赶紧坐到床上，然后，我听到开门声，他们父子走了出去。我知道我刚才说的话被风吹走了。

安宁渐渐长大，我和陈浩天终于不必为他摔倒、睡觉、吃什么闹矛盾了。但是新的矛盾出现了，那种矛盾更让我束手无策。只是陈浩天的意志如此强悍，他筑起的围墙密不透风，我的想法只是微弱的风，找不到缝隙吹入。

安宁一岁半的时候，生了一次病。他不肯喝药，为哄他喝药，陈浩天把安宁放在阳台的栏杆上，两只脚悬在空中，晃荡着。我总觉得那样很危险，万一防盗窗不牢固，突然断了呢。但是父子俩都很喜欢坐那里，我怎么说陈浩天都不理会。他坚持说没有万一。有时安宁烦躁起来，陈浩天抱他坐到这里，引导他看天空的云彩，远处的人群，安宁就会高兴起来。此刻，为逗他开心，陈浩天吹起了肥皂泡泡，五彩缤纷的肥皂泡在空中升起、飘落、破碎，安宁笑了，趁他开心的时候，我把一汤匙苦苦的药送进了安宁的口中，他皱着眉头咽了下去。他急于去抓陈浩天手中的吹泡泡的瓶子，但是瓶子太大，他的手太小，他抓不住，急得哭了。陈浩天赶紧把瓶子放到安宁的面前，安宁拿到瓶子就把它翻了一个面，里面液体全倒了出来，滴答滴答往下掉。安宁笑得更开心，说："再来一次。""好！"陈浩天毫不犹豫地答应了，转身去卫生间配肥皂液。我探头看了看，二楼晾着衣服，一楼晒着被子，我们的肥皂液多多少少会滴在衣服和被子上。我赶紧抱起安宁，对他说："你看，二楼的衣服，一楼的被子都要弄湿了，我们下来，倒在自己家里的阳台上，好吗？"安宁哭着在我怀里挣扎，我手上的药碗被他打落到地上，我只得放开他，去收拾碗。安宁哭着踩上小凳子，想要爬回栏杆。

陈浩天过来了，"怎么回事？"他问，语气里责问多于关心。我向他解释，可令我惊讶的是，他居然抱起安宁，让他坐回栏杆上，然后，他温和地说："太阳这么猛，这么点水一会儿就干了，况且还有四楼五楼，他们怎么敢说一定是我们倒的，孩子正生病呢，让他吃下药才是最大的事。"我站在那里，看着他们重来了一次又一次。

有天午觉时间，安宁在家里把凳子当汽车推着玩，凳脚刮擦地板，弄出刺耳的声音，搞得我的耳神经难受，我说："安宁，别这样玩，楼下在打雷了呢！你吵着人家了。凳子要轻轻地拿。"

安宁把凳子放到一边，又拍起皮球，"咚咚"的一下一下有节奏地响着，我又说："也不可以在家里拍球。妈妈陪你到楼下去玩。"躲在房里写作的陈浩天突然开门出来，不以为然地说："你在家里，这限制，那限制，那还让孩子怎么过呀！他们知道我们家有小孩，会体谅的！"

我要求安宁睡觉前刷牙，平时少吃糖，可安宁偏偏要一大包一大包的糖，每天他学完一样东西，就会向他父亲要糖要巧克力，陈浩天没有一点迟疑就给他了。安宁不愿意刷牙，陈浩天一句话也不说。安宁从阳台上往下扔垃圾，他也责备他。安宁不爱答理人，安宁当着客人的面乱发脾气，安宁打别的小朋友，安宁说谎，陈浩天一概没有看到。他说："有才华的哪能没有一点个性？"

有时候，我被陈浩天的理论搞得怒火中烧，我试图告诉陈浩天，懂礼貌尊重别人比有才华更重要，行为规范不是小事。当着孩子的面讨论这种问题，说着说着就会演变成争吵，我不愿意当着孩子的面争吵，当陈浩天的声音变响的时候，我只好闭嘴。夜晚，我一提出这个话题，陈浩天就说要写作了，改天再聊。在我们的生活中，他的写作有至高无上的地位，所有的一切都让位于这件事。我们的生活能再继续下去，也是基于陈浩天在做这件事。有时候，在床上的时候，在我们亲热的时候，我会提到如何教育孩子，他含含糊糊地应着，但显然，他很不痛快。

父子俩回来的时候，我在洗脸。我听到安宁蹦蹦跳跳地哼着歌跑进房间，他的愣劲过去了，他现在很开心了，他们一定去过游乐城了。我进去的时候，陈浩天在给安宁脱衣服。"安宁。"我叫道，安宁抱住陈浩天的脖子不理我，我绕到陈浩天的背后，做鬼脸去逗安宁，他闭着眼，转过头不理我。我伸出手去挠他痒痒，他僵硬着身子躲到陈浩天怀里。我觉得很泄气，默不作声地上床钻进被子。我想起我爸爸，每次他生气后从来不主动和我说话，不管他有没有错。安宁才三岁，是还小，但是，陈浩天，他怎么可以那样？

"我们赢了很多卡片呢，安宁真能干！"我听到陈浩天说，我懒得答理。陈浩天抱着安宁凑到我身边，"叫妈妈。"这个时候，安宁转过脸看了我一眼，眼神里有目的得逞后的得意，还带着些挑衅、不屑。我不由地感到一阵慌乱，我再一次受了惊，我想起他刚刚出生时看我的第一眼，那倦怠、满不在乎的眼神。我对自己说，他还是个天真的孩子！他只是个天真的孩子！

只是，安宁是个太过聪明的孩子。我总觉得安宁从出生起，就一刻不停地观察着我和陈浩天，他在求证我和陈浩天到底谁更在意他。一点点不顺他的意，他就闭着眼睛号哭。记得妈妈说过，闭着眼哭的孩子心眼多。别看他闭着眼，其实他调动了所有的感官在观察着大人。妈妈没见过安宁，我怀孕的时候和妈妈在电话里聊天，她告诉我隔壁张叔叔的孙子每回哭闹起来都闭着眼睛哭，一副不达到目的不罢休的样子，但只要张叔叔的儿子一进门，他马上就不敢哭了。如果他真闭着眼一心一意只是吵闹，他怎么知道他老子回来了。确实，我发现，安宁也这样。本来他都安静下来了，可一听到陈浩天上楼的声音，他就立刻又闭上眼号哭起来。他知道他的靠山回来了。他很早就知道了，在我和陈浩天之间，最终是谁说了算。只要他完成了他父亲要求他做的事情，比如每天流利地背完两首诗歌，比如又认得了一些字，比如理解了一个围棋定式等，他的所有要求，不管有理的还是无理的，不管他的妈妈是反对还是赞成，都能得到满足。

（三）

我约了以前的同事，带孩子去动物园。可快九点了，陈浩天还把安宁扣在房间里，他要安宁背完唐诗才让他走。三岁半的安宁已经会背两百多首唐诗了，每过一段时间，陈浩天就要抽背十几首，每一首都一个字也不能错。

安宁刚刚会说话，陈浩天就教他背唐诗了，安宁的爷爷七十岁生日那天，一岁半的安宁口齿不清地背"离离原上草，一岁一枯荣"，把大家逗得哈哈大笑。我觉得这么一个小屁孩背几句诗，也无非是逗大人开心开心。可陈浩天宣称，他要让安宁在正式上学前至少会背五百首诗词，并且争取背完《诗经》。我把这话当成陈浩天酒后的戏言。陈浩天几杯酒下去，没有什么话不敢说，除了他天下所有的人都成了蠢才庸才。

我没想到，陈浩天还真把戏言当成正事了。每天都耐心地让安宁跟着他念诗歌。我觉得孩子并不懂诗歌的意思，他只是鹦鹉学舌般跟着陈浩天念念而已，孩子正是学话的阶段，给他什么就接受什么，陈浩天用五个字一句七个字一句的诗歌来训练安宁的口齿也没有什么特别不好，但是当回事就有些过分了。但是我没有办法阻止陈浩天近似疯狂的举动。

我听到安宁在哭，陈浩天在咆哮："这些你以前都背过的，你怎么忘记了，你必须全部背出来。今天不许去玩，直到我说的每一句你都立刻接出下句。"

"啪"的一声响，我知道陈浩天在拿尺子敲打桌子："南朝四百八十寺，接！"安宁抽抽噎噎地喊："忘记了，不知道！"

"叫你贪玩！叫你只想着玩。背诗背诗，背完诗你才能去。"又一声"啪"，这回是陈浩天的巴掌落到了安宁的身上。我气愤地推门进去，抱起孩子，夺路而走："他还是个这么小的孩子，有必要背那么多诗吗？你发什么疯！"

陈浩天追上来，抓住我："要成为伟大的诗人，必须从小熏陶！安宁必须成为一个奇才！"

我气愤地甩开他："安宁不是你一个人的，他也是我的孩子，我不希望他成为伟大的诗人，我只要他快乐幸福，你没有权利决定他的未来。你还是教教他要礼貌待人吧？"

"安宁姓陈，他跟你没关系！"

跟我没关系？刹那间，我觉得我的心脏像被利器击中了，我的头变得奇大无比，我的肺部变成了无数洞穴。我听到自己的呼吸一会儿嘶嘶作响，一会儿又呼呼狂叫。

"你是这样想的？"我用尖锐而急促的声音质问道，"你终于说出这样的话了！也许你是对的，他只是你的儿子。但也许你全错了！好的，我们去法院，看看法官会把安宁判给谁！"这几句话说得斩钉截铁，我们俩都吃了一惊，我气糊涂了，竟然说出这样的话。我的嗓门仿佛把空气吹成了十级台风，气势汹汹地扑向陈浩天，陈浩天站立不稳，不由地往后退。

这是我第一次当着孩子的面和陈浩天吵架。我小时候，最怕爸爸妈妈吵架。我印象中，白天，他们从不吵架，每次吵架，都在夜里。每每听到隔壁房间传来争吵声，我都害怕得蜷起身子，缩到床角，蒙上被子。我怕自己哭出声。也有几次，我忍不住大哭起来，那个时候，爸爸或者妈妈会开门进来，哄哄我。但安静之后，我还是会听到隔壁隐隐的争吵声。恐惧像张无边无际的网，笼罩着幼年时的我。我害怕，到了天亮，他们中的某一个会不要我了。那个时候，我发誓：将来我做了妈妈，一定不和孩子的爸爸吵架。

是的，我的父母常常吵架。直到现在，我才愿意承认这个事实。多少年来，我总是说服自己那些充满恐惧的夜晚只是一个个恶梦而已！别人都说我的父母是那么恩爱的一对，我也就一直这么认为着。但现在，我回想从前，我不禁怀疑，我的父母，他们恩爱吗？可不管他们是否真的恩爱，他们对我是一致的。我无法忘记他们要求我站有站相，坐有坐姿，不允许我出言不逊粗鲁无礼，不允许我随地乱扔垃圾。当爸爸因为我做错什么处罚我的时候，妈妈对我的哭声充耳不闻。

我忽然想起，我又有很久没和妈妈联系了。白天，我忙着打扫卫生、买菜做饭，照顾孩子，没时间和妈妈打电话。等我空下来，已经是深夜，那个时候妈妈早睡了。我不可以打扰妈妈。我记得生下安宁的时候，妈妈说过，要来剡城看我，但现在安宁三岁半了，妈妈还没有来。妈妈晕车得厉害，就是坐五分钟的公交车，她都要吐。济南到杭州，对妈妈来说，是一个无法想象的距离，她得服多少片晕车药才能到我这里。

安宁要去看孔雀开屏，同事带着他去。我在公用电话亭前徘徊了一会，拨通了家里的电话。妈妈的声音听起来很疲惫，好像刚刚睡醒的样子："妈妈，你还睡着吗？"

"没有，你爸爸胃病犯了，我刚从医院回来。你知道的，他身体不好的时候，脾气特别大。"

询问的话还没有说出口，妈妈就说："不用担心，老毛病了。"我不知道要说什么了，不知道怎么的，忽然间，我看到了十来岁的我，还没有背完课文，就去踩缝纫机而被爸爸痛打的情形。事隔多年，我清晰地听到了妈妈的叹息声。我说："妈妈，安宁很聪明，会背很多诗了，是陈浩天教的。"

"孩子还小，别太逼着他了，陈浩天愿意教就让他教吧，按我们的传统，安宁是陈家的人，你就别逼他了。"我拿着话筒说不出话来，为什么妈妈也说安宁是陈家的人，妈妈说别逼着他，是说让我别逼孩子还是别逼着陈浩天？与妈妈隔着万水千山，可每次和妈妈通话，总像她一直就生活在我身边。

从动物园回来，陈浩天已做好了晚饭，我默默地吃饭，没跟他说话。睡觉的时候，他抱起被子睡到另一个房间里，我也没有理他。半夜里,他开门进来,把安宁抱了过去,我也当作没有发现。从此，我们之间不再搭腔。气氛非常压抑，但对我来说，却像一堵护墙，有一种奇怪的安慰作用。我们彼此不理睬，非得说话的时候，就让安宁传话。

有天晚饭后，我一个人出去散了会儿步。经过自家楼下的时候，我感觉有东西落在我的头发上，一摸，黏乎乎的，好像是鸟粪之类的东西，可这一带并没有树。我抬起来，看到了自家阳台，亮着灯，但看不到人，我意识到十有八九，是安宁站在小椅子上，伸出手往下扔东西。我站在那里不动，陆续又有些细碎的东西掉下来，一部分从我身边跌落，一部分黏在我的头发上。我把手伸向自己的头，却发现，我并没有去掸掉垃圾，反而揉乱了头发。阳台上灯灭了的时候，我去了理发店，对着镜子，把其中的一缕头发剪了下来，仔细地抠黏在头发上的玩意儿，我看明白了，那是橡皮泥，但也许还有些是口香糖。这个时候，我决定，我要重新出去工作。

　　我听从理发师的建议，剪掉了头发——要洗干净这头乱蓬蓬脏兮兮的头发是件很困难的事了。而后，又做了离子烫。我整个头都罩在玻璃罩里的时候，我看到二楼的王大妈进来了，她来剪头发。我听到他们在聊我的遭遇，理发师说的那些话引起了她的共鸣，后来我听到她在说安宁，说他聪明，但重点说他不讲公德，往外扔东西大人也不知道管管，主要是他妈妈不知道管管，他的爸爸素质很好，是个作家，孩子嘛，总经妈妈管的。他们说的是方言，我没有全听懂，但他们的意思我听得很明白，尤其听清楚了一个词"外地婆"，说孩子的妈妈是外地婆，外地婆就这种素质。我的手绞在一起，咯吱咯吱响，但是，我只好装作没听懂，一声不吭。后来，王大妈还说陈作家以前的孩子多么懂事，小嘴多么甜，奶奶奶奶可会招呼了，而且从来都不会往阳台下扔东西，可惜三岁就夭折了。陈作家第一个老婆多么漂亮，气质多么好，多么知书达理。听到这里，我忽然明白，她是故意的。很有可能，她一进来，就认出了我，这些话，她平时没机会当着我的面说，这回可逮着机会了。"你们曾是多么好的一对呀"，这根刺又刺了我一下。

　　走出理发店，我还在想那句话——外地婆就这种素质，我气得视野模糊，头晕脑胀。经过 IC 卡公用电话亭的时候，我又有给妈妈打电话的冲动。我站在黄帽子下面，犹豫了很长时间，把 IC 卡塞进去又拔出来，最后，我拔通的是董事长的办公室号码。我怕，怕妈妈一接起电话又说出让我吃惊的话，这个时候我没在家，一个人在外面打电话，妈妈会怎么想。事到如今，我不得不承认，不仅我的家庭千疮百孔，我的人生也似乎出了问题，我居然被这里的人骂素质差！可这些，我怎么甘心向妈妈承认！我想起，当年离家的时候，妈妈说过"你的家在这里，妈妈始终会在这里等你"，可是，我回得去吗？

"你怎么会在这个时候往办公室打电话，通常这时候我应该在家里的。你想回来工作吗？"

"我在碰运气，结果碰巧你在，而且我还没说，你就先说出了我的想法。是的，我想回来上班，孩子大了，可以去幼儿园了。"

我听到董事长在电话那边笑了，这是这些天来我听到的最美妙的笑声了。他说："下个月，有个车间主任要走，你来正可以顶上。"

回到家，安宁在陈浩天的书房里睡着了。陈浩天坐在旁边翻一本书，我走过去，站在他面前，说："下个月起，我要回服装厂上班。"说完，我转身就走。陈浩天伸出手，把我拉向他的怀里，柔声说："好的，没问题。"

冷战结束了。但我们之间的距离却更远了。作为妥协，他不再当着我的面逼安宁学这学那。

（四）

　　在陈浩天看来，他和写作是密不可分的一个整体，每天多多少少必须写一些。在我们刚刚结婚的那段时间，他也每天把自己关在房间里，一关就是好几个小时。最初，他希望我在他写作的时候陪着他，他要求他转过身的时候就能看到我。后来，他要求我去客厅看书，说我在他身后，害得他心猿意马，老想着要抱抱我亲亲我。再后来，我去上班，回到家，总看到他待在房间里。有时，他关在房间里数个小时，只是改动了一个句子，甚至只是一个词一个字。我知道，他沉浸到他自己的语言世界里了，每一点小小的改动都需要他独自一个人全神贯注地体会。他的每一篇文章都称得上是呕心沥血之作。可是，遗憾的是，越到后来，我越觉得他写的文章真的也无非如此罢了——好是好，但远没好到让人惊艳的程度。

　　陈浩天先是写诗，后来写散文小说，再后来写剧本。每一种文学样式他都尝试过。只是，每一样，他都会遇上了无法克服的瓶颈。安宁出生的那年，他有好几篇散文被转载了，他的第一个小说顺利发表了，而且似乎是得到了好评。因而陈浩天认定安宁是他的幸运神，但其实那一年，他根本没写多少文章，去少年宫上课的次数倒是多了起来。因为我得在家带孩子，多了一个人，钱成了当务之急。但是我看出，他并不愿意去少年宫，每次回来，他的脸都是耷拉着的。我猜他在他工作的地方出了些问题，我想问问，但终于还是没问，或许他只是一惯地厌烦这个职业而已！况且陈浩天只要一坐到安宁的小床前，他脸上的沮丧就会荡然无存，他用方言对着他轻轻说话，即使我靠近他们，也不全懂他在说什么。除了上课，陈浩天把大部分时间都交给了安宁。他仿佛忘记了他说过唯一值得放手去做的事，那一年，他很少提起"写作"这个词，他成了一个普通的溺爱孩子的父亲。生活仿佛在朝我所希望的方向前进。

陈浩天的剧本创作曾经火过一阵，《等待》之后，写过两个电视连续剧，第一个剧本卖了八万块钱，离说好的五千一集少了两万。不过，两个多月能写出八万，在我们看来已经很过得去了。陈浩天一边写剧本，一边嘲笑自己为了"粪土"丧失了原则，降低了身份。我说，不管是写剧本还是诗歌，都是文学，不管是肥皂剧还是精品剧，都是电视连续剧，而且写电视剧更容易出名。其实我也知道，在自嘲的同时他很开心。那段时间，是陈浩天情绪比较饱满的一个时期，十万变成八万，也没让陈浩天变脸。安宁过了三岁生日后，陈浩天着手写第二个剧本，忙活了好几个月，却总也过不了关，一次次拿回来修改，一次次被退回来。最后一次，对方拿走剧本后，再也没了音讯。我安慰他，好歹也给了两万定金，那三个多月并没有白辛苦。一个月五千多，也算高工资了。

陈浩天消沉得厉害，我知道，其实问题的症结不在钱上，而是他又一次遇到了瓶颈，又一次被打击了自信心。可是，我不知道我能怎么做。所有的安慰都只是隔靴搔痒，在我看来，有没有文学，对生活没有任何影响。可显然，对陈浩天来说，绝对不是这样的。

现在想来，正是从这个时候起，他对安宁变得苛刻起来。

毫无疑问，陈浩天爱安宁，他愿意为安宁付出一切，包括生命。他的溺爱，到了我无法认同的地步。但这种爱里又有着一种让我觉得无法理解的成分。他说我们的孩子不能输在起跑线上，所以很早就对安宁进行智力开发，安宁还很小，就逼着他背诗学这学那。他逼安宁学习的时候，那股子狠劲，就好像安宁就是他自己似的。

我回服装厂上班的第一个月，正赶上旺季，有一批货要赶。连着加了好几个夜班。有天我到家，都超过十一点了，在楼道口，我就听到陈浩天的大嗓门。寂静的夜里，他的声音隔着墙壁，隔着门，传到我耳中，仍让我觉得尖利。我快步跑上楼，打开门，我看到陈浩天站在电话机前，尽管背对着我，我也看到了他暴跳如雷的神情。我紧张地推开房间门，看到安宁好好的，睡得很香，一颗心才安下来，赶紧关紧门，走到陈浩天身边。

陈浩天的声音在我开门的瞬间变轻些了。这个时候，他已经挂掉了电话。"出什么事了？"我问。

"一个学生家长。"陈浩天简短地回答。电话又响了起来，我正要去接，陈浩天抢着去抓话筒，抓到后，立刻按掉了，接着，他拔掉了电话线。我想起当年他骂孩子"猪脑袋"又顺手狠推孩子的情形。本能地觉得，这回，陈浩天遇上难缠的家长了。这事，不是拔了电话线就能解决的。我想再问些情况，可陈浩天摆摆手，说要洗洗睡了。

后来，我知道，陈浩天在盛怒之下，抽了一个学生耳光，那个孩子到培训班的第一天起，就没有好好听过课，一直就和旁边的孩子讲话，没人和他说话，他就不时地发出怪声。尽管陈浩天对学生几乎没有什么要求，但这恰恰触犯到了他的底线。更重要的是，他正处于情绪低谷。他已经被那个否定的剧本搞得神经兮兮了。

少年宫方面的意思是希望陈浩天能向家长去道一下歉，那个孩子呢，从他班上转走，那么这件事情也就算过去了，一切就能和以前一样。但是陈浩天拒绝了，他宁可丢掉少年宫的工作。陈浩天告诉我这事的时候，我正在洗碗，不知怎么回事，我的手一滑，碗掉到水槽里，发出清脆的"砰"响。陈浩天火了，他说："你干嘛摔碗，我不当围棋教练，也一样养活你们，我写剧本挣的钱足够我们生活一阵子了！"

我想解释，我不是故意的，但我看到陈浩天瞪大了眼睛，涨红了脸，他正处于情绪要失控的边缘，赶紧放弃解释。决心无论他说什么，都当作没听见。多年以后，当我再回想起这件事时，我才明白，陈浩天是故意的。他执意要摆脱他厌倦的工作，也许，他本意是摆脱了工作后，能有更多的时间来经营他的写作事业。这个时候，安宁已经上了幼儿园，我每天上班时送走安宁，下班时接回来。整个白天，他都能安静地待在他的书房里。

我一直期待，有一天我下班回来，陈浩天会兴奋地从书房里出来，告诉我他今天写了什么。但是，很久很久，我们回家，只看到紧闭的书房门，陈浩天把自己反锁在里面。我去厨房做饭，安宁敲着门喊"爸爸"，然后，我能听到门打开的声音，父子俩搂成一团打闹欢笑的声音。有一天，安宁久久敲不开陈浩天的门，他哭着来厨房要我抱。我一手抱着安宁，一手炒菜。晚饭快做好的时候，陈浩天终于开门了。我进去，看到一地碎纸片，几根折断的钢笔，床上凌乱地堆着许多本杂志。我清扫了地面，整理了床铺，枕头皱皱的，摸着，潮滋滋的，或许，陈浩天一个人的时候，偷偷哭过。我拿着簸箕出来的时候，陈浩天在喂安宁吃饭，安宁说了些什么，陈浩天哈哈大笑。那一刻，我多么希望，如果生活就只是这个样子，那有多好！文学，为什么要那么重要？我把满簸箕的碎纸片拿到屋外，决定无论怎样，我都当作一无所知。

对工作，我越来越得心应手，淡季旺季的交替中，一年又一年地过去，渐渐的，在服装界，我成了小有名气的人才。除去本职工作，我还忙于参加服装界的各类协会活动。对陈浩天的文学事业，我越来越淡漠。不知从什么时候起，我几乎不再读他写的任何东西。我知道他一直焦虑着，忧伤着，但是，本能的，我只想躲开这些。

有天晚上，我赖在沙发上看电视剧，看得忘情，眼泪都流出来了。陈浩天过来，挨着着我坐下："看什么呢？"

"《中国式离婚》，讲婚姻的，很有现实意义。"陈浩天把手放在我的肩膀上，那是他在示好。当年，应该是 1999 年吧，一部《牵手》让蒋雯丽红遍大江南北，我记住了王海翎这个名字。我太喜欢她讲的故事了，很多细节就发生在我身边。有时候，它让我产生和陈浩天好好谈谈的冲动。那几天，安宁睡着后，陈浩天就和我一起看《中国式离婚》。我都记不得上一次他陪我看电视是什么时候的事了。一起看电视让我找回当初恋爱的感觉。爱和温馨仿佛又重回我心灵。

看大结局是在星期天的白天。那一天，陈浩天显然有些不快，我本该早些发现陈浩天的不对劲，但是我被连日来的温馨迷惑了，直到陈浩天突然发火，才知道我又一次深深地触犯了他。在我大谈特谈王海翎的这些柴米油盐的真实生活如何深深地打动我时，陈浩天生气地说："中国的电视剧就是被这种人搞坏的，看看都是些什么玩意儿，看看，我们的观众又是些什么层次，竟把这种不入流的东西捧到天上去了……凭什么她红了？"我惊讶极了，不知道为什么他要这么说，就忍不住反驳了几句。陈浩天暴怒起来，把手中的杯子掷到了地上，我忽然想起他的第二个剧本就是这方面内容的，我明白了，他是在生自己的气，恨自己不走运，同样的题材，人家红了，他的却被卡了。天地良心，我真的想好好劝慰他的，但是，很无奈，我不知道我该怎么说。我只好闭嘴，默默地收拾那些无辜的玻璃碎片。陈浩天烦躁地在屋子里走来走去。

安宁回来了，陈浩天迎上去。父子俩走进了安宁的房间，不久，我听到里面传来了陈浩天暴怒的声音。我推门进去，陈浩天举着一本《幼学琼林》，圆睁着双眼，瞪着安宁。见我进去，他横了我一眼，我看到，他的眼珠子都要夺眶而出了！"陈浩天。"我叫道，但我马上后悔了，我不该叫他，我想，十有八九，是因为我的出现让他顺手操起了桌上的尺子，劈头盖脸地朝安宁打去，一下，两下，三下……他还没有停的意思。九岁的安宁惊恐地大哭了起来，我张了张嘴，想劝阻，但我已说不出话。我冲过去，想把安宁抱在怀里，但我发现，安宁竟然躲开了，他只是像大人一样，用双手护着头。那一刻，我有说不出的痛，安宁一向更在意他的父亲，他们之间的默契是我无法插入的。

陈浩天每打安宁一下，就横我一眼，忽然，我明白他是把对我的不满发泄到安宁身上了，尽管我不知道他对我哪来的那么多不满。我转身离去，我的存在，只会让陈浩天更失去理智。很多年后，安宁曾问我那天我为什么不阻止陈浩天暴打他。可我怎么能说我的离开是就是为了保护他呢？那时安宁已二十多岁，已离开我们，独自一个人生活了好几年。

夜晚，安宁睡着的时候，陈浩天久久地站在安宁的床前。我去安宁的床头放他第二天穿的衣服时，还留意到，陈浩天轻轻地抚摸着安宁裸露在被子外面的手臂，那上面有被他打出来的条条淤青。我放下衣服就走，假装没有看到。

后来，我才知道，那一天，陈浩天得知，有篇得奖的散文是他十多年前写的，但是作者已不是他。他被真正剽窃了。他一直怀疑陌生的编辑会剽窃他的作品，据我所知，他这一生，只有这一次是被真正剽窃了，而唯一的一次让他觉得损失巨大。我理解他的情绪，却已经无法谅解他了。我对他，早已失望透顶了！

（五）

安宁挑食，很多蔬菜他尝了一口就吐了出来，也不吃肉。我往他碗里挟肉，他一点一点全都挑出来扔到桌上。有一次，我在他爱吃的鸡汁羹里剁了些碎肉，他皱着眉头，把肉一口一口吐了出来，连带鸡汁羹也吐了出来，汤水弄得满桌满地狼藉一片，衣服上也全是油油腻腻的污渍。我忍不住发火了，安宁看看陈浩天，又看看我，"哇"地哭了出来。我更生气，但是我提醒自己，别冲动，千万别冲动。陈浩天飞快地往自己嘴里扒拉饭，整张嘴鼓鼓囊囊的，嘴里嘟囔着什么，我听清楚了："孩子不爱吃就由他吧。"
我努力平静自己的情绪，用尽量柔和的声音说："不爱吃，也没
必要弄得这么脏。"

陈浩天一下子火了，他摞下碗抱起安宁就向门外冲去，边跑
边说："有你这么当妈妈的吗？明知他不吃，还往鸡汁羹里放
肉！他不吐出来难道让他咽下去？"说完，就听到"砰"的一声
巨响——他们摔上门走了。我气得直发抖，他不吃肉随他，他爱
吃糖随他，吃得牙全都蛀掉了还是随他，但是为什么要逼他学这
学那。一会儿，我也冲了出去，追到楼下。院子里的冷风吹得我
一个激灵，我停下了脚步，看着他们手牵手渐行渐远的背影，悲
从心生，我追下来干什么？

但我发现，安宁其实也并不是不吃肉，当我做面条，剁碎里
脊肉，与青菜鸡蛋一起和入面汤，安宁喝得很满足。他会说："妈
妈，面条汤真鲜，真好喝！"有一阵子，陈浩天他们协会外出考查，
那两个星期，我试着让安宁吃肉，安宁并没有吐出来，只是皱了
皱眉头，就咽了下去。只是，陈浩天一回来，他就又坚持着不肯
吃肉了。

有很多年，安宁长得像豆芽菜似的，白得瘆人的皮肤，瘦得
让人心疼。看到他瘦瘦小小的身子趴在比他高不了多少的写字台
上艰难地画画，心里总有些不是味，忍不住走到他身后，想抱起
他，让他和别的孩子一样到楼下嬉笑打闹。安宁紧闭着嘴，神情
专注。有时，他会忽然转过身，看我一眼，我从那一眼里看到的
是陈浩天的神情，全是倔强。不由的，我一阵难过。我不记得他
是从什么时候起背诗学画变得自觉，或许自从我和陈浩天吵架后

他就这样了？我总觉得他看我的眼神里多了些与他年龄不相符合的老沉。对安宁，我一定从什么时候起做错了什么。

安宁不爱运动，他最大的休闲就是躺在床上看电视，后来是玩游戏，除去这些，安宁所有的时间都在按照陈浩天的意愿朝着天才的方向努力。无疑，安宁与众不同，刚刚上学，就能背诵《诗经》，有不俗的绘画成绩，棋也下得不错。二年级第一次写作文，就把老师吓了一跳，引经据典的博学，深沉老练的笔法绝对不像出自一个才八岁的孩子之手。学校如获至宝，把他树成成功教育的典范。

有一年，安宁获得全省优秀少先队员的称号。得奖后，安宁去演讲，瘦弱的安宁穿着定做的演讲服装，鼻梁上架着眼镜，一副文质彬彬的样子。他开始演讲了，声音洪亮，表情丰富，极富感染力。他的声音还带着儿童的稚嫩，可我分明听到那是陈浩天的底子。我看明白了，他身上的一切都是陈浩天的，陈浩天的血液流在安宁的身上，陈浩天当年积极的气息、迷惑人的气质借尸还魂似的附在安宁身上了。安宁说的是要做一个有社会公德的人，我却想起昨天晚上，他又把方便面的汤汁从阳台上倒下去了。安宁讲得如此富有激情，现场掌声雷动，我也跟着别人起劲鼓掌。安宁离陈浩天的天才梦更近些了，我看到陈浩天紧皱的眉头舒展了开来。是的，安宁如此优秀，我也应该感到很自豪。可我看着台上那个从我肚子里出来的安宁，总觉得不踏实，仿佛他是一个梦，会转瞬即逝。

整个小学阶段，安宁几乎没什么朋友，他孤单地一个人走在来回学校的路上，大多数时候，陈浩天会去学校接他，反正他也整天没事。我想，就是在路上，陈浩天也不会让安宁闲着，他会唠叨一些他认为有用的所谓知识。节假日安宁也只能待在自己家里，读陈浩天指定的书。三年级后，安宁不怎么愿意跟我出去玩，他似乎更愿意和陈浩天在一起。周日早上起来，他们两个在卫生间嘀嘀咕咕，然后安宁出来对我说："我想和爸爸一起去玩。"我满心失落，但还是强笑着答应。他们从来没有告诉过我，他们去了哪里。我呢，早就是公司的经理，加班多，应酬多。本来，我可以在安宁休息的日子，早早地安排好工作，推掉应酬，带安宁出去玩。但既然安宁更乐意跟着父亲，也就把更多的精力投入到工作中。想想，男孩子老是跟在妈妈后面也不是个事。

记得有一次，快过年了，我们一家去商场。我去挑衣服的时候，他们就去了四楼的游乐场。等我拎着大包小包地找到四楼，他们两个正玩得热火朝天。安宁在屏幕前飞车，他的机子前堆着高高的一摞硬币，一个硬币一下子就开完了，安宁头也不抬地又塞进去一个。才十几分钟，那一摞硬币就没了。陈浩天笑眯眯地看着安宁玩。这让我想起，安宁更小的时候，有一次我们也来过这里，那时的安宁，只钟情于打弹珠和坐飞机。陈浩天也是这样笑眯眯地看着安宁，眼睛眨也不眨地往弹珠机器里塞硬币，十块二十块，硬币用完了再去吧台前换，三块钱坐一次的飞机，只要安宁高兴，他可以连续坐十次。就在这时，我忽然明白：他们一直就是这里的常客。那些个安宁不愿意跟我出去的星期天，他们一定整天耗在这里。陈浩天有限的稿费，陈浩天向我要的钱大部分都花在了这里。很久以前，家里的一切开销就都由我来负责了。陈浩天丢了少年宫的工作后，就再也没有正而八经地上过班，挣过钱。

安宁从六年级起开始爱上吃肉的，每天一坐到餐桌前，一看没有肉，就嚷嚷："妈，怎么没有肉？"只要是肉，猪肉牛肉鸡肉鸭肉他都吃得很香，仿佛一夜之间他成了食肉动物。他开始嫌弃自己细细的胳膊和大腿，下决心要改变豆芽菜的形象。每天早早起来，绕城跑一圈，回到家，狼吞虎咽地扒拉下一大碗牛肉面。六年级暑假，他提出要去学跆拳道，被陈浩天拒绝了。不久，安宁的房间里多出了两个哑铃，我经常听到从他房间里发出吆喝声，那是他在举哑铃。他可着劲练习着。不知不觉的，安宁的体重蹭地上去了。又一个夏天来临的时候，他露出的胳膊竟有些肌肉了，也是在这个夏天，我发现他的个子猛地蹿高了，超过了我。

初一的年段过关考，安宁的数学成绩不怎么理想。吃晚饭的时候，陈浩天提出要在假期里给他找个老师补习补习。谁知安宁一口拒绝了，他说："数学不到九十分怎么了，还不是照样在班级前五名。况且钱锺书当年考北大，数学零分，你要我将来当作家，我干吗费劲学数学？"陈浩天愣住了，说不出话。我注意到陈浩天的脸色由晴转阴，我咳嗽了一下，提醒陈浩天，这只是一件无关紧要的事。但是他们已经吵上了，我赶紧让安宁去厨房帮我添点饭，安宁接过碗，边走边宣称："我绝对不去，就是找了老师，我也不会去，而且下个学期起考试坚决要考倒数前五名。"陈浩天绷着脸，胸脯一起一伏，安宁的反抗让陈浩天措手不及，这是安宁第一次公然挑战陈浩天的权威。

安宁气冲冲地把碗重重放在我面前，坐下前，又踢了一下凳脚，凳子"吱"地滑出很远，安宁一屁股坐下去坐到了地上，踉踉跄跄中又把他自己的饭碗从桌上抹了下去，饭粒都倒在了他身上。我哈哈大笑起来，安宁难为情地站了起来，使劲拍掉身上的饭粒，也笑。陈浩天绷着的脸终于柔和下来。我去厨房洗了炒菜的锅，擦干净煤气灶。等我重回到饭桌，他们两个已经达成协议，说说笑笑，相谈甚欢了。

　　类似的争吵在陈浩天和安宁之间隔三差五的上演。越来越多的时候，安宁占了上风。我觉得，安宁仿佛是故意在触怒陈浩天。从前，他深得父亲的欢心，知道说什么做什么能让陈浩天的眉头舒展，如今，也就更清楚，怎样能让父亲震怒。陈浩天不让他去网吧，安宁说不上网与社会脱节；陈浩天不让安宁出去与同学开生日派对，安宁说别人都在这样做，我不去，你想让我成为孤家寡人呀；陈浩天不让安宁穿奇装异服，安宁说艺术家哪能没有一点个性……最初，他们争吵的时候，我努力想要当他好他们的和事佬，但后来我发现，安宁的叛逆只是在和陈浩天叫板，没我什么事。我说的每一句话都有可能触犯陈浩天，从而导致他们之间更惨烈的战争。陈浩天脾气上来的时候，顺手就操起尺子，皮带，甚至椅子就砸向安宁。渐渐的，每次他们争吵的时候，我都保持着缄默。

　　安宁小的时候，不把当我回事。可当他走入他的青春叛逆期后，却很少和我顶嘴，反而出奇地顺从我。陈浩天让他按时完成作业，他不做，可是，我去说，他却做了。陈浩天买来的衣服，他嫌老土，死活不穿，我不声不响地放在他床头，第二天他也穿了。可我知道，这并非因为安宁更爱我，而是在安宁心中，陈浩天才是他真正的对手。很多年来，陈浩天只在一件事上问过我，那是安宁上初二时候的事。

那一天，我在收拾厨房。油烟机很久没有清洗了，它的表面积了一层厚厚的油垢，我站在小椅子上，戴着橡胶手套用钢丝球使劲地擦除油污。我听到了争吵声，然后没了动静，只听到他们俩匀称而郑重其事的脚步声迈向厨房。

"我们问问妈妈吧。"陈浩天的声音很近，他们已经进来了。陈浩天的说法让我很惊讶，我有种说不出的担心，我急忙从小椅子上下来，摊开已沾满油污的戴着橡胶手套的手，问："是什么事？"我把小椅子踢到一边，转过身来面对他们。

"他说他要去学吉他。"陈浩天说。

"学吉他没问题呀，多一样爱好多一种才能，有什么不对？"我有些困惑地说。

"妈妈说没问题。"安宁学着我的腔调说。

"你去吧！那个校园系列小说怎么办？"陈浩天大声吼了起来。

"随你便，要不，你写吧，反正我写的每一个字你都要过问的。况且，其实，我压根儿就没喜欢过所谓的文学，是你要我当文学家的。"

我注意到陈浩天脸色变灰，他的沮丧是显而易见的。难道安宁不知道这话有多伤陈浩天的心？

安宁很小就开始在报刊上发表文章了，最初都是陈浩天经手的，所有的文章都经过陈浩天的修改。后来，慢慢的，安宁有了自己的想法，他开始对陈浩天的修改表示出不屑，他开始自己偷偷地投稿，但发表出来的真的不多。我无法确切地知道，是不是因为这样打击了安宁写作的兴趣。陈浩天的意思，学吉他会影响写小说的进度，现在，他满怀期待地看着我。我知道，他找我来做裁断，其实并不真觉得我和这事儿有关系。在我们的婚姻中，我越来越觉得自己面对的是一张陌生人的脸。窗外射进来的阳光清晰地照出他脸上的每一条皱纹：他的眼睛下面深深地陷了下去，嘴角四周有了许多条皱纹。我不由地在想他的年纪，他有多大了，五十六了，真的不年轻了。

"你难道不知道，安宁的数学成绩已经快滑到及格线了，如果他不能拿到特长生的加分，就进不了重点高中。他得利用这个假期补一补数学。"

我想说，安宁未必非得进重点高中，安宁也未必非得写小说，我只想安宁快点结束这个漫长的青春叛逆期，我已厌倦家中屡屡上演的这一幕幕"父与子"的冲突。我吸了一口气，说："我不明白为什么他不能把这几件事都做了，反正是暑假，合理安排好时间一定能行的。"

他们俩都大吃了一惊。两人互相对望着，不过，一会儿就轻松下来了。他们一句话也没有说，就走出了厨房，安宁在前面晃荡着，陈浩天跟在后面，仿佛在保护自己的私有财产。我忽然觉得我被骗了，被算计了，被他们利用了。他们并不是问我要意见，甚至也不必我来调节什么冲突，在当时的情形下，他们觉得必须有个第三方才能结束他俩的闹剧。我觉得自己真蠢，居然会以为这里头有我什么事。我提醒自己：我早已放弃了干涉他俩的权利。但是我仍然很生气，直气得视野模糊。我用手去擦眼睛，忘记了我还戴着橡胶手套，手套上粘满着油垢。

（六）

有一天夜里，我睡不着，隐约听到安宁的房间里传来奇怪的窸窸窣窣的声音。不久，一切归于沉寂。我犹豫了很久，起来，去安宁的房间，推门，门已被锁上了。敲门，没有动静。开门进去，安宁已不在床上，床栏上系着一根粗粗的绳子，我顺着绳子的走向望去，绳子穿过窗户一直通到外面。我的心咚咚直跳，几乎要尖叫起来了，我深深地呼了几口气，才探出头去，外面黑魆魆的，看不到底，我把绳子拖了上来，想了想，又放了下去。绳子放下去的时候，安宁放在窗台上的几粒围棋子被带着下去了，一会儿，我听到了棋子敲击水泥地的清脆声响，我仿佛看到水泥地上全是破碎的棋子。我意识到，安宁一定不是第一次越窗离家。

我回到自己的房间，留神谛听着外面的动静，凌晨四点，安宁的房间又一次响起了窸窸窣窣的声音。这天早上，安宁没有出去跑步。最近，安宁不太出去跑步了，我以为他只是厌倦了这项单调的运动，但是，今天却让我心跳加快。我不由自主地盯着安宁看，直看得安宁浑身不自在起来，他问："妈，你看什么？"

"我在想，你是下午上课睡觉，还是上午上课就睡了。"我又听到了昨天夜里棋子落地的"叮叮当当"声。我想，安宁也一定发现了窗台上的围棋子不见了，因为安宁的脸瞬时白了，他低下头，不说话，飞快地吃完面条。

接下去一连好几天，我半夜起来查看，安宁都好好地睡着。我决定不把这件事告诉陈浩天。

不久，有一天晚上，是周六，我加班，安宁没跟陈浩天打招呼就出去了，到了半夜才回来。陈浩天堵在门口，盘问了半天。我回来的时候，父子俩正在门外对峙。

"别在门口吵了，吵着邻居们了，进去再说吧。"我恳求道。

他们对视了一眼，我打开门，他们无声地跟了进来。陈浩天生气地坐到沙发上，喝问安宁。安宁歪斜着身子，满不在乎地用眼觑着陈浩天，不说话。突然，陈浩天从沙发上跳起来，踢了安宁一脚，厉声说道："你给我站直了！"安宁大叫了一声，做势要扑向他的父亲。我赶紧拉住安宁，把他往房间推："算了算了，太晚了，早点休息吧。"陈浩天气得眼睛鼓鼓的，他瞪着我，我假装没有看见。

一会儿，安宁抱着那根绳子从他的房间里探出头来，又飞快地关上门，仿佛是受了惊。但是，陈浩天已经看到了，他立刻站起来，冲到安宁门前。不知为什么，他没有破门而入，甚至没有敲门，他站了一会儿，然后去了卫生间。

不久，这个家归于沉寂，安宁关灯睡了，陈浩天也回到我们的房间，他默默地站在窗前，后来，抽起了烟。烟雾呛得我咳嗽了起来，他看了我一眼，去了阳台。隔着窗玻璃，我看得见一明一暗闪烁的烟头。我想出去和陈浩天谈谈，我越来越相信，对安宁，在有些事上，只有当作不知道，他才能好好地在我们身边，只是我也分不清楚，哪些事要管，哪些事要视而不见，充耳不闻。可我觉得很累，工作累，生活累，身心俱疲，很快，我睡着了。

等我从梦中惊醒，陈浩天不在身边，阳台上也没有人，我冲到安宁的房间，果然，安宁的窗户大开着，那根让陈浩天不安的绳子大摇大摆地从床栏穿过窗户一直通到楼下。我忽然就明白：

安宁是故意的，他故意装出藏头藏尾的样子，有心让陈浩天起疑心，让父亲发现。

早上过了七点，安宁才回来，是用钥匙打开门进来的。他一回来，就去自己的房间，当着陈浩天的面，慢慢地把绳子收起来，然后躺到床上，漫不经心地看了陈浩天一眼，拉上被子。陈浩天呆呆地看着他的儿子，一句话也不说。我忐忑不安地站在门边，如果他们打起来，我该怎么办。但是，他们两个人谁也不理谁，一个躺着，一个坐着，只有沉默，沉默主宰了他们，也主宰了我。不久，陈浩天离开了安宁的房间，安宁也起来坐到书桌前忙起他自己的事。

难道事情就这样平息了？我有些难以置信。

一整天，安宁没有出去，坐在书桌前忙着弄一张手抄报，陈浩天闷头睡了一天。时针指向九点的时候，我在客厅熨衣服，陈浩天明天要去参加一个会，我得替他把西服熨得挺括些。忽然，我听见我们的房间里传出沉闷的"咚"的一声响，仿佛有什么体积很大的东西落到地上了。我过去一看，是陈浩天，爬上了椅子，在顶柜上扒拉东西，一床我们已经很久不用，颜色变黄的棉花被横在了凳脚边。接着又一床要被废弃的棉花被让陈浩天扯了下来。

"你在干什么呀？"我问。

他没有回答我，直接把两床被子拎到安宁到的房间，地板上已经铺了一张旧草席，他把两床被子摊开放在席子上。然后，他走出了房间，一分钟后拿着一条旧被单和他自己盖的那床被子回来了。

他打算睡在安宁的房间，他要确保，安宁整夜在家。

安宁对此一言不发。趁陈浩天洗脸的时候，我小心地问他："这样，不太合适吧？"陈浩天"哼"了一声，算是回答。过了很久，他忽然说："那么你说，怎么办？"我呆呆的，确实，我也不知道该怎么办。如果从此，安宁每个晚上都能好好地在家里，也未尝不是一个办法。

不久后的一个晚上，我被陈浩天的惊叫声吵醒，当时，我正做着恶梦，我梦见安宁一个人坐着扫帚飞走了，扫把的棕丝掉下来，变成一根根长长的铁丝，结成了一个巨大的铁笼子，把我们困在里面。听到陈浩天的惊叫，我一下子坐了起来。我在黑暗中睁大着眼，定了定神，好一会儿才确定刚才确实是陈浩天在喊。

安宁已不在床上，那根绳子系在床栏上，明明白白地穿过窗户一直通到楼下。安宁在陈浩天的眼皮子底下，再一次半夜从家里溜了出去。陈浩天暴怒起来，他疯了似的，把绳子捋了上来，接着犹如一头困兽似的从房间转到客厅，又从客厅转到厨房，最后，他拿了一把菜刀进来了，直扑地上的那堆绳子。原来他一直在找毁掉绳子的工具。

我尽量小心地躲避开他的刀，从后面抱紧他，柔声说："别这样，先随他去吧，暂时别管他了，总得先让他回来吧。我保证，过了这个阶段，他会让我们省心的。"说这样的话，是安慰他，也是安慰自己。他的菜刀掉到了地上，转过身，抱紧了我。这一刻，我知道了，他和我一样无助！

第二天晚上睡前，我正在洗漱，从安宁的房间里传来低低的争吵声，不久，低声的争执变成了激烈的冲突。我忙跑过去，陈浩天试图用绳子绑住安宁的手，安宁奋力地挣扎着。仔细一看，陈浩天的一只手也用绳子绑住了。我明白了，原来陈浩天想用一根绳子把两个人绑在一起，我确信，如果陈浩天有手铐，他也会用手铐把他们的左右手铐在一起。

"陈浩天。"我叫道，我没想到我的声音会这么大，"你太过分了，放开他吧，没用的。"陈浩天停下了，安宁趁机挣脱了。陈浩天慢慢地转过身，他的声音低沉而生硬："你总说没用，我得知道我的儿子每天晚上在哪儿，我要保证他好好成长，我不可能不管他。"

我想说些什么，却找不到一句合适的话，只好低声说道："你不讲理！无论如何，你不可以这样子绑。"

陈浩天看着我，眼光冷冷的，我忽然想起昨天晚上我们抱在一起，相依为命的感觉，在今天看来，那样的情形似乎从来没有出现过。他说："这事不用你管，他与你无关！"

对了，安宁姓陈，十多年前他就说过这句话，原来，多年来，陈浩天从来没有改变过。其实，我已经渐渐适应他的这种观念。我已不会再为这句话怒火中烧了，于是，我冷冷地说："是的，他永远只是你的，什么事情重要，执拗地做自己想做的事，都是你教他的！现在的后果活该你来承担！"说完，我看都不看他们一眼就走出了安宁的房间。

我打开了电视机，想借此平静一下心情，我告诉自己，那里没我的事，别管他们，由他们两个闹去吧。但我发现，其实我在不时地留心着安宁房间里的动静。

我听到安宁大声说："你再这样，我就跳下去了。"陈浩天的喝斥有着恶狠狠的低沉，只是隔着门，又有电视的干扰，我听不清他在说什么。我把电视机的声音改为无声，备加留神地注意着他们的动静。心里的不安在不断地加剧着。

不久，传来一声惨叫，我惊得跳起来就撞进安宁的房间。糟了！安宁真跳下去了。我冲到窗户边往下看，大声喊着"安宁安宁"，没听到安宁的回答，外面漆黑一片，看不清安宁在哪。我哭着拉开门，跌跌撞撞地狂奔下楼，跑到楼下，终于想到不管怎样，应该先打120急救电话。幸亏是先落到树上，安宁本能的抓住了树，缓冲了一下，树枝断了，才又掉到地上，除了摔断大腿骨，没有致命的损伤。

安宁在床上躺了三个多月。安宁让我把哑铃放到他床头，我时常看到他在床上用哑铃锻炼着手臂的力量。有一次，我看到他一只手拉在床栏上，一只手撑着床上，身体硬是直直的悬空起来。我被这个造型吓着了，不由地惊骇地叫出了声。安宁笑着解释说一定要动，不动的话，等骨头长好了，他又要变回文弱书生了。我也只好笑笑。安宁这么干，在我看来，带着些恶狠狠的倔劲。他身上的这股子狠劲让我不安。

我注意到陈浩天的头发就在这两三个月里全白了。从此，陈浩天不再干涉安宁的事情，他们之间的正面冲突结束了，以安宁的全面胜利收官。最初的一个月，父子俩没说一句话，后来，不知道是谁先搭谁的腔，慢慢地，两个人又有了默契。尽管，看起来，仿佛他们和我说的话最多，但其实，我知道，在这个表象下面，我永远是被排斥在他们世界之外的那个人。

安宁本可以申请休学的，但安宁不愿意，他坚持自学也可以，伤愈后不久就参加中考，结果以一分之差没能考上重点高中。陈浩天想花钱让安宁进重点高中，但安宁死活不同意。决定去读普高的那晚，陈浩天把自己反锁在房间里。我不时地走到门前，把眼睛凑到门缝上，想要看清楚他在里面做什么，房间里黑咕隆冬的，没有一丝光亮。也许，陈浩天就那样躺在黑暗中吧。有好几次，我把耳朵贴到门上，仔细倾听里面的动静，但那里寂静一片。直到晚上十一点，在我敲了好几次门后，终于从门缝里漏出了一点点光亮——他把门打开了一条缝，就转身走回床上。我很快地推开门，看到他的背影，他走路的样子有些蹒跚，原本挺拔的背竟佝偻了起来，他还不能说是老年人，但此时，他给我的感觉就是一个垂垂老者。我挨着陈浩天躺下，他转过头，脸上的表情那么困惑。我知道那是因为安宁离陈浩天的天才梦越来越远了。我也很难受，但是，我不知道我能说什么，只好伸手搂住了他不再年轻的脖子。

安宁很快乐，常常背着吉它去上学，学了一年的吉它，我这种外行听起来，已经弹得有些像样了。我可以想象，他在学校，课间边弹吉它边唱歌，他的成绩、外表都给他打了加分。不用他说，我也知道，他很受女生欢迎。开学一个多月后，有一天，安宁告诉我们他打算去竞选学生会副主席。上台演说、写演讲稿对他来说都不是难事。初中阶段，安宁就已经有了许多朋友，而现在，他可以说是"高朋满座"了。我已经忘记了他小时候总是一个人孤孤单单的情形了。

现在回想起来，安宁高一那年，是我们全家最幸福的时期了。安宁充满自信和阳光，他读书读得相当轻松，花很多时间写小说。这让陈浩天紧皱的眉头舒展了开来，陈浩天私下里对我说："其实上不上重点高中，考不考得上好大学都没关系，你看人家韩寒……"更重要的是父子俩经常在饭桌上聊安宁写的文章，陈浩天与安宁之间的关系重回到很久以前的那种亲密无间。

（七）

有一个中午，我正在办公室午睡。电话响了，睡意朦胧中，我一时没有听出陈浩天的声音。不知道是不是因为这样，他生气了，他吼道："你干嘛给安宁那么多钱？"他的声音那么响，震得我耳膜生痛，我的头仿佛一下子变成了两个。这几年，陈浩天很少给我打电话，白天若接到他的电话，准没什么好事。

"什么事？钱？"

"安宁上课玩手机被老师逮住了，你没给他钱，他哪来的钱买那么好的手机？"

"除了学费，我真从没给过安宁钱。"没等我说完，陈浩天已经气冲冲地把电话挂了，我听得到那边"啪"的摔电话机的声音。

我看到过安宁用手机，好像还是苹果机，问过他一次，他说是山寨苹果才几百块钱，陈浩天给他买的。学校规定学生不可以带手机去学校，但是我也知道，现在，没有几个学生把这条规定当回事，很多人偷偷地带着。况且陈浩天一直都标榜自己与别人不一样，安宁很小的时候玩游戏，他不仅没反对，两个人还一起玩得很带劲！陈浩天言谈之中，时常会说学校的臭规矩怎样不合理。所以，既然陈浩天都同意买了，而且手机也在安宁手上了，我何必再说什么呢？

这一回，陈浩天又气坏了，安宁和陈浩天在家里大干了一场。我知道，重点不在使用手机上，而在买手机的钱从哪里来。安宁的苹果是正版的行货，得六千多块。陈浩天自己手上很久没有那么多闲钱了，他不好好工作已有很多年，我不知道他写稿能有多少收入，偶尔兴起帮人家打短赚了多少钱，反正，他有很久没有给过我一分钱了。这些年，我的收入越来越高，他也越来越不愿意去做事。最近的几年，我每月给他两千块，让他买菜付水电费。六千多对陈浩天来说不是个小数目，所以他震怒了，他要安宁交代清钱的来路。

安宁轻描淡写地说："六千多块而已，几个下午就搞定了。如果碰到又傻又有钱的，说不定两个小时就搞定了。"安宁的话让我和陈浩天大惊失色，才十六岁的安宁竟然出此狂言。我们对望了一眼，从陈浩天眼里，我看到的不仅仅是狂怒，还有恐惧。千百个念头在我脑海里闪过，干什么能那么轻易来钱？股票、赌博、偷窃、抢劫、贩毒……每一个念头都让我心里直哆嗦。可是，我本能地觉得安宁不会干这些事。可若不做这些，那些钱怎么来的。我斟酌着，该说些什么。陈浩天已经发火了："你说你干了什么事？抢还是偷……"陈浩天在对待孩子上，很有些护短，他的教育与正统的学校教育一直有着不小的距离，但是偷和抢触犯到了他的道德底钱，他绷不住了。

安宁翻了翻眼皮，一脸惊讶，然后漫不经心地说："要偷吗？要抢吗？有点脑子好不好？你以为每个人都像你那样不会赚钱！"这话太伤人，我看着安宁，想不明白他怎么可以这么和他的父亲说话。那个瞬间我确信，安宁是故意的，他有心要激怒他的父亲。

话音刚落，陈浩天就像一头激怒的豹子冲向安宁，他扭住安宁的头，劈头盖脸地打了下去，他咆哮道："叫你嘴硬，叫你逞能，我打死你这个不孝子孙！"安宁奋力挣脱了。陈浩天再一次扑向安宁，圆睁着双眼，花白的头发直竖起来，我心酸地发现，陈浩天是真的老了。安宁一闪就躲开了。我看得清楚，陈浩天已打不过安宁了。这几年，安宁疯狂地练哑铃、练长跑，他已经长成一个强壮的大小子了。当安宁反击陈浩天的时候，我只好冲了上去，抱住安宁，安宁只轻轻一甩，就把我甩开了。这时，安宁已把陈浩天逼到了墙角，他抵住陈浩天，一字一顿地说："我没有偷也没有抢，我的钱来路很正，你爱信不信！"我紧紧地盯着安宁握成拳头状的手，心像火车马达那样"呼呼呼"地转着，压得我顺不过气来。好在不久，安宁放开了陈浩天，转身跑了出去。他摔上门走的时候，回过来瞪了我们一眼，难以置信的是，我感觉安宁的脸上写满了痛苦！

陈浩天靠着墙壁，慢慢地坐了下去。他茫然地看了我一眼，他的眼神空洞洞的，仿佛想不明白事情怎么会变成这样。我走过去，坐在他身旁，去握他的手，他却像触了电似的猛地重重地甩开了，我的手碰到了墙壁，一阵木木的疼痛。

过了很久，我的情绪才平复下来。我一直想着安宁那紧紧握着，但一直未落到陈浩天身上的拳头。安宁没有打陈浩天，说明安宁不会是那种丧尽天良的人。或许，我们真的冤枉了安宁。猛然间，我想到了什么，急急起来，拿了张安宁的照片，往外跑去。

我仓惶地在路上走着，一路上，我越来越确信，安宁的钱一定是在棋室里赢来的。很久以前，安宁还只有十岁的时候，他就和人赌过棋，用赢来的钱买了一台掌上游戏机。我发现这事的时候，陈浩天不在家，就狠狠地教训了安宁一顿。他答应我从此再也不赌棋了。我注意观察了一段时间，看着正常，后来就慢慢忘记了这事。

我把我所知道的棋室走了个遍，果然，店老板大都一看照片就说认得，这小子鬼得很，和人赌棋，开始总是装菜鸟，十块二十块时总是输一两目，等别人下一百两百的赌注时，就变成赢一两目，他永远只赢对手一两目，让对手欲罢不能。有个老板告诉我，有一次安宁整个下午就和一个怎么输都不服气的主下棋，一下午就赢了好几千。小城那么多棋室，来来去去赌棋的不少，想来安宁有骗不完的人头。说不定，他还和某家棋室的老板坐地分赃了。

很多年前，当时安宁还只有两岁多一点，那时，安宁的奶奶每天早上都去广场跳舞。有天早上，我和安宁去广场，没看到奶奶。傍晚时分，安宁和奶奶打电话，他问奶奶："奶奶，我们早上来广场找过你，你没人，你去哪里了？"电话是按了免提的，我们都听到他奶奶说："广场上太热，奶奶去舞厅了。"安宁放下电话，对我说："奶奶说，她跳完舞就回家了。"陈浩天听了哈哈大笑，我也笑，可我总觉得有些不妥，这么小的孩子他怎么就自己编呢，也许这不能定性为说谎，但确实与事实不一样。我想，可能两岁多的安宁从来没有听到过"舞厅"这个词，无法转述，但奶奶确实是回答了他，他觉得他必须给我一个答案，所以，他就按自己的思维给了我一个答案。我该怎么跟他说，听不明白就听不明白，不可以自己胡编乱造呢。陈浩天笑我杞人忧天，他洋洋得意地对我说："咱们的孩子天生就是个小说家。"

等安宁上了幼儿园，每当安宁做错了事，安宁都能为自己找到很好的理由，只要安宁能自圆其说，陈浩天都会笑。在对待谎言上，我的严厉被陈浩天若无其事地化解了。我记得，有一次，那时安宁上小学二年级，我们刚刚买了一台液晶电视，安宁玩模型飞机时，不知怎么就把遥控里的电池砸到了屏幕上，屏幕在瞬间成黑屏了。我并没有责怪他，我只是想让安宁把事情说清楚，承担起无心之错的责任。但安宁一口咬定不是他扔的，是电池自己砸到屏幕的，绘声绘色地编了一个电池自动砸向屏幕的故事。我很生气，但陈浩天却被安宁讲的故事吸引了，对撒谎这事本身一句也不提。他建议安宁把这个故事写下来，和安宁一起在一些细节上斟酌再三，反复修改，后来还发表了。安宁越长大，自圆其说的能力也越强。陈浩天说他这是在培养安宁的想象力，他强调想象力是一个天才的文学家最重要的素质。我觉得自圆其说与想象力不是一回事，但是，我没办法改变陈浩天的想法。

安宁没有做伤天害理、违法犯罪的事，他靠自己下棋的本事赢了那么多钱。我的神经本该放松了，可我的情绪依旧低落得厉害。其实，赌棋也是赌，况且他赌得那么有心机，十六岁的安宁，已离我们越来越远了。

回到家，陈浩天还靠着墙壁坐着，神情呆滞漠然。

"陈浩天。"我叫道。他没吱声。我想了想，走过去蹲在他面前，用尽量轻松的语调告诉他我去了哪里。我热切地看着他，期待他的神情会变得放松起来，甚至像从前那样夸起儿子有多么能干。

但这一回，他只是木然地点了点头。我期待他能开口说些什么，过了很久，他终于把目光挪到我身上，就那么眼也不眨地看着我，仿佛我是一个从没见过面的陌生人。我忽然意识到"你以为每个人都像你那样不会赚钱"这句话深深地刺伤了陈浩天的心，那么长时间，他一定一直纠结着这句话。此刻，无论我怎么说都无法抚慰他，我最好还是赶紧走开吧。

　　经过了这事，陈浩天和安宁又回到了冰点。安宁明显地自暴自弃起来，常常旷课，谁也不知道不去学校他去了哪里。我问他，他沉默不语，我也试着跟踪过他，但是很快就被他甩掉了。若是陈浩天问他，他就咆哮着："不用你管！你没有资格管我！"可过不了几天，安宁会拿出新写的一首诗或一篇文章，一本正经地向陈浩天请教，然后商量着给哪家杂志。每每这种时候，陈浩天就喜上眉梢，全然忘记了安宁对他的不屑与伤害。可除了讨论文章，他们两个难得再好好说上一句话。我冷眼看着他们的闹剧，看着他们一天冷战，一天互相破口大骂，一天又变得亲密无间。安宁是这类关系的主导，他太了解他的父亲了，激怒和讨好陈浩天全由他掌控。我只是不明白，他为什么要这么做。

　　有一天，我听到安宁在电话里和别人说"反正我在我父母眼中就是一个小混混"。听到这话，我感觉有根针在我心脏里面一下一下搅动，我听得到自己滴血的声音。我真想冲过去抢走安宁手中的电话，向电话那头的那个人发表声明。但是，我还是控制住了自己。我告诉自己：随他去吧，随他去吧。事到如今，再怎么说也没多少用处了。只是，我不明白，为什么安宁会离我们这么远。与我有隔膜也罢了，反正从小就这样。可是他与陈浩天为什么也如此，他们之间的一直就有的默契是什么时候起彻底消失了呢？

（八）

赶完货回家，已是十点。我看到门边的鞋架上多了一双女式凉鞋。陈浩天赖在沙发上看电视，安宁的房门紧闭着。我想了想，去敲安宁的门："安宁，太晚了，你的同学应该回家了。"陈浩天在向我摆手，我知道他的意思，是叫我别惹安宁。自从手机事件后，陈浩天就不怎么管安宁了。在我的感觉中，他甚至开始怕安宁。我假装没看见，继续敲。陈浩天站起来，来拉我，轻声说："咱孩子是男孩，吃不了亏。"我瞪了陈浩天一眼，怒火"噌噌噌"地直往脑门蹿。我知道他的潜台词是，真出事了，大不了给人家女孩赔点钱。我不想听陈浩天说出更露骨的话，忍不住喝到："你走开！"声音大到把自己也吓了一跳。陈浩天咳了一声，露出一副息事宁人的表情，退回到沙发上。

门开了，安宁出来了，后面跟着一个穿着无袖长裙女孩，我不禁打了个寒战，已是九月底，她还穿着这么单薄的裙子。她的头发挑染了几绺黄黄的。她大大方方地说："阿姨，再见。"她穿鞋子的时候，我注意到她的脚趾亮亮的，还有花纹，仔细一看，原来她的每个脚趾甲都做了美甲。安宁替她开门，送她到楼下。我也跟着下了楼："安宁，这么晚了，让你的同学一个人回去，不安全，不如我开车送她回去吧。"女孩看看安宁，安宁双手插在裤兜里，一副不置可否的表情。于是，女孩又看看我，满脸困惑，

深潭 197

最后，她迟疑着点了点头。

"你叫什么名字？"

"你和安宁是同一个班的？"

"你们学校可以染头发的？"

……

一路上，我问了无数个问题，女孩紧闭着嘴，不说话。转过一个又一个路口，我终于意识到自己的无趣。我想指责女孩不自重，但想想，我没管好自己的儿子，又有什么资格去指责女孩。

陈浩天仿佛铁定了心，不管安宁做什么，都不闻不问。不久后的一个晚上，我发现十二点了，安宁还没回来睡觉。我一个人开着车，满城转，每隔五分钟就打一次电话，决心要把他找回来。午夜的街道很安静，偶尔有夜行的出租车超上来。初秋的风穿过车窗吹到脸上，略带了些寒意。有很多次，我茫然地停下来，又义无反顾地重新上路。我感觉我像是一艘迷失了航道的船，在平静的海面上无可奈何地打转，风平浪静的海面下暗礁汹涌。我想起多年前，去医院生产的那个夜晚。事隔多年，我依然能感到当日相依为命的温暖。为什么，我们三个人会变成现在这个样子？

天快亮的时候，我在一家通宵营业的录像店门口看到了安宁。我忽然意识到，我有多糊涂，我们竟然从来没有问过安宁半夜从家里出走的那些晚上，他去了哪里。我们纠结于他半夜越窗而走这事本身，我们从来没有想过，他为什么要这样做。或许，我们从来都没有真正关注过安宁的精神世界？

我停下车，不知道该怎么做。我叫他，他会不会逃跑？若不叫他，我整个后半夜到处转的意义在哪。最后，我摇下车窗冲他喊道："安宁。"安宁慢慢地踱过来，拉开车门，神色出奇的平静，好像他就一直在这里等我，而我却迟迟未到。我发动了车子，但我感到握方向盘的手在发抖，我怕继续开车会弄出什么事来，赶紧在路旁停下。我重重地叹了一口气，对安宁说："我希望你每天晚上能在家里睡觉。"

安宁一声不吭，我固执地等待着安宁的回答，许久之后，我绷不住了，转头去看后座的安宁，他已经睡着了。我的泪终于奔涌而出。我可以装作不介意安宁与不同的女孩交朋友，可以不介意他目中无人地在家里出入自由，可以不介意越来越不体面的分数，可以不介意他流连网吧录像厅，可以不介意他继续去棋室赌棋，为自己挣零花钱。安宁的架势摆明了向我们宣告：离了你们，我也能养活自己。但是我担心，这样下去，迟早会出事。可是我能怎么做？

随他去吧，随他去吧，反正很久以前我就对陈浩天完全绝望了，现在，再加一个安宁又怎样？

到了，我停稳车，想叫醒安宁，想想，还是让他睡吧，我把一件外套披在他身上，我自己也趴在方向盘上睡着了。冷风吹醒我的时候，安宁已不在车上，那件外套披在了我身上。我依稀记得：刚才，安宁给我披衣服的时候，仿佛说过："我答应你每个晚上都保证在家里，给我时间，你放心，我会做回我自己。"只是，我怀疑，那是发生在梦境中的。

有天晚上，我在办公室，手机响了，接起，我听到电话那边喊道："妈妈。"我一怔，知道是安宁，我有很久没听到安宁叫我"妈妈"了，他进进出出，要么不叫，要么就是"喂"。我立刻觉得一定出事了，果然，安宁接着说，"快回来呀，妈妈救救我!"就是隔着电话线，安宁的惊慌失措也立刻感染了我。"别急，你慢慢说，发生了什么事?"我故作镇静地说，可还没等我说完，电话那头已经没了声音。再打过去，已关机。我的头皮一阵阵发麻，两眼发黑。跌跌撞撞地跑出公司，拦了一辆的士。一路上，陈浩天的电话接连不断地打进来。听起来，他的声音比安宁更恐惧不安。

"妈妈，我可能杀了人了!"上星期，安宁刚刚办了休学手续，这半年多他基本没怎么念书，明年就要高考了，我几乎对他不抱希望了，只期望他能顺利拿到高中毕业证书，别给我惹事。可突然有一天，安宁提出要休学，说是要重新做人，好好读书了。对此，陈浩天只是"哼"了一声，我才知道原来对安宁他比我更绝望。最近，安宁连文章也不写了，是的，在他们反反复复的关系中，安宁对文学的放弃才是对陈浩天最大的伤害。考不考得进大学，陈浩天并不关心。只要安宁还在写，写得能让陈浩天觉得有点意思，其他的他都可以忽略不计。可不管怎么说，安宁的这个决定让我充满了"浪子回头"的希望。今天早上，安宁对我说他想最后出去玩一次，参加一个所谓的假面舞会。

"我不是故意的，那个人老在小白旁边，我看了不顺眼，就装作不小心把旁边的一个人推到他身上，谁知道他们竟然都有一伙人，打了起来，我也和他们打，打到后来失控了，用上了棍棒和刀子，我用刀子捅伤了一个人。我怕得不行，就跑了回来。"我看到地上有把隐约还沾着血的西瓜刀，我不住地发抖，无法想象它曾经由安宁的手捅入过某个人的身体。

小白是安宁喜欢的一个女孩，可据我所知，她不喜欢他，安宁没少为她吃干醋。

"去自首吧。"

"不，我不去，要坐牢的。"

"你不去，这种恶性群架事件，别人迟早会把你供出来的。"

"不会的，没人认识我，我们都戴着面具，我是冲着小白去的，小白的QQ签名上写着这个舞会。她眼里没有我，她也不一定会认出我。"

陈浩天手上拿着一个面具，牛魔王的造型，他说："我会处理好它的，警察一定找不到它。"

"让他出去避一避吧。反正安宁已经休学了，就说我们送他去外婆家读书了。"

"妈妈，送我去火车站吧。爸爸刚才查过十二点还有一趟去济南的火车。只要小白不提我，你们不说，我一定会没事的。"我发现，这时候的安宁已不再那么惊慌失措，他的神情是那种铁定心要去做一件事的倔了。陈浩天已起身去安宁房间，在帮他整理衣服了。

我没吱声，我不知道我该怎么做。我没有勇气也不甘心亲手把安宁送到派出所。

不久，陈浩天拎着一只包出来了。安宁迎上去，双手攥紧了包。他们两个看着我，满怀期待。

"我很慌乱，我不敢开车。你打的去吧。"我不敢看他们，心虚地低下头。有那么一会儿，空气里有种剑拔弩张的味道，僵持了一会儿，我听到安宁说："那么，好的，再见吧。"我抬起头，看到安宁瞥了我一眼，这一瞥里的神气如此陌生又如此熟悉，我清楚地记起了安宁刚出生时看我的第一眼，那种倦怠、满不在乎的气息扑面而来。我记起当时我的预感——这个孩子不会给我带来安宁。我又一次感到空洞洞的，一切都那么不真实。

他们下楼了。我不由自主地也跟着下了楼，失魂落魄地看着他们站在黑夜的阴影里等出租车。我忽然想到了什么，急急地跑上楼，抓过包，又跑下来。

他们正拦下了一辆车，我着急地喊道："等等。"边说边把手伸进包里，慌乱让我怎么也摸不到皮夹。司机等了一会儿，不耐烦地嘟囔了一句，开走了。我觉察到安宁和陈浩天的不快，不由地就把包倒过来，"哗啦"一下，手机、钥匙、面巾纸、记事本全倒在地上了，我在这满地的东西中，拿起皮夹，打开，把里面所有的现金都塞到安宁的衣袋里。想了想，又把黄钻的中国银行卡塞到安宁手里："拿着，一定要收好，这张卡可以透支，密码是你的生日，到了外面，在钱上别委屈自己。赶紧换个手机号。安定下来后，别忘记给我们打个电话。和家里保持联系，等这边风声过去后，赶紧回来。"一口气说完这些，我累得虚脱一般。我意识到我已经把所有的话都说完了，再也没什么可说了。我直直地看着安宁，仿佛十七年的母子关系，就是为了这场道别，我十几年的事业打拼，就为了一张黄钻卡，让它可以跟着安宁去，让安宁离开我后，还能衣食无忧。十几年的爱与隔膜，或许还有理解都凝结在这一瞬了。

安宁俯下身，把地上的东西一样一样放回我的包里，把包背到我的肩上。然后，他抱了我一下，在我耳边轻轻说道："妈妈，对不起。"很多日子过去了，"对不起"这三个字还时时在我耳边萦绕。

他们走了，我忽然想起这样的情形二十多年前就曾经发生过。直到此时，我才真正理解了妈妈。我又有多久没有没和妈妈联系了？我的孩子也要离开我了，他才十七岁，他还是个孩子。陈浩天说让安宁去外婆家，可我知道，安宁不会去找外婆。

天快亮的时候，陈浩天回来了。当我听到钥匙在门锁里转动的声音时，我赶紧擦干了眼泪，闭上眼，假装睡着了。我感到他拧亮床头灯，站在床前看着我。我还听到他轻轻地喊了一声我的名字，也许他想说说话。可我，此刻，一句话也不想说，固执地一动不动地紧闭着眼。

下篇
（一）

陈浩天的个性里有种近似偏执的执拗，只要是他自己想做的事，他会十分狂热地投入。我不记得什么时候起，他注重起了中医养生。起初是在他的书桌上，我看到一本《黄帝内经》，再后来是《四圣心源》《伤寒悬解》，后来，越来越多关于经络养生、穴位按摩的书出现在他的书房里。有事没事他就拿着这种书仔细琢磨。当他对安宁渐渐失望，安宁也不再写文章的时候，他更加热衷于此道了。有好几次，我看见，他在卫生间，赤裸着上身，对着镜子和图片在自己身上捣鼓那些穴位。安宁离家后，除了研

深潭　203

究中医学，再也没有什么事能吸引他的注意力了。有时候，他刚从书上学会一种治病方法，试图在我身上做试验。我本不应拂了他的好意，但是，说是按摩，他给我拿捏穴道，却让我感到很难受。他不按摩，无非是觉得疲劳，睡过一觉，早上醒来也就好了。但是他一按摩，我晚上睡觉却感到全身骨头痛。几次下来，我再也不愿意他给我做保健按摩了。陈浩天的妈妈前几年，有过一次小中风。于是，他就自觉地当起他妈妈的家庭医生了。每天上午回去看他妈妈，给她做按摩。没听到我婆婆抱怨说不舒服，陈浩天就认定是我不愿配合他。

每天回家，我都感到家里烟雾缭绕，那是陈浩天白天用艾条灸后留下的后遗症。我抱怨太呛人了，但是陈浩天坚持说这种烟味闻起来很香，而且辟邪，我闻不惯是我的心理原因，就像他给我按摩，明明是享受却偏要认定是折磨。我懒得和他争辩，只好每天回家做的第一件事就是开窗通风。

少了安宁，小小的两室一厅的房子显得空荡荡的。陈浩天睡到安宁的房间里了。我早上出门时，把卧室门关紧。白天，陈浩天也不走进这个房间。这样一来，回到家，总算有一个空间是没有被烟雾熏过的。常常，整个晚上我们都各自待在各自的房间，不说一句话。

陈浩天空前地在意起自己的身体了，他不再熬夜，每晚九点左右就睡了。睡前泡二十分钟的脚，平时是热水，每周六用中药泡。活了大半辈子都没做过一次饭的大老爷开始涉足厨房，最初，是做早餐。大部分日子，六点左右他就起来煲粥了，一边煲粥一边做健身操。后来，晚饭也是他做了。这么多年来，他向来只管买菜，不管我上班多忙，总是要等我回家做饭，如果我没法回来，他们父子要么面条要么快餐。现在，却日日窝在厨房研究起菜谱营养学了。他做的菜，油和盐都放得很少。他说这样对身体好。一直以来，他的口味都偏重，可一下子说变就变了。他做的菜每碗都像没有放盐，我吃不惯。但是我很明白，一旦他认定的事，我是没法改变的，只好自己弄些酱油蘸。我在外面吃饭的机会很多，只要我愿意，天天都可以有应酬。不知不觉的，我回家吃晚饭的次数越来越少。

有天我半夜醒来，觉得很饿，起来找东西吃。看到餐桌上放着一罐纸皮核桃，就坐下来剥着吃，把剩下的半罐核桃全吃完了。第二天一大早，陈浩天"咚咚咚"地来敲门，我迷迷糊糊地起来给他开门，只见他手上捧着一个塑料罐，怒气冲冲地说："你昨晚把整罐核桃都吃了？有你这种吃法的吗？核桃一天只能吃两三个，吃多了是浪费，每天坚持吃两三个才对身体有好处。你都吃完了，我今天吃什么？这罐核桃我本来还可以吃上一星期的！"说完，他手一扬，塑料罐就向我飞来了。我本能地一低头，罐头落在我床上。我的瞌睡生生被他赶走了。就为了半罐核桃，一大早和我吵架？我也火了，想也没想，抓起床头柜上的手机就用力向他掷去，没想到，正好砸到他鼻子，立刻，红红的血涌了出来。他愣住了，我慌了，急忙去查看他的伤势。

血止住了，在我帮他处理伤口时，他一直疑惑地看着我，脸上写满了难以置信。在我们的婚姻关系中，他发火的时候，退让的总是我，有限的几次对抗也是因为安宁。当他暴怒起来砸东西的时候，我向来都是默默地去收拾。可这一次……

深潭　205

傍晚下班回家，我带回家一大箱纸皮核桃，算是道歉。临睡前，陈浩天进来，给我一瓶碾成粉末的黑芝麻，他说："你也应该注意保养了，你这个年纪的女人，每晚睡前吃一小匙黑芝麻粉，对身体有好处。我整个下午就在炒芝麻，碾芝麻。"灯光下，六十岁的陈浩天已呈现出明显的老态了，他的头发依旧如我当初遇见他时那般浓密，但颜色却完全两样了，发根处全白了，发尖还是黑色，那是因为他染发。脸上的皱纹一道又一道，眼角处的皱纹如刀刻一般。我伸出手去摸他的脸，忽然意识到，在他眼中，我也一样不年轻了。我们一起生活了二十多年了，不管是好是坏，那是我们共同的岁月，老都老了，何必再较什么劲？那一刻，我们都彻底谅解了彼此，并决心在一起好好过完余生。

　　安宁只在最初给我打过电话，后来就没了消息。起先，能打通他的手机，后来，我的通信录上有他很多个手机号，却一个也打不通。关于他的唯一的消息来源，是我的手机短信，安宁每用一次卡，我就能立刻收到短信通知。有时，他在济南，有时，他在青岛，有时，他在北京，离家最近的一次，他在南京。仿佛他一直奔波在路上。我告诉自己，只要他还好好活着就好。离了安宁，我们不知道还能说些什么。而安宁，现在，却是一个不能提的话题。他从来没在我面前提过一句想念的话，我想，也许他和我一样，在逃避。每回我收到短信告诉他时，他都不吭声，只有一次，他接话说："安宁会不会躲在某个地方搞创作？"气得我再也不想和他谈安宁。

　　有天晚上，我梦见了安宁。这是个美梦，我梦见安宁在北京上了大学，还拿了奖学金。醒来的时候，听到陈浩天在大喊着"安宁"，看来，陈浩天也梦见安宁了。我拧亮灯，看到陈浩天的表情如此痛苦,看来他做的是恶梦。我推醒陈浩天。陈浩天睁开眼，一脸迷茫，他还沉在他的梦境中，好一会儿，才回过神来。他梦见安宁杀人了。

送走安宁的那一个梦魇般的晚上又回来了，我想我们都想起了那个晚上。对于我们来说，时光永远停在那晚，停在那担惊受怕惶恐不安的情绪中也好过现在，生不见人的状态。

"如果，当时我们报警，也许，现在，我们还能见到安宁。"一年前的那个案件在我们的地方网站上一度占据了头条，没死人，重伤三人，轻伤好几个，据说后来打群架的人都归案了。我有时会怀疑，安宁根本就没有参与打群架，还没等事态失控就已经离开了现场。他只是想离开我们一个人去生活。我曾经在安宁的QQ上留言:事情已过去了，回来吧。安宁的QQ从来就没有亮过，或者这个QQ是他早已废弃不用的。

"他有一个月，没用我的卡了，上个月也只拿了八百块钱，他在靠什么为生呀? 会不会又去赌棋，一个外乡人，设局去赌，安全吗? "

陈浩天没接话。是什么让安宁如此决绝和狠心，连一个短信都不肯给。想想安宁，那么聪明的一个孩子，养活自己应该没问题吧。可我对他的离开总是无法释怀。在他的成长过程中，我们一定做错了什么。

"你说，安宁的经历这么离经叛道，他在外面一定经历了更多的事，从小，我给他打下了扎实的文学功底，说不定，他将来真能写出轰动文坛的作品。如果这样，也算是好事? "陈浩天说道，他语调里的那种梦幻般的憧憬先是让我困惑不已，后来触怒了我。他到现在都还惦记着这件事，我无法理解的是，每回提起安宁，他都竟然只会想到这个。安宁怎样了，他似乎一点也不关心。细想起来，他一直都是这样的，他的心里没有别的，只有他自己的这个梦想。他把自己的一生耗在了这事上，在他的意愿中，他还试图将安宁的一生也交付于这件事。而我，二十多年来，竟然听任自己完全屈从于他，屈从于他那永不松动的欲望，屈从于他顽固不化的思想，屈从于他个人的失意与恼火。那一刻，我忽然觉得正是陈浩天不可理喻的梦想毁了安宁。这个想法，让我心慌慌的，可我也扪心自问，如果重头再来，我是否能让事情有不同的结局呢？也许，从我第一次慌乱地握住他的手时，我们的人生地图就已经勾画好了。

（二）

有天晚上，安宁的奶奶突发脑梗，我们接到电话，立刻赶到医院。常规的急救措施结束，被送回急诊病房。陈浩天就坐在病床前，一手握着我婆婆的手，另一只手的拇指和食指捏着婆婆的中指，顺着指尖到指根部一下一下地将。他说这是降血压，说来也令人难以置信，十几分钟后，仪器显示上压87，下压133。此时，已是凌晨两点了，我觉得，陈浩天也是个六十岁的老人了，就让他回家休息，我留下看护。他嘱咐我，如果血压又升高，就这样将将，但是千万别反方向将，那样的话就变成升血压了。陈浩天回去的时候一步三回头，都走出去了，又回来叮嘱一番，仿佛我是一个十来岁的还不会照顾人的孩子。我心里，隐隐地觉得不快。

我们请了一个护工帮忙照顾，我、陈浩天和陈浩天的妹妹三个人轮流陪着。婆婆的病情很快得到控制，两星期后医生让我们出院了。左手左脚还有些不灵活，但只有回家后自己锻炼恢复。出院那天，早上五点，陈浩天的妹妹就来了。她一进来，我就醒了，婆婆也睁开了眼，她说："浩敏，我饿。"

也许婆婆早就醒了，护工老向我抱怨："阿姨总是该吃饭的时候不肯吃，半夜了她却要吃东西了，我刚睡着，她却说要解大便了。"护工还说白天晚上地连日连夜陪护，她吃不消。于是，晚上九点到早上七点这段时间，我们就自己看护。我值夜的日子，婆婆很少在半夜提出要吃东西、解手。陪床上睡，我总是没法睡熟，就是睡着了，睡眠也很浅，一会儿就醒了，以为过去了很久，看看时间其实才过去半小时。我一醒就去察看婆婆，每次她都闭着眼，好像是睡熟了。现在想来，估计，其实她并没有真正睡着。她在我面前有所顾忌吧。但是，这一晚，婆婆有些折腾，一会儿要喝水，一会儿要坐起来，一会儿又要解手，体盆放进去，等半天又什么都没解出来。

没有吃的东西了，只有几个冷馒头，昨晚浩敏已把大部分东西带回去了。我指着那几个馒头问浩敏："这个，可以吗？"浩敏没答话，婆婆已经有些生气了，语气生硬地说："给我。"我拿起一个馒头，本打算喂给她吃，她已伸出右手，敏捷地夺了过去。

许是真的饿了，婆婆吃得有点急。她咳嗽了起来，我赶紧去拍她的背，浩敏捋胸口。住院前，婆婆就一直在咳嗽，但从来没有这样连续不断地咳过。她的脸涨得通红，脑门上满是汗。我有些害怕，跑出去喊医生。等我回来，婆婆的胸襟上已咳红了一大片。医生来的时候，血已喷了出来。抢救了两个小时，还是没能挽回她的生命。后来我们知道，馒头呛进了气管，婆婆本来就有高血压，连续地咳使血压骤然升高，引起了血管爆破。

葬礼结束。我们回婆婆家挂遗像。

陈浩天问我："妈一直在咳嗽，你知不知道的？"我点点头。陈浩天又问："妈有高血压，你也是知道的吧？"我不解地看着陈浩天，我不知道他为什么要在这个时候问这些。

"那天，你为什么要给妈吃冷馒头？"

"她饿了，她说她要吃。"我迟疑了一下，说道。

毫无预兆的，陈浩天忽然一把揪住了我，疯了似的说："你还我妈，是你害死了她。你是不是在心底里盼着她死，你可以回济南看你自己的妈？"如五雷轰顶，我怀疑我听错了："你胡说什么？"婆婆住院的第一天，我曾接到妈妈的电话，说她想见我。但是，我怎么可以在那个时候离开呢？

"我跟你说过很多次，脑梗病人不可以吃冷的食物，一定要一口一口慢慢喂，是你照顾不周害死了我妈。"陈浩天用力前后摇晃着我的肩膀，声嘶力竭地说。我感到脑袋晃荡得厉害，眼睛生痛，一阵又一阵的眩晕让我很不舒服。我的意识迷糊得厉害。

浩敏拉开了陈浩天，我感到我的耳朵发紧，刚才陈浩天说的话一个字一个字又重播了好几次，好一会儿，我终于顺过了气。这回，委屈和怒火控制了我，我冷冷地质问道："最后两天，你在哪里？你嫌人家照顾不周，你妈住院，你为什么还去杭州见朋友？你有什么资格来责怪我们照顾不周？"

"我去的时候，她好好的，回来怎么就没了呢？"陈浩天号哭起来，他像个孩子似的抱着头趴在桌子上。我想，也许他是真的太伤心了，但是，我发现，即便我这样想，还是觉得很受伤。为什么，他总要这样子让大家都不开心？为什么，他从来都不想一想，我也很辛苦？

陈浩天还在呜呜咽咽地哭着，起先，浩敏在劝慰他，后来，不知怎么的，他们两个竟然抱在一起痛哭流涕。也许，我也应当与他们一起大哭，至少得做些什么，表明我和他们有着相同的难过。但我看着他们，觉得烦透了，我一点也不想哭，也不想听他们哭。我犹豫了一会儿，决定离开他们。

我一个人回到家里，在沙发上睡着了，我梦到了妈妈。我梦见早上推进炉子火化的不是婆婆，是妈妈。这个梦让我惊出一身冷汗。天一亮，我就直奔济南。

上飞机前，我给陈浩天打电话，他没有接，打婆婆家的电话，浩敏接了。她告诉我陈浩天睡着了，她会转告的。

（三）

济南已不是我记忆中的济南了，算起来，离开家已有二十多年。二十多年来，火车提速了很多次，飞机航班增加了无数趟，我出差到过的地方不算少，但是，我真的一次也没有回来过。父母养育了我，我却在长大成人后离开他们，一去二十多年才回来，难道这世上真有轮回？如今，安宁离开我也整整三年了。

我在已经陌生了的、曲曲折折的巷子里七转八转，好容易找到家。走上四楼，敲门，心怦怦跳。开门的是妈妈，尽管对妈妈的变化事先有了准备，但妈妈的苍老依然让我吃了一惊：满头白发，满脸皱纹，穿着一件灰扑扑的呢子大衣。妈妈快七十了，妈妈是个老太太了。妈妈和我在大街上见到的老太太没什么区别。记忆中的妈妈爱俏，她是个裁缝，她衣服的样式一直很新，和我一样，难以抵挡漂亮的衣服亮闪闪的饰品的诱惑。我以为，她就是成了老太太也仍然是个漂亮的老太太。

妈妈扶在门框上，直直地看着我，我想起多年前我离家时的那个晚上，在楼道口，她也是这样直直地看着我。

"妈妈。"我喊道。

妈妈的脸色终于变得柔和起来，她的声音发颤："洁洁，你，终于回来了，回来就好。"

进了屋，没错，这就是我生活了二十多年的家，餐桌还是二十多年前的那张餐桌，地板还是二十多年前的磨石子地板，只是颜色暗淡了些。是的，这里一切都没有变，一切都是我离家时的模样。"你的家在这里，妈妈始终会在这里等你。"耳边响起了当年妈妈说的话。是的，妈妈没有食言，妈妈确实一直在这里等我。但，慢着，我怎么觉得有些不对劲——我看到了墙上爸爸的遗像。

我久久地盯着墙上的爸爸，感到胃在一阵一阵的痉挛，当年，我可曾想到，那一别竟是永别！有许多质问的话要冲口而出，但我努力地抿紧了嘴。我听到妈妈轻声说："三年前的六月走的，胃癌。算算时间那时安宁要参加高考，他担心会影响安宁，你来回赶，会累着，就嘱我不要告诉你。后来，我想，反正事情也都结束了，你也总会回来的，一切等你回来再说。"

我的哭声卡在喉咙里，我知道爸爸到死都没有原谅我，他临死前的遗言一定是不许通知我。妈妈一向都是这样，从不真正违抗爸爸，但会把事情说得委婉温和。小时候，如果没有妈妈从中调停，我和父亲是不那么容易相处的。爸爸是一个固执的人，一旦认定了的事，是不会轻易改变的。当年我不顾不管地走，他决绝地说过，从此我没有资格想念他们。他没有食言，他断然地把我赶出了他的生活，硬着心肠把二十多年的爱埋葬进他的记忆中。刹那间，我明白了，为什么妈妈说要来看我，却总是没有成行，我说要带安宁回来看看，可总因为这样那样的理由而取消，妈妈也没坚持。和妈妈通电话，妈妈从来没有主动提爸爸，爸爸也从来没在电话里和我说过一句话，哦，爸爸——爸爸从来就没有一点原谅的意思。

我也听出了，妈妈对我有些不满，在她看来，我一走就没再回来。最近几年，连电话也很少。她有女儿，却像没有一样。我想辩解，我一直挂念着她，只是我自己的生活一团糟，顾不上她了。可我能这样说吗？她说安宁要高考，她不知道安宁还没有来得及参加高考，就离我而去了。我一直没敢跟妈妈说安宁离家出走的事。这么重大的事，我都没有告诉妈妈，为什么妈妈就一定得告诉我爸爸走了。我没有资格怪她，也没有理由要求别人原谅我，哪怕那个人是我的亲生母亲。

我的房间，里面的摆设没有变化，一张床，一张书桌，一个衣柜，但是，柜子里没有留下我一点痕迹。所有我穿过的衣服，我看过的书，都没有了。我记得二十岁生日那天，拍过一套艺术照，其中一张放大成十八寸，挂在墙上。现在也没有了。在空荡荡的墙上，我看到了爸爸的意志，是的，在这座房子里，爸爸无处不在，甚至，我能在呼吸之间，感到爸爸的气息。我的床正对着窗，晴朗的日子里，阳光从窗帘的细缝中钻进来，洒到我脸上，暖洋洋的，我有种回到从前的错觉。我不愿意睁开眼睛，像小时候那样赖在床上，等着爸爸进来，用手轻轻地拍我的脸，唤我起来。在半梦半醒之间，我一次次祈求爸爸的原谅，祈求爸爸回来再拍拍我的脸。

我本想住几天就回去，可我还是一天天羁留了下来。妈妈并没有说让我多陪她几天，是我自己不想走。我陪妈妈上街买菜，路上会碰到些熟识的人，每一回都得妈妈解释半天才会想起那个人是谁。没想到，生命最初的二十多年，在我的记忆中留下的东西那么少。每当妈妈用不解的眼光看着我，我心里就愧疚得要命。我意识到这里已不是我的家，我在这里，除了母亲，什么都没有。

我们的相处大多数时候是沉默的，阳光好的日子，我们在阳台上晒太阳，有一搭没一搭地聊着天。晚上，半躺在沙发上看电视。我记得妈妈一直是个多话的人，都说人老了，不爱说话的人也会变得唠叨，但我的妈妈却刚好相反。我一直都敏感多疑不善表达。晚上，我睡在床上时会觉得妈妈不爱说话，是不是因为我的出现打扰了她的生活，她已习惯了没有我，突然之间，与记忆中完全不同的女儿出现在她生活里，她无所适从了？她会不会在嫌弃我？可只要看着她，这样的想法就荡然无存了，她看我的眼神慈祥充满温情。我不由地相信，她永远不会嫌弃我。

妈妈只在我刚到时候问起过陈浩天，之后，就再也没有提过他。或者在妈妈看来，我一个人回来是很自然的事。想来陈浩天和安宁，对妈妈来说，只是一个概念，一个熟悉的名字。十天过去了，妈妈眼里开始有了探寻的味，有一天晚上，睡前，她走到我房里，问："你还能住多久？"

"我想接你一起去。"妈妈坚决地摇了摇头："我哪也不想去了。我要和你爸爸葬在一起。"

"把你一个人留在这里，我不放心。"

"洁洁，你也看到了，我的话越来越少，我老了，愿意交往的人越来越少，我看重的人一个个离去，还有什么可以谈的呢？在意我的人也一个个离开了，我就明白，我应该对自己好一点，做自己想做的事。我这样的心态，你还有什么可以不放心的。况且我大半辈子都生活在这里，我已经习惯了一个人生活，我的身子骨怕也经不起长途跋涉了。"

我沉默了，妈妈说她习惯了一个人生活。相处的十来天，我看到致命的衰老袭击了妈妈，妈妈做饭、打扫卫生都给了我一种迟滞感。我担心，再过四五年，妈妈走上四楼也会是一件很困难的事。我斟酌着说："要不，我留下来吧。"

正说着，手机响了，短信。安宁在济南华联商场刷卡消费了二百元。我飞快地在睡衣外套了一件羽绒服，赤脚穿上靴子，飞奔下楼。跑出了楼道，才发现下着雨，但我顾不得了。华联商场就在附近，我只想快点快点再快点跑到那里。高跟靴子碍手碍脚的，怎么跑都觉得跑不快，正好有辆人力车经过，我吆喝着坐上去。

商场里人来人往，我焦急又满怀期待地在人群中搜索。一张张面孔都那么陌生，我想找人问问，可我发现，我没法描述安宁，我不知道安宁穿什么衣服，三年过去了，他胖了还是瘦了，是不是又长高了。我徒然地在人群中穿梭。后来，我想，到出口去等吧，可是，商场出口有四个，我只恨自己分身无术。

商场关门了，我只好慢慢地往回走。雨越来越大，一辆又一辆的出租车从我身边经过，我不打算坐。任雨落在我身上，我的思绪很乱，我到哪里去找我的安宁？拐入路口，"洁洁。"我听到有人叫我，竟然是妈妈。瘦瘦小小的妈妈，撑着一把伞，她费力地把伞举过我的头顶。我接过来，挽起妈妈的手。刹那间，悲从心生。安宁，陈浩天，我的婚姻，我的生活，婆婆的死，一切的一切，都向我奔涌而来。我想，所有的一切我都可以放下，但是，安宁，我怎么放得下。我生下他，看着他哭看着他笑，看着他出类拔萃，看着他离经叛道，最后眼睁睁地看着他离开，对于他的一切，我都那么无能为力。就在雨里，我开始了我无法遏制的诉说。

"孩子，随他去吧，儿孙自有儿孙福。一要都会过去的。"一声孩子，我的泪水止不住地往下掉，当最看重的那些人和事一个接一个离去时，我最后剩下的只有妈妈，也幸好还有妈妈。

两天后的白天，我又收到短信，安宁在济南分行还款二百元。我又一次像听到防空警报那样奔跑着前往银行，依然没找到安宁。可是，我看了银行的监控录像。我看到三年没见的安宁。我贪婪地盯着屏幕上的安宁，他看起来没什么不好，只是仿佛黑了些，但或许只是光线原因。我又惊又喜，又难受得要命，我想，我的表情一定极其复杂，因为我看到工作人员正疑惑地看着我。为了掩饰，我把拿在手上的墨镜戴上了。至少，我再也不用怀疑我的卡是另外一个人在用。这一年多，安宁每个月只刷一次卡，不久又还上。我确信，他是用这种方式告诉我他好好的。既然无法奢望他回来，那么，还有什么比他好好的更让人安心呢。

我决定留下来，不仅仅是为了陪妈妈。因为，那几天我接连不断地收到安宁刷卡的短信。我开始常常在济南城里闲逛，说不定，我能和安宁在某个街头偶然相遇。工作对我来说，已不是问题。我持有公司 3% 的股份，我不工作，年终的分红也够我生活了。想来，这竟是我半生唯一成功的事。

(四)

冬至那天，妈妈带我给爸爸上了坟。济南的公墓与剡城没多大区别，一排一排的公墓齐齐地竖着。我跟着妈妈，慢慢穿过林立的墓碑，来到爸爸坟前。墓碑上，妈妈的名字漆着红色，墓碑上并没有我的名字。我的眼泪涌了上来。"将来我死后，你可以重新再做一块墓碑的。"妈妈说。我轻轻"嗯"了一下，悄悄擦去眼角的泪。

墓碑上爸爸笑吟吟地看着我，他已经那样笑了三年了，他对每一个来看他的都这样笑，对他到死都不肯原谅的女儿他也一样这样笑。爸爸虽不肯原谅我，却再也没有办法阻止我来看他。从某种意义上说，他的离去让我和妈妈更加紧密地联一起。我又想起婆婆了，她的离去，却在我和陈浩天之间竖起了又一道屏幕。难道，每个人，在最后，都更在乎血缘之亲？

给爸爸上完香，供好供品。妈妈又拿出几个苹果放到隔壁的坟上，她说："今后，和他们就是邻居了，将来你若回剡城，来看我们的次数很少的，做伴的只有他们。"语气里很有些凄凉的味，我只好说："妈，瞧你，说的都是些什么呀。"

"你现在在家里，但总有一天要回剡城的，你也应该回剡城的，你自己的家在那里。我百年后，你来看我们的次数不会多的。"我沉默了，妈妈早就把世事看透看了，有些话我也不能轻易说出口。

回家的路上，我碰到了李清荣。他先认出我妈，然后才认出我。他父母的家就在我们家隔壁的那幢楼里。过去的二十多年，妈妈见到他的次数肯定超过见我的次数。李清荣也是来上坟的，他父亲去世有半年多了。他的脸上看不到哀恸之色——本来就应该是这样的，这个年纪总经历了些生老病死，习惯了也就不再悲怆。

倒是我，猛认出他，心跳到了嗓子眼。我有点不自然地看着他，回忆起我们最后一次见面。那事刚发生，我就下定决心忘了它。我记得很清楚，事情发生在十五年前的九月。当时，我去参加广州的展销会。之前的那些天，我和陈浩天正处于冷战中。那个时期，我们之间时常有那么多的争执，分开吧的念头开始一次一次出现在我心里。

在会议签到处，我碰到了李清荣，在异乡见到以前的同事，让我们激动万分。晚餐约在名典咖啡。我到的时候，他已经在了。

咖啡馆里飘荡着悠扬的钢琴声，是熟悉的《卡萨布兰卡》，我有多久没有听到这曲子了？当年，大学校园里，傍晚五点，校园里就准时响起这首曲子的旋律。午夜十二点，调频台的音乐节目也在这首旋律中拉开序幕。枕着陈浩天的诗集，怀着梦想慢慢入睡。可如今，梦已成真，却发现，并不那么美好。

"你真漂亮，十多年没见，一点也没变。"他这么一说，我不禁仔细打量他，他比十年前成熟多了，他比我大五年，三十七八岁的正是男人最有魅力的年龄，"你现在过得好吗？先生对你好吗？"

我一阵心酸，强笑着说："很好。"事实上，除了说好，我什么也不能说，就算我愿意倾倒苦水，但他是我的家乡人，他是我内容不多的过往，我怎愿意在乡人面前丢尽脸面？但心里却开始了假想：如果当初没有离开家乡，他应该是我的丈夫。我的生活里还会有那么多的冷战吗？如今他是外贸公司的副总了，他应该有漂亮的妻子聪明的孩子。可如今一切，说什么都晚了。我黯然神伤，忽然就很想出格一下。

"一切都很好，生活在别处有更多难以控制的不确定性，生活因此更精彩。只是，有时也会感到遗憾。"

"我也是，我的遗憾就是你，当年，我怎么那么没用，天天见面，也没能留住你。"鱼儿这么快就上钩了，我有些泄气，但这不正是我所要的？

于是，在感伤的音乐声中，我们你一句我一句地说起了往事，但其实，我们共同经历的事真的不多，他追我的那一阵，是他单方面的事，没我多少事。有些，我记得他不记得了，有些，他记得我不记得了。好在，外贸公司的同事那么多，听他一个一个八卦同事的事，居然也捱到了午夜。期间，我叫了好几次鸡尾酒，都被我一个人喝掉了，我确实记得他是滴酒不沾的。带着明显的醉意，我晃荡着从名典咖啡出来，我的步伐不稳，好几次都差点撞在路边的树上。李清荣扶住了我，现在，我整个身子都倚在了他怀里，我终于觉得有依靠了，我终于绷不住了，哭了起来。

"我知道你并不快乐，给我机会，让我带你回家吧。"李清荣抱紧了我，呢喃着抚慰我。理智告诉我这只是一句不靠谱的承诺，明天早上起来，他就记不得他说过的话，但我还是任由李清荣把我带到他的房间，然后是他的床上。

天还没有亮我就醒来了，或者说我一直没有真正睡着过，我始终处于一种迷迷糊糊的状态中，头痛得厉害——应该是喝多酒的原因。李清荣赤裸着身体熟睡着，发出浅浅的鼾声，他的一条腿还搁在我的肚子上，我拿掉他的腿，意识到自己也是赤裸的，我感到了羞愧。我仿佛又听到了十年前床底下细微的嘀嘀声。此刻，我发现我是一个多么随便的女人。当年我会跟着才认识两天的陈浩天走，现在，又和十年不见的男人上了床。我摸索着找到自己的衣服，在黑暗中穿了起来——我想立刻离开这个房间，我已决心忘掉这一切。奇怪的是，想到陈浩天，我居然没有感到负罪感，羞愧之外，我异常平静。

"我感觉这件事并不太重要。你的生活里还会发生别的事情——另一些事情没准会在你的生活中出现，相比之下，这件事情便显得无关紧要了。对于别的事情你才会产生真正的负罪感呢。"多年前，陈浩天对我这么说，是的，如今我终于相信这话是对的，真正的负罪感是不会那么容易就出现的——这事就到此为止。陈浩天有爱娟，我经历了李清荣，我对自己说，我们之间扯平了。我再也不想什么分开了。之后，李清荣给我打过电话，但每一次，我都没有丝毫犹豫就掐断了。

十五年后的现在，我又一次见到了李清荣。他跟我妈妈说着他父亲的事，脑溢血突发，来不及抢救就去了。"这样好，没给后辈添麻烦，死得快，自己也少受点罪。"妈妈安慰他。

"你回来了，多陪陪阿姨，有空来坐坐。"李清荣从衣袋里摸出一张名片递到我手上，挥挥手向我们道别。我瞄了一下名片，他的头衔是总裁。我依稀看见，他刚才是从一辆奔驰车上下来，他现在很富有了——这应该是意料之中的。很好，我现在可以确信，他和我一样，都已经忘掉了那件事，不，那个晚上从来就不曾有过。我安心地和妈妈慢慢走回家。

（五）

我回家的第一天，就在卫生间滑了一下。我"啊"地惊叫了起来，双手抓住了脸盆架。大学时刚搬入这套房子时的情景又重演了。我不知道，这样的迎接方式究竟意味着什么，但那个时候却有一种奇特的拉近时空距离的作用。我觉得我回家了，我的家一直就是这样的。我记得那时我们家卫生间的地板沾上水总是容易打滑，那几年，我滑倒过不止一次，后来妈妈就买了几张防滑垫轮流铺在磁砖上。

妈妈听到了我的尖叫，歉意地抱着一张防滑垫走了过来："你敲门的时候，我刚把防滑垫拿到阳台上晒，干净的那张还来不及铺上。"熟悉的气息扑面而来，这么多年过去，家里还是保持着这个习惯。

"妈妈，找人把地砖换了吧？这样铺防滑垫，如果忘记很容易出事的。"妈妈笑笑："习惯了的事哪能那么容易忘记。"话虽这么说，可是，我每次走入卫生间，我总感到一种怵意。有一天，我想到，至少得在这里装个电话。但这事还是一天天地耽搁下来了。

这天快中午的时候我洗衣服，不小心把整盆水都泼到了地上，一时间，防滑垫上的水滚来滚去，下水有些慢，看来管道里塞了些东西。真的得找人把卫生间重新装修一下。我抖了抖防滑垫，水滴滴答答地流了下来，我耐心地等着水慢慢从下水管道的口流下去，才把防滑垫晒到阳台上，拿回一把拖把拖地。这个时候，手机响了，是安宁，在银泰刷了卡。尽管知道十有八九，我会扑个空，但每次，只要一收到这样的短信，对我来说都像接到空袭警报，会毫不犹豫地立刻放下手上的一切直奔目的地。

出门的时候，我在楼梯口绊了一跤，膝盖抵在石阶上，硬硬的生痛。仔细一看，膝盖处的裤子破了一个洞。我迟疑了一下，一转念，反正在济南，又没多少人认识我，算了吧。走在路上，总感到不踏实，仿佛有什么不好的事在等着我。

会不会是安宁出了什么事？要不，我怎么那么心神不定。安宁怎么了？在银泰，我一直这样问自己。我努力控制住心烦意乱，在人群搜索，不小撞上了拖地的大妈。

"你没长眼吗？年轻人，走路留点神呀！"我连连道歉。往前走的时候，又回过头看了看，她低着头拖地的样子让我想起了妈妈。糟了，我忽然想起，出门前，我没把防滑垫铺好。

我再一次急奔起来。到家了，敲门没有人应，不祥的预感霎时笼罩了我。

妈妈真的摔倒在卫生间。妈妈一直不肯用手机，她六十岁生日的时候，我曾给她寄过一只手机，我给她的号码充足了话费，但是她从来没有用它给我打过电话。我这次回来，看到手机完整无缺地躺在手机套里，好好地锁在抽屉里。电话机在客厅和房间，妈妈摔倒了，连120都没法打。

妈妈住院了，我才知道，妈妈的身体有多糟糕。妈妈有轻度糖尿病，心脏也有问题，前不久，就在我婆婆住院的时候，妈妈也因为肠炎急性发作住过院，挂过水。

妈妈躺在病床上，看起来平静如水。我一遍遍地说着"对不起"，内疚和自责折磨着我。如果我小心些，别打翻水，如果我能及时铺好防滑垫，如果我把卫生间重新装修一下，妈妈就不会摔倒。如果，我在楼梯口摔倒的时候，能立刻折回去。回想起来，只要我不那么急，耽搁个一两分钟，妈妈就不会摔倒。可是，那时我的心里，只有安宁。找安宁真那么重要吗？为什么那么多次了，我还不肯死心？

妈妈伸出枯瘦的手抚摸着我的脸，她安慰我说："洁洁，别那么说，是我自己不小心。迟早都会有这么一天的，你在的时候摔倒已经是最好的结果了。"

妈妈睡着的时候，我到走廊给陈浩天打电话，陈浩天接了，听我说完，我听到他冷笑了下，他清清楚楚地说："你这个自以为是的女人，你用冷馒头杀了我妈，现在用一块防滑垫害了你妈。"

我只感到全身发冷，继而血往上涌，不久，我的身子像得了疟子似的打起了摆子。陈浩天的语气刺伤了我，他竟满怀着幸灾乐祸，没有一丁点应有的关心。这以后，一直到妈妈去世，他都没再问过一句。我知道，我妈妈，对陈浩天来说就是一个陌生人。可是陈浩天的母亲，若不是因为陈浩天，对我而言，也是一个无关的人，凭什么我得日日夜夜照顾她。想到，那个时候，妈妈也正是需要我的时候，心中的愤懑更加难以平息。那天，幸亏浩敏也在，否则，在陈浩天眼里，我是铁定的凶手。

妈妈走了。我知道，陈浩天是不会来参加葬礼的，但是，我还是给他发了一条短信。自从那晚的电话后，我们再没有任何联系。很久以前，我就不知道我要怎么说才能抚慰他的心灵。想来，我从来都没有真正了解过陈浩天。年轻的时候，在他还对我有爱的时候，他曲里拐弯地表达他的想法。后来，一遇到事，他就直接抱怨指责我，无论我怎么说怎么做都是错。可是我受伤的时候，谁来抚慰我？

过了很久，陈浩天才回来短信："路途遥远，有心无力，你保重。"

（六）

有天晚上，我梦见安宁回家了。我在惊喜中醒来，打开灯，才发现，我在济南，睡在我少女时代睡过的床上。安宁从来没有来过这里，他绝对不会回到这里。

妈妈走后，我并没有回剡城。我开始了漫长的遗物整理。父母房间里的箱子抽屉一个一个地打开又重新归类，每天我只整理一点点，好让我的逗留变得合情合理。厨房里的锅碗盆瓢清洗了一次又一次，冷水，热水，洗洁精，轮个洗了遍。有一回，打破了一个碗，割破了手指，殷红的血滴在白色的瓷片上。不知怎么的，我捧着那些白色的碎片失声痛哭起来。

　　我任由自己沉溺于一种旧日的情绪里。内疚和自责日日夜夜地折磨着我。我从来不肯承认，那个冷馒头害死了陈浩天的母亲，却无法否认，是我的无心之错害妈妈摔倒。我对自己说，在妈妈面前，我一直还算听话，唯一的错，就是长大成了女人，丢下她不管了。现在，她撒下我走了，我们之间也算扯平了。可我还是觉得有把钝刀在一下一下地拉扯着我的心。我知道，只有离开这里，忘记这里，内疚和自责才会慢慢淡去。

　　我不断地梦到妈妈。妈妈总在梦里对我说：回去吧，回去吧，你的家在剡城了。可我却固执地不想回去。剡城有什么，陈浩天在那里，可他的心离我那么远。安宁曾在那里，但现在他不在了。回去又如何。我的公司在那里，但如今，工作的意义在哪儿。不如，就在这个陌生了的故乡了此残生吧。

　　妈妈走后，安宁也离开了济南。因为刷卡短信提示他在北京了。我发现，我没有追踪去北京的念头。随他去吧，随他去吧，如果他想回来，总有一天他会回来的。我觉得所有最亲爱的人，但最后都只是别人，安宁，说到底，也只是别人。但，我怎么放得下他？我的妈妈一直在我长大的地方等我，或许我也只能等在安宁长大的地方，等待着他有一天自己开门进来。

仿佛是为了把这场告别仪式拉得足够长，我坐火车回剡城。上一次离开是二十五年前，下一次回来，我不知道会在哪天。父母都已不在，济南对我来说，成了没有牵挂的故乡。火车哐当哐当地前行着，不管火车的时速已达到多少，它的节奏始终是这样。

　　那年坐火车，陈浩天的诗集陪伴我。我有多久没有读诗了？一时间，我有想读诗的冲动。我打开手机上网功能，搜索到一个诗歌网站。

　　"毫无疑问 / 我做的馅饼 / 是全天下 / 最好吃的。"——《一个人来到田纳西》

　　这大白话竟然是诗，那个傻逼诗人到了田纳西，竟然想到这个。我笑了出来。

　　"赵又霖和刘又源 / 一个是我侄子 / 七岁半 / 一个是我外甥 / 五岁 / 现在他们两个出去玩了。"这是《我爱你的寂寞如同你爱我的孤独》。

　　我笑得把一口茶喷了出来。

　　这就是诗歌。哈哈，这就是诗歌。

　　难道当年,我就是被这种诗歌所蛊惑,千里万里地离开父母？我笑得眼泪都流出来了。是诗歌一直都是这样，还是，真实惨痛的生活教育了我，改变了我对诗歌的看法。我试图回忆起陈浩天写的诗句，但遗憾的是，我一句也想不起来了。

　　夜色渐渐来临，我关掉床头灯，枕着小小的行李箱，听着久违了的哐当哐当声，一种恍如隔世的忧伤袭击了我。二十五年前，在这哐当哐当声中决定了我的人生的轨道，如今，我再也回不去了。

　　我在婴儿的啼哭声中醒来，迷迷糊糊中，我以为我还只有二十多岁，不省事的安宁在吵着我的睡眠。我伸手去拍安宁，怎么也摸不到那个小小的柔软的身体，我万分惊惧地坐了起来，拧亮灯，好一会儿，才明白我在火车上。哦，我的安宁早就不需要我的安抚了，可我的确听到了小孩子的哭声。

　　我困惑地四处搜寻，终于确定哭声来自对面空着的床铺。白色的床单上有个粉红色的包裹，仔细一看，是床小被子，裹着一个五六个月大的婴儿。我的手一触摸到她，她就停止了哭泣，睁开了眼，目不转睛地看着我，带着泪水的眼睛清澈明亮。我得承认，我从来没有见过这么纯净的眼睛。我想起安宁看我的第一眼，心就痛了一下。我用食指轻轻地触了触她的下嘴唇，她就噘起嘴，吮吸起来。哦，她是饿了。我下意识地四处看了看，看到旁边有个斜躺着的奶瓶，奶瓶里还有大半瓶奶水，摸着，感觉还温温的。拿起来，奶嘴湿湿的，看来，她刚喝过。怕是不小心，奶瓶从她嘴边滑落，喝不到奶粉才啼哭的吧。奶嘴一触碰到她的嘴唇，她就伸出舌头，裹紧了，贪婪地吮吸了起来。我笑眯眯地看着这个小小的婴儿喝奶，一时快乐和平静弥漫心头。喝完了，她把奶嘴吐了出来，咂吧着小嘴，冲我笑了，嘴角两边荡起了浅浅的梨涡，我忍不住抱起了她。只一会儿，她就闭上眼睛，在我怀里睡着了。

　　然而不对，这是谁家的孩子？怎么会在这里？她的爸爸妈妈呢？我未经他们的允许就逗他们的孩子，会不会被认为我拐卖儿童？我像触了电似的，立刻把孩子放回床上。这时，我看到了旁边还有个布袋子，打开，里面有大半袋奶粉，两百块钱，一张纸条，上面写着六月十五号出生。

　　居然是个弃婴。我暗暗地松了一口气，但紧接着是不知所措，我该拿她怎么办？

　　拉开窗帘，发现天已亮了，明媚的阳光穿过玻璃窗，洒满整个车厢，我的影子映在墙壁上，竟有些茕茕孑立的味。我笑自己何必一大早就无端地寻愁觅恨，又不是二十来岁的怀春少女，粗糙的生活早磨去了这种闲愁。拿上钱包，去餐厅吃早餐。带上门的时候，我看了一眼床上，小小的婴孩神色安然地熟睡着。她一点都不知道，她已经被她的父母抛弃了。茕茕孑立说她才对呀。

　　我坐在靠过道的座位上，慢吞吞地吃着面。期间，乘务员一次又一次地从我身边经过。好几次，我想叫住其中的一个，告诉他，我的车厢里有个弃婴。但不知怎么的，这句话仿佛有千斤重，怎么也说不出来。有一次，我还真叫住了一个，但他似乎没听清楚，嗯了一下就往前走。

　　我回到车厢，孩子还熟睡着。我久久地凝视着这张陌生的小脸。我知道我想把她带回家了。但是，另一个声音在不断地提醒我：她与你无关。交给乘警，是最妥善的办法。或者什么都不用做，就让她待在床上吧，总有人会发现她的。我已经四十七岁了，没精力再去对付一个这么小的孩子。一个安宁已经让我操碎了心，何必再自寻烦恼去养一个别人的孩子呢。

　　再过一个多小时，就到杭州站了。

　　我把孩子抱起来，放到过道里的小桌子上。我远远地站着，看着她。或许，她的父母看到她后，会改变主意，领她回去了。很多人从她身边经过，但没有人留意她。后来，我听到她哭了，细细弱弱的哭声传过来，我的心也跟着微微颤抖。没有人停下来看她一眼，不知是因为她的哭声太过安静，没法吸引人们的注意，还是每个人都忙着做自己的事，无暇顾到她。

到终点站了，列车上一阵喧嚣，人们拥挤着下了火车。我磨磨蹭蹭地拖起自己的小箱子，一步三回头地跟在人群后面。终于，有个乘警发现了她，她喊了起来："谁家的孩子？"不知怎么回事，当她喊到第三遍的时候，我稀里糊涂地跑过去，忙不迭地说："我的，我的。"

我刚一接过来，她就睁开了眼，乌溜溜的眼睛眨呀眨，好像认得我似的，咧开嘴笑了起来。那笑容甜美安静，我慌乱空虚无着落的心在她的笑容里突然变得从容了。那一瞬间，我感到，未来的很多年，我会因为她而内心安宁。我对自己说其实这孩子也费不了多少心，我找个保姆全职带她，反正我的钱我一个人也花不了，就当是做好事吧。别对她期望太高，她长大后，感恩也好，忘记也好，都随她去吧。况且那是很多年以后的事了，她大不了像安宁一样。经历了安宁，还有谁能再给我那样的伤害呢。

（七）

推开门，满屋子的灰尘争先恐后地向我涌来。我扶了一下桌子，桌面上就留下了我清晰的手掌印。这屋里所有的一切都已积了一层灰。原本一直锃亮的煤气灶面也暗蒙蒙的，一摸，上面也全是灰尘。房间里，陈浩天的床上只有薄薄的一床毯子，那是我离家前的季节。我明白了，这四五个月，陈浩天根本就没住在家里。

我给陈浩天打电话，他没接。想了想，给他发了一条短信：我回来了。你在哪儿？过了很长时间，等我擦完所有的家具，手机才响了一下，陈浩天回复说：我住在我妈家。我接着发：什么时候回来？我带回来一个孩子。这一回，可是再也没有回音了。不久后的一天，我在街上用公用电话拨打他的手机，他接了，但是，我没有说一句话就挂了。

丢丢很省心，晚上八点喝过奶粉就一觉睡到天亮。白天醒着的时候，也很少哭闹，躺在床上，好奇地东瞧瞧西望望，一逗她，就笑。没有来由的，我觉得她像我妈妈，温和安静。有一段日子，除了买菜，我整天坐在丢丢的床边，久久地凝视着她。她是那么恬静，那么纯洁，那么美丽。她是我捡来的，可我却觉得我的生命中，一直就有这么一个小孩，不知什么时候被我不小心弄丢了，现在，她重回到我身边而已。有时，我会想起，当年陈浩天坐在安宁床边的情形，只是，我无从比较，我与他的心境。

我洗完头，顺手去拿吹风机，却发现，吹风机不见了。我油炸花生米的时候，发现能漏油的勺子不见了。我想熨衣服，但熨衣板不见了。那段时间，我觉得我的家好像遭到小偷洗劫过似的——我总在伸手要拿某些家用物品时，我的手常常会摸了个空。毫无疑问，陈浩天离开的时候，把它们都带走了。和我一样，他对用惯了的东西，有种难以抑制的依恋，每打破一件东西，换上新的后，我们别扭的感觉总得持续很长时间。我知道，陈浩天再也不会回来了。

有天，我心血来潮，整理起了书架。书架是开放式的，没有玻璃，所有的书都积上了厚厚的灰尘。一摞一摞的书搬下来，弄得满屋子都是灰尘，我赶紧叫保姆抱着丢丢去外面。我本来只是想理一理书架，但现在，我的脚下堆满了书，我第一次意识到，这些书全无用处，真想一把火烧了。不过，我还是用绳子把书捆了起来，挤着放到最上面的几层，把最下面的那几层腾了出来——可以用来搁丢丢的小玩意。然而，不对，中间的那层，除了一排《月落》，所有登陈浩天文章的杂志不见了。这会儿，我确信，陈浩天真的不会回来了。

有一天，我推着小推车带丢丢去逛公园。一群老人围坐在草坪上，远远的，我听到有人在唱歌，声音高亢宏亮，那么熟悉，我循声望去，真是陈浩天，花白的头发，高大而略带佝偻的背影就这样不期然闯入了我的视线。后来，他转过来了，我看到了他的脸，半年多不见，他竟然比从前年轻了。他的眼神里没了那种焦灼，我又看到了很多年前那个充满活力的陈浩天。歌声停了，他们围在一起，热烈地交谈着。在那么多杂乱的话语声中，陈浩天的话清晰地一句一句传入我的耳中。他在传播他的那套养生学。如果有一天，我们这个小城突然多了一个名叫陈浩天的专治疑难杂症的民间郎中，我一点也不会惊讶。整个上午，我就那样远远地看着他。

快中午的时候，老人们三三两两地散去。我推着小推车慢慢地向他走去，陈浩天还在和另一个老头说笑着。"陈浩天。"我叫道。我注意到，他看到我的瞬间，笑容凝固在他的脸上，眼神在刹那间失去了光彩。我不由地感到一阵恼火，我为他全心全意付出了二十多年，但到头来，我却是他烦恼的源泉。还有什么比这更荒谬的事？

"你是不是不打算回来了？"我盯着他的眼睛问，我想看看，他如何当着旁人的面和我翻脸。

陈浩天阴沉着脸，不说话。他狠狠地盯着我，我也挑衅似的看着他。他的同伴走了。我们就这样在正午的阳光下僵持着。

"这是丢丢。"后来，我指着推车说，"我还不知道，让她叫我外婆还是妈妈。"

"她是你的，跟我无关。随便她叫你什么。"说完，陈浩天夺路而逃。他一开口说话，我就知道他还是我熟悉的陈浩天，那种语气，与他当年说"他与你无关"如出一辙。我默默地看着他狼狈地离开，想笑却笑不出来。

又几个月过去了，陈浩天没打电话给我，我也没再主动联系他。之后，我只在超市门口看到过他一次。那回，我送公司的出纳去超市开一张发票，出纳下车后，我把车泊在路边，摇下车窗时，我看到了陈浩天，他笑眯眯地拎着一塑料袋东西走了出来。但，不对，他的表情怎么会在刹那间变得那般局促不安。他站住了，嘴巴一张一合的，说着什么。我看清了，跟他说话的那个女人是爱娟——他们在超市门口碰上了。爱娟也应有六十多了，她穿着紫红色的羊绒大衣，脚踩黑色的平跟板绒鞋，头发盘在脑后，绾成一个发髻——她到老也是一个精致漂亮的老太太。我有很多年没见过她了，和李清荣有一夜情后，我就很少再去爱爱精品店了。后来，再去时，却发现精品店已变成服装店，老板是一个年轻的小伙子。

一会儿，爱娟走进了超市，我看到陈浩天的表情瞬间重新生动了起来，那是种如释重负呀。我懂了，他很高兴他终于摆脱掉她了。刹那间，我明白了，他并不在意她，他不爱她，他看到她局促，只是一种习惯。我记得他说过，爱娟事事比他优秀，他习惯每做一件事就等待她的评价，开始是肯定多，后来是否定多，她一否定，他就紧张。可笑的是我，那么多年一个人吃着干醋。她从来就不曾存在于我们的婚姻，我不能说是她破坏了我们的婚姻，但确实是我心灰意冷的一大因素。我这一生，有多少事情就是这样被误解的？

有时，我会想陈浩天靠什么维持生活。他没有工作，没有退休金。他从来不是一个能精打细算的人，我从前给他的那些钱，早该用完了。当我半夜突然醒来的时候，想起陈浩天的时候，有深深的担忧。但有天半夜醒来，我清清楚楚地听到陈浩天在我耳边说："你这个自以为是的女人。"让我猛然惊醒，连未成年的安宁都能养活自己，何况陈浩天。

"自以为是"这话，是陈浩天在电话里说的，当时，我为这句评价耿耿于怀。但现在，扪心自问，也许陈浩天是对的。我总做着自己认为对的事。二十多年来，我从来没有向他表示过不满。不管他带来什么，我都默默地接受了，并把它们变成我们的日常生活内容。陈浩天挣的钱不够用的时候，我没有抱怨，自作主张去上班。陈浩天不愿挣钱的时候，我默许他，并向他证明，他不挣钱，我们依然能够生活得很好。如果，当时，我能像大多数女人那样，抱怨指责，逼着他承担起责任，或许就不是今天的样子。当我们的婚姻出了问题的时候，我只一味地装糊涂，向所有的人掩盖事实真相。我本来有机会逃脱，有个新的开始，但却为了某种自己也说不清的理由固执地坚持了下来。我以为我牺牲了自己，应该可以得到感激，可最终，一切都不是这样的。

妈妈说过，应该对自己好一点，做自己想做的事。是的，我快五十了，该听从心灵的呼唤了。我没理由去指责陈浩天忘恩负义，陈浩天只是做了他想做的事。这几个月，在公司我从不提起陈浩天，对丢丢的来历也讳莫如深。在世人面前，承认我和陈浩天的破裂，对我来说，是件多么难以启齿的事。但今后，大可不必这样了。已经有邻居无数次曲里拐弯地打听陈浩天去了哪里。每一次，我都难堪得恨不得找个地洞钻进去。唉，活到半百，我怎么还那么在意别人的眼光呢。下次有人再问，我就直接告诉说，我们没有离婚，但已经不生活在一起了。人家喜欢嚼舌头，就让他们嚼去吧。

（八）

天越来越冷了。连续下了好几天的雨，阴冷的风一阵又一阵。家里的窗玻璃吹坏过许多次了，这房子得重新装修一下，至少把老式的木框窗换成铝合金窗，那么，刮风的时候，那风声听起来就不至于那么寒碜人了。但是，听说这里就要拆迁了。其实，新房子装修好已半年了，但我总觉得我还不能离开这里。安宁读初中的时候，我们在新城区买下了一套180平米的跃层。当初，为了方便安宁上学，就一直没有装修。

早上醒来，天居然晴了，我带着丢丢去新房开窗透气。这将是我未来的新家，这里离公司很近，上下班很方便。这一带新造了学校医院，丢丢将来读书也很方便。彻底放下陈浩天，我的生活应该可以翻开新的一页。

回家的时候，王大妈居然笑着跟我打了声招呼。我有些猝不及防，刚刚来得及咧开嘴，还她一个勉强的笑容。很多年前，我们就互不理睬了。我知道，她一直在背后嚼舌头，对丢丢的来历她做了很多揣测。安宁小时候，没往楼下少扔垃圾，所以，从前见了她，我都觉得歉意万分，言谈之中不自觉地带上了几分小心翼翼的讨好。后来，我看见她用钥匙在我的车上划痕，就再也没和她说过话。但上下楼梯，看到她绷着脸一声不吭地从我身边走过，总让我不自在。但慢慢地，终于想明白了，日子总是自个儿过的，人家给不给你好脸色是人家的事，你愿不愿意去看是自己的事，真犯不着刻意去和谁搞好关系。

丢丢手脚并用着上了楼梯，她连路都走得不那么稳，却总想着跑，她在家门口摔倒了，没有哭就自己爬了起来，揉搓着小手。开了门，一阵冷风迎面吹来，我看到厨房的窗户大开着，可我记得出门前是关了窗的。我环视了四周，这时，我看到了失踪了快五年的安宁。

他就坐在饭桌前，嘴里叼了一根牙签，穿着一件黑色的长风衣。他静静地坐着，好似一尊雕塑。

"安宁。"我说话了。我小心翼翼地叫他的名字，生怕一不小心，舌头就会被我自己的牙齿咬落似的。我朝他走去。

他黑了瘦了，但更结实了，嘴唇四周有了细细密密黑黑的绒毛，嘴巴紧紧地闭着，眼睛四周透着些沧桑感。过了好一会儿，我模糊的视线才变得清亮了，就好比我是在盯着池水看，那层层荡漾的涟漪终于平静下来了。我的眼睛终于又可以沿着他的骨架形状仔细地打量他的身体。

"看到你真高兴。"我说，"我很高兴，你终于回家了。"

说完这句话后，我沉默了，惊喜交集让我说不出话了。我想抱抱他，但又觉得不妥，我怕我的身体一触摸到他的身体，他就会从我眼前消失。安宁一向不喜欢我抱他，十岁以后，只要我的手触摸到他的身体，他就会像被火烫了似的一下子弹开。我不想，刚一见面就被他的拒绝伤害。

安宁站了起来，用手紧了紧领子，黑色的风衣下摆质感很好地晃动了一下，带出一串漂亮的弧形，这动作如此熟悉，我想起，陈浩天在天冷的时候，也总是这样。这时，我听到安宁说："爸爸离开了，这屋里他喜欢的东西一件都没有了。他另有新欢了？"他说话时，眉毛微微上扬，语气轻佻、随便，仿佛陈浩天只是大街上的一个陌生人。五年过去了，他说话的方式让我觉得陌生，但我还是如实告诉了他。

他靠近我，伸手掸了掸我的肩，那上面粘着几根头发丝。我侧转头，我的脸碰到了他的指尖，感到他的手上的皮肤冰凉冰凉的。

"你穿得太少了。"我忍不住说道。

安宁缩回手，说："不过，你看起来似乎比以前快乐，气色也比以前好。"

我细细地辨别这句话的意思，他的语气平静温和，让我确信他没有质问的意思。我看着他，等待着他继续说下去，过了一会儿，他说："你们一直都是那么别扭地生活着，老都老了，怎么又分开了？妈妈，你为什么要这么远地嫁给他？"

火车的呼啸声，午夜电台里柔情的歌声，让我浮想联翩的诗句又回来了。长大成人的安宁，回来询问他的父母婚姻的意义。但是，我无法告诉他，嫁给他是因为爱情，分开是因为爱自己。

这时，丢丢跑了过来，张开手臂，喊着妈妈，要我抱。

安宁目不转睛地看着丢丢，眼里全是疑问。他伸出手，我紧张地把丢丢放到他怀里，丢丢扭动起身子，脸涨得红红的，几乎要哭出来了——是安宁别扭的抱姿让她觉得不舒服。我赶紧让安宁放手，自己紧紧地抱着丢丢。那一瞬间，我发现，我有多么怕安宁伤害丢丢。我听到他说："她不像你，也不像爸爸，她不像是我们家的人，她是谁？你又生了一个孩子？"

我不知道该怎么向安宁解释，只好简单地说："我在火车站捡来的，她叫丢丢。"

安宁说："你爱她，妈妈，你爱我吗？"听到这话，我懵了。是什么，让安宁认为我不爱他？我的眼前不争气地蒙上了一层雾气，我想起妈妈的离开，想起济南城里许多次我衣衫不整地奔波，想起他小时候的一幕幕，我深深地吸了一口气，努力不让安宁看出我激动的情绪，刚想开口说话，又听到安宁说："妈妈，我知道你一直在找我，我在济南看见过你。可是，小时候，我每次挨打你怎么一次也不拦着？如果你爱我，你怎么能容忍爸爸那样对我。"

往事呼啸而来。那些年，我总觉得我是三个人中被孤立起来的那个，安宁与陈浩天之间密不透风的默契让我痛苦无奈。就算安宁遭陈浩天毒打的时候，他脸上依然写满了倔强，无情地把我拒之门外。现在看来，难道那些都是我的错觉？在溺爱中长大的安宁，却觉得没人爱他。我小心地斟酌着字句："你一直都有人爱你，我们都爱你胜过爱自己。"

"不，我不相信，如果他爱我，他怎么能如此残酷？他只爱他自己。"

我试图为陈浩天辩解几句，却说不出话。一时沉默裹挟了我们。

安宁拎起地上的箱子，我意识到他又要离开，忍不住哀求道："请在这里住些天吧。我想知道——"

"妈妈，我要去北京，过些天也许就去德国。"

"安宁——"

"我有自己的生活。"说着，安宁拉开门，接着"砰"地一声关上了门。

"哇"的一声，丢丢也哭了起来，她从椅子上摔了下来，我只好走过去抱起她，把她安放到椅子上。顾不得说什么，就开了门，深一脚浅一脚地跑下楼。"安宁，等等，安宁，等等。"我喊道。可安宁已坐上了出租车，我不由自主地跟着出租车跑了起来。

车停了，安宁走了下来："妈妈，什么事？"

我气喘吁吁地把新房的钥匙塞到安宁手里，语无伦次地说："这里，就要拆迁了。拆掉后，我就不能在这里等你了。你若回来，去那边新房子。妈妈始终会在家里等你。"顿了顿，我几乎哭着说，"请你，无论如何和家里保持联系。"

安宁抱了抱我，然后一言不发地上了车。我只能再一次眼睁睁地看着他离开。我想起，我的妈妈，想起她是多么了解我的种种愿望和担心，她常常比我还更了解自己。我从她身边跑开了，却觉得她一直就在我身边。我和她之间没有疏离感。不像安宁，我从来不知道他真正需要什么。我问自己，如果一切能重来，按照自己的意愿养育安宁，是不是就会了解他了？这一点我是永远也无法知道了，反正他还没有长大，就把我撇下，让我循着他的声音一个人在后面跌跌撞撞。

回到家，我看到丢丢手上拿着一张中国银行的卡，正是当年我给安宁的那张。它到期了，它应该换新卡了。我明白了，安宁回来就是来告别的。他用这种方式告诉我，他真正独立了。可很快，我的心就堕入了无底的深渊，从此，我的手机再也收不到有关他的短信了。我对他一无所知，无论是过去的五年，还是未来的岁月。

有些事情是不可能改变的，就像爸爸的决绝，妈妈的永别，安宁的离开，陈浩天的离去，不会因为重来而改变。随着岁月的流逝，我越来越不会生气，越来越沉默，像妈妈一样，我愿意交往的人越来越少。我越来越喜欢在晴朗的日子里，带着丢丢去公园，看着她在阳光下跑来跑去，想象着她长大后的样子，人生在她面前还有无穷无尽的可能。我开始认为，不是我给了她新生，而是她给了我温暖。我知道有一天，丢丢也会离开我。可有多少养孩子的人不必面对这种事呢？

我在梦里一次又一次重回过去。在一个下雨的午夜，我醒来，听着滴答的雨声。遗忘多年的诗句忽然回来了，和着雨声，我轻轻吟诵起《月落》里的第一首诗：在滴滴答答的雨声中 / 芭蕉悄然高过屋顶 / 我看到你依然固执地倚靠在栏杆上 / 目送过往的船只 / 你青铜的耳朵里蓬勃地生长着 / 遗忘的蘑菇。慢慢地，我睡着了，陈浩天低沉柔和的声音围绕着我，我听到他在阳台里为我朗诵诗歌：那一瞬间 / 一道阳光刺痛了我 / 我的瞳孔里差点就要流出了泪水 / 那一瞬间 / 仿佛突然有了你 / 有了遥远的安慰。那一瞬间 / 我的心变得柔软 / 仿佛一支金色的箭找到一个伤口 / 只有你知道 / 我就是这个世界的一个伤口。

注：文中诗歌摘自诗人蒋立波的博客

月季花

　　七岁那年，我才得以回到父母身边。到家的那天傍晚，妈妈做好了三菜一汤迎接我。哇，红烧肉，荷包蛋，我坐下来三口两口就干掉了小半碗红烧肉一大碗米饭，放下碗前，我仔细地舔了一圈碗沿。就在这时，我发现，妈妈和姐姐目瞪口呆地看着我。爸爸递给我一根黄瓜，我嘎巴一口，清脆的咀嚼声满屋回响。姐姐笑出了声，妈妈皱起了眉头。是的，妈妈嫌我的吃相，嫌我说话的腔调，嫌我走路的姿态。只要跟她在一起，我不知道什么时候耳边就会响起一声暴喝，脑袋瓜上就会挨上一下"毛栗子"。

　　很快，我就挨了妈妈一顿暴打。然后，挨妈妈打成了家常便饭。我一直不知道到底是什么让妈妈的怒火不可遏制，妈妈总骂我"不长记性的东西"。挨了打，却不明白原因，然后为同样的理由再次挨打，还有比这更悲惨的事吗？那天傍晚，我关紧窗户，反锁门洗澡。妈妈回家，发现钥匙开不了门，她敲门了："开门，小末代，你在里面干什么？"

　　妈妈叫我"小末代"。她满宿舍楼找我的时候，高一声低一声的"小末代"的呼唤声响彻三幢楼两个院子（我们住的是工具厂建的集体宿舍）。在"狗蛋""小赤佬"之类的贱称盛行的年代，"小末代"这个称呼也显得很突兀，没有人告诉我为何会被唤作"小末代"，似乎也没有哪个小伙伴能懂这个词的意思，他们反复咀嚼着这个拗口的称呼，经过无数次的以讹传讹，我最终被叫成了"小麻袋"。有比我大的男孩要往我领子里塞石子碎纸铅笔头，麻袋嘛就是装垃圾的，他们嬉笑着说。我跺着脚抖落衣服里的垃圾，徒然地朝他们远去的背影扔石头。后来，我学会了锲而不舍地追赶他们，哪怕被打得鼻青脸肿，也一定要把垃圾塞还给他们。很快没有人再往我衣领里塞垃圾，但"小麻袋、小麻袋"依然叫得欢快和热闹，让我觉得无比羞辱。

"我在洗澡。"

"小屁孩洗澡，关什么门？陈晨比你大，还在院子里洗。"

"我不开，除非以后你也开着门洗。"

"我是女的，你也是女的，能有什么不一样？"

……

我边洗边贫着嘴，后来妈妈不再说话，只是一个劲地拍门，我对"乒乒乓乓"的敲门声置之不理。洗好了，笑嘻嘻地去开门，"妈"字还没有喊出声，脸上就结结实实地挨了一巴掌："叫你嘴硬！"接着我被挟紧，巴掌雨点般地落到了屁股上。我号叫起来："你为什么打我？你不是我妈妈，我妈妈在竹溪，我要回竹溪。我要回竹溪！"

我死命挣扎着，终于挣脱了妈妈的手，疯了似的奔下楼梯，冲出院门，往车站方向奔去，脑子里只有一个念头——我要回竹溪，我并不知道去竹溪的路，只记得下车的车站。围观的邻居把我挡在了院门口，妈妈追上来，抓住了我的胳膊。我又死命地往前拽，拽不动就回头狠狠地咬了妈妈一口，她惊叫一声，然后巴掌劈头盖脸地落在我头上脸上身上。我哭着，喊着，踢着，小手在空中胡乱挥舞，母女两个好一场大戏。终于，有人找到了爸爸。爸爸抱起我走出了大院。

睡觉的时候，妈妈把我从床上拉起来，推着我走到门前，拉开门，指着外面黑漆漆的夜，说："有本事，你现在就去竹溪，看看不给钱，他们会不会养你？"我很想勇敢地冲出家门，但双脚却不争气地一动不动，手死死地拉着门环，生怕一松手，便被赶出了家。竹溪只是一个遥远的名词，就像从前，爸爸妈妈只是一个概念，他们意味着每月有一天，会出现在养父母家里，给我带来一点点零食，换季的时候，给我带来衣服。我在竹溪的那个家，兄妹三个做错事，挨打的从来不是我，哥哥姐姐不服气，养父说："因为妹妹不姓袁，她是别人家的孩子。你们上学的钱都是养她换来的。"黑暗中，恐惧的泪水无声地滑落，淌过脸颊，落到脖子里，我清清楚楚地听到妈妈说："你听着，以后你若再敢说一声回竹溪，就立刻把你赶出去。"

我并不觉得挨打是一件多么丢脸的事，在竹溪，没有一个孩子是不被父母打的，妈妈举着火钳满村子追着小孩打是常有的事。声势浩大，几圈跑下来，跑的追的都精疲力竭，板子真落到身上时未必狠了。但我很快发现，这里跟竹溪完全不一样。楼道里，每天都充斥着大人呵斥小孩的声音，却很少有人挨打，只有我，隔一段时间就会和妈妈在楼道里上演一场猫捉老鼠的戏。妈妈每次追我都是越追越勇，巴掌或者呼啸丝毫不含糊地落在身上，生生的痛。我又发现，一幢楼总共十六户人家，只有四户人家有两个孩子，其中一户还是双胞胎。不像竹溪，家家都有兄弟姐妹。原来我就是大人们开玩笑时说的"多掉货"！

有次，妈妈在楼梯口抓住我，边打边哭着说："生你的时候痛了三天三夜，差点命都没有，月子还没坐完，天杀的就来收罚款了。生你就为了让你现在天天气我？等你大了，不知道还得吃你多少苦头，不如现在就打死你这个末代子孙！""打死"两个字，让我又怕又恨，我号叫着抱着头鼠窜，只想赶紧摆脱无情地掠过我身体的竹丝，左冲右突，终于跑到院子里，妈妈没再追上来。陈晨和弟弟宝宝在玩跳房子，大人们都说宝宝是超生的，罚过款，但他们又说这款罚得值。陈晨父母不待见陈晨，宝宝才是他们的命根子心尖子。我恍然大悟，所有的错，只因为我生错了性别，如果我是男孩，就不会才满月就被寄养到竹溪，就不会常常挨打。

夕阳洒在院子里，陈晨和宝宝来回跳动的影子在地上晃动，夜来香好闻的香气在周围氤氲，楼道里飘散起饭菜的香味。我饿了，但爸爸还没回来，我不敢回家。我吸着鼻子，越想越憋屈，忍不住冲着楼道口大喊："叫你打我，叫你打我！活该你们生不出儿子！"然后，愤愤地从花坛里挑出一块石子，恶声恶气地冲着陈晨喊："走开，让我先跳。"

我渐渐意识到，我的挨打成了宿舍楼里的一大闹剧，大人小孩都很喜欢看我们母女打架。妈妈开始关紧门收拾我，也不用巴掌了，改用拧，很痛但声响不大。我也不再动不动就往外跑，挂着泪花在楼道上跑，我觉得羞耻。如果我足够机灵，能在妈妈发怒前跑出家门，就能免受皮肉之苦。妈妈不会追出来，只是立刻反锁家门，没饭吃没水喝，得等到天黑透我才能进家门。当然，门窗隔绝不了我们的吵架声、号哭声。每次被妈妈打过，就有小朋友要嘲笑我："今天又被打了吧？"

"没有。"

"没有，你手上怎么有擦痕？明明就是呼啸丝抽的。"

"才不呢，玩石子擦伤的。"

"你腿上的乌青哪来的？被你妈拧的吧？"

"撞桌角上了。"

嘲笑我最起劲的是一楼的汪升："你别想赖，你家的所有声音我都听得很清楚，我早上听到你妈妈打你了。你们家的人晚上在痰盂里解小便的声音我都听到了。兹兹兹，滴滴滴。"讨厌的汪升，我用石子砸他，他大笑着跑开了。他跟我同班。有次，我领读课文，坐在第一排的他眨巴着眼睛跟同桌轻轻说话，然后，两个人看着我吃吃地笑了起来。我想他一定在说我挨打的事，气得我拿起教鞭狠狠地甩了他一下。

其实，上学后的汪升也时常被他妈妈骂。我们放学后在院子里玩的时候，汪升被他妈妈看着，坐在家门口，趴在方凳上写作业。汪升那么笨，口算算不对，字认不出，写不对，不时地听到他妈妈大声斥责："笨蛋，还不会，给你一巴掌。"汪升苦着一张脸，眼泪汪汪的，手足无措地拿着一支铅笔。我喜欢看汪升挨骂的样子，十分期待他妈妈的巴掌会落到汪升白嫩嫩的脸上。预期中的清脆巴掌声一直没传来，只听到他妈妈无数次地威胁要打。

我想，一道算术题教了两遍不会没关系，教五遍不会没关系，教十遍还不会的时时候，他妈妈的巴掌就会落下去了。也许汪升的运气足够好，总在第九遍做出来了。

上学，让我扬眉吐气，整个大院，十个同龄的孩子，我成绩最好。1985年9月，姐姐去外地上大学，我二年级，左臂上别着一张两道杠杠的袖章，神气活现地在楼道间晃悠。只是，我依然还会被妈妈打。汪升，不做作业的时候，依然是他妈妈的掌中宝，吃着我很少能吃上的零食，玩着我没有的玩具。偶尔考及格，他手上就会多出让人眼红的新玩意，我呢，无论多少个100分，都换不来一颗糖。到二年级，汪升妈妈似乎也不怎么关注他的学习了，做错题，吼一声就过去了。有时，向我要本子，说是校对答案。我绝望地想，看来他真的永远不会挨打了。

春天的时候，厂里的花匠开始定期来打理两个院子里的花草，修剪了过于繁茂的冬青，清除了杂草，拔掉了一部分夜来香，种下了茶花和月季。还在东边靠围墙那一带钉了一排三层的架子，上面放了一盆盆的花。有人把家里快要枯萎的花也放到上面，期望经过花匠的打理起死回生。

六一儿童节下午，一群没有父母看管的孩子在两个院子里疯玩，躲猫猫、掷沙包，你追我赶，大声喧哗。不知是谁，向花架子扔了一个沙包，砸中了一盆海棠，花盆摇了几下，又稳住了。我们大笑起来，觉得花盆在架子上这么蹦达很好玩。就在地上画了一条线，排成一排，轮流向花架子扔沙包，比赛谁扔得准，谁能让花盆跳舞，谁能让花盆跳得更欢快些。我砸了五次，连花架子都碰不到。汪升几乎每次都能砸中，就算花盆没蹦达，花叶总会抖几下。他嘲笑我："一个都扔不到，笨呀，除了会读书，还会什么？对了，还会被你妈打，小麻袋。"我气急，冲过去狠狠地踹了他一脚。他躲开了，陈晨把我俩隔开了。我又扔了一次，还是什么都没砸中，觉得没劲，赌气地站到一边，看他们扔。后来，不知是谁用石子代替了沙包，石子敲在花盆上发出清脆的"砰"声，让我们更开心了。

石子砸中的次数越来越多，"砰砰"的声响不绝于耳，我们的欢呼声越来越热烈。不对，有几个花盆小半个底部已移出了架子，"砰"，汪升的一块大石子砸中了第三层木架，似乎整个木架都晃动了一下，然后有个花盆从架子上掉了下来，掉落的时候又撞落了下面一排本已摇摇欲坠的两个花盆。"啊！"惊叫之后是"哦耶"，有人兴奋奔过去看打碎的花盆。摔破的是一盆月季、两盆海棠。月季花正含苞欲放，一只脚踩上了花苞，又有一只脚伸了上去，大伙儿几脚就踩烂了那几个花骨朵。

一大群飞虫从散落的泥土里"轰"地冒了上来，有只蚊子爬上汪升的脸，他用手去抹，抹成了大花脸。我指着他的脸，哈哈大笑。冷不丁，汪升伸出手，抹了我一脸。我立刻揪住他的衣服，扭打在一起。

"汪升，你在干什么，作业做好了？"我们吓了一跳，松开了手。是汪升爸爸。

"没做过，他一下午都在玩。"我抢着回答，"他刚才用脏手抹我脸，还骂我笨蛋。"

"谁干的？"汪升爸爸指着碎了的花盆厉声问。他蹲下来，查看那盆月季。

我们面面相觑，没人敢说话。我甩了甩自己那双汗津津脏兮兮的手，小心又大声地说："是汪升，先用石头砸下来，然后用脚踩的。"

"不是我一个人……"

"是你，你砸下来的。"双胞胎和陈晨姐弟也大声说，"我们大家都看见的，你第一个用石头砸的，砸架子也是你想出来的。"

"早上汪升还砸坏了教室里的灯，也是用石头砸的，差点弄伤了人。王老师让我跟你说，让你明天去学校。"我急急地补充道。

汪升爸爸铁青着脸，眼珠子都突了出来："这是你妈妈最喜欢的花！养了三年了，今年终于要开了，你……"

我的心怦怦跳起来，心中隐秘的渴望在蠢蠢欲动，我说："王老师还让我跟你说，昨天的考试卷要家长签名的，但汪升自己签了，他考了四十八分。"

"我不知道这花是我家的……"汪升辩解着，"我昨天试卷忘记带回来了。"

"你这个小赤佬！"汪升爸爸一巴掌扇在汪升脸上，五个红红的指印清晰地印在他脸上。接着又是一巴掌，汪升一个趔趄，晃了几下，没站稳，被脚下的石头绊倒了。他爬起来，转头看了我一眼，脏兮兮的脸上挂满了泪水，下巴磕破了皮。

"书嘛不会读，就知道讨野债……"汪升爸爸恨恨地骂着。

汪升妈妈赶了出来，她的头发蓬松着，脚上踢踏着拖鞋，她把汪升揽在怀里，泪眼婆娑地站在怒火冲天的汪升爸爸前："你要打他先打死我吧，反正我也没多久可以活了。"

大人们说汪升妈妈得了很严重的病，先是眼睛看不清，到第二年夏天，她悄无声息地走了。她死前的那段日子，常有气无力地坐在家门口的藤椅上，汪升坐在小板凳上依偎在她身边。许多年后，想起背光阴影里他们母子的身影，有说不出的辛酸。有天，我经过他们身边，汪升妈妈叫住我，拉住我的手，郑重地托付我，让我以后有空多辅导汪升学习。她的手冰凉冰凉，已看不见的眼睛热切地盯着我，我吓得魂飞魄散！接连好几天，只要看到他们坐在门口，我一个人不敢从他们面前经过。

一年后，汪升有了继母。我们上四年级了。这个学年，周三下午我们不用上课，据说是老师们要集中学习。我日益巩固了楼道里模范学生的地位，胳膊上的二道杠变成了三道杠。妈妈不再动不动打我，也许邻居们的艳羡让她改变了对我的看法，也许姐姐不在家，少了鲜明的对比，我的种种不是不那么刺眼了。也许是我听从姐姐的意见，在妈妈发火时保持了沉默，她不再被我的言语激怒。只是，不知道为什么，我不喜欢和妈妈在一起，总觉得有什么东西隔在我和妈妈之间。那一年，我听到了邓丽君的歌，深深为之迷醉。日子似乎和从前一样，上学，和楼道里的小伙伴一起淘气疯玩，但安静下来的时候，我感觉到自己内心的躁动和蜕变。

那个周三下午，我们在双胞胎家打牌，可马上因为偷牌换牌吵了起来。双胞胎的老大捏着一张大王跑出去，汪升追出去，我们跟到门口，乐呵呵地看着他们两个在一楼半的过道间推攘。忽然，他们不吵了，两个人一起朝对面那幢楼看着，然后，老大跑上来，大声宣布："对面有人在耍流氓，是张洁的妈妈和爸爸。"我们几个一起冲到一楼半，往对面看。汪升手指着的那扇窗户已拉紧了窗帘，隐约有人影闪动。

"真的，刚才窗帘只拉了一半，我看见了，张洁爸爸低头亲张洁妈妈，一口又一口。"汪升说。

"吹牛吧，你们。"老二不相信。

老大和汪升就侧靠着一楼半的墙壁，老大的双手搭在汪升的肩上，双眼凝视着比他略矮的汪升，老大说："就这样，男的低下头，亲女的。"

一种异样的感受袭击了我，让我紧张得说不出话。"耶耶耶"，老二和陈晨他们起着哄，恍恍惚惚的，我也跟着喊了起来。谁也没有心思打牌了。我们一起跑到楼下院子里，却不知道有什么好玩。

花坛里前年种下的花已经很大了，风吹过，送来一阵花香。我坐到花坛沿上，望着那些花出神。有株粉红色的月季开得很旺，我摘了一朵，闻了闻，真香呀。花瓣上有几条虫子，我对着它们猛吹几口，虫子飞了下去。这时，我听到双胞胎嘘了一声，抬头，看见张洁的父母并排从楼道里走了出来。他们的步伐平稳匀称，神色平静，根本没有"耍流氓"后的慌张。双胞胎和汪升他们在院子那边，推来搡去，低声咕哝又大声笑着。我觉得他们那么无聊，只想远远地躲开他们，一个人待会儿。

他们嘻嘻哈哈地走到我面前了，老大站到我旁边。看着他们诡异的神情，我预感他们想好了什么恶作剧。汪升张开了双臂，老大猛一推，把我推向汪升的怀里，猝不及防地，我本能地抓紧了汪升的身体，汪升也抱紧了我。我们打了几个趔趄，终于站稳了。我整个头都埋在了汪升的胸口，身体的冲撞让我晕乎乎的。

"亲她亲她。"双胞胎起哄道，"你说你敢的。"我还没明白过来什么事，汪升的嘴唇真的碰到了我的额头。

"不是这样的，他们是亲脸的，还亲嘴。"我恼火地挣扎了出来，但同时又有种陌生的体验让我不由地轻轻战栗，我知道我得骂，但却发不出一点声音。我看着汪升，他也看着我，他的眼红红的。

"流氓。"终于，我指着他骂道，用的是一种奇怪的语调，我从来没用那样的腔调说过话。我指着他的手指是兰花指状，这也像是别人的做派。我意识到我那个样子就像电视里的，对，电视里的女特务。汪升一怔之后，居然再一次突然抱紧我，在我脸上亲了一口。我记得我还轻佻地摸了下汪升的头，但很快就觉得不合适。我感到了羞耻，然后我发起疯来，用手挠汪升的脸，又用脚踢他。莫名的委屈和害怕让我嘤嘤地哭了起来。

"哦，亲了亲了，就是这样的。"双胞胎们开心地笑着。我捡起地上的石头打他们，他们一边笑一边跳着躲开我的愤怒，不过，很快就他们不笑了，汪升的爸爸阴沉着脸走了过来，他咒骂了双胞胎一句，他们飞也似的跑了。然后，他二话不说，抢起手，就给了汪升一个老大的耳光："小小年纪就不学好。给我死回家去。"他揪着汪升的耳朵进了自家的门，"砰"的一声，门关上了，接着，传来汪升尖厉的哭声。

我低下头，看到地上有朵粉红色的月季花——我刚才摘的那朵。我踩了上去，又来回碾了几下，擦着泪，慢慢走回家。经过汪升家时，我想解释一下，但终于是没有敲门。

这以后，我不再和男孩子玩。身体里有种东西被唤醒了，一种类似撕裂的疼痛在我身体里来回冲撞。我变安静了，看书、画画占据了我全部的休息时间。我长久地沉浸在自己的世界里，甚至听不到妈妈的吼叫声。不久，我们搬家了，再后来，升入初中，我和汪升不再同一个班，但还是时常能看到他。我参加演讲比赛，他坐在台下，使劲鼓掌；我参加文艺汇演，他在台下大声喝彩；运动会跑步，我知道无数个"加油"声中，喊得最响最卖力的是他。我们路上遇到，有时会看到他额头上有伤痕，我假装没注意，微微一笑，低头走过。我强迫自己不去想夜里曾经听到过的凄厉哭声。全校初中毕业联欢会上，我唱了一首《甜蜜蜜》，谢幕时，汪升在台下忽然大声喊："我梦见过你！"刹时间，嘘声、掌声、尖叫声雷动。

再见到汪升，已是高三的暑假。我去学校拿高考成绩，他骑着自行车追上我，亲热地说："很久没见了，放假有空来玩呀，还住在你家楼下的。"他穿着白色的短袖衬衫，头发用定型水打过，整齐地梳向后面，耳朵上夹着一支烟。我看到他后座上坐着一个漂亮的女孩，连忙甜甜地点了点头，并承诺开学后会给他写信。他开心地与我道别。我想，他心里跟我一样清楚，写信什么的只是说说而已。大一那年圣诞，我收到一张没有署名的名信片，一个男孩和一个女孩手拉手地站在鲜花盛开的花园里，背面歪歪扭扭地写着：想念我甜蜜又痛苦的初吻。恍惚间，眼前闪过那朵被我踩烂的月季。我咬着嘴唇，边走边把名信片撕成碎片，丢进了寝室楼下的垃圾箱，轻轻地吁了一口气。一起撕碎扔掉的还有妈妈写给我的信，她又一次在信中说不许和外省人谈恋爱。

姐姐大学一毕业，放弃包分配的工作，远嫁他乡。她以一封信的形式把这个决定通知爸妈，妈妈读这封信的时候，我正在洗碗，她一声尖叫，惊得我失手打碎了一个碗。妈妈冲过来就给了我几巴掌，咬牙切齿地骂道："两个末代子孙。"我本能地用手去挡，手里的洗碗布差点就要飞过去。但我控制住了自己，看了她一眼，躲开她的巴掌，默默地收拾碎片。妈妈高高扬起的手没再落下来，她转身快步走到房间，失声痛哭。等一切都平静下来，妈妈向我道了歉。那年，我上初一。我能感觉到，妈妈在努力拉近我们之间的距离，我也试着去亲近她。但奇怪的是每次和妈妈交谈，最后总是弄得两个人都不开心。我开始觉得说话有时是一件很累人的事。

我没和外省人谈恋爱，事实上，我从未谈过恋爱。毕业后频繁地换地方换工作，不知为什么，我很容易厌倦周围的一切。有一阵子，我觉得我得了社交恐惧症，不想说话，不想见任何人。2007年，姐姐去新西兰定居，父亲的身体出了问题，我答应姐姐回家和父母住一起，再一次直面和妈妈的艰难相处。半年后，我结婚了。

两年后，父亲去世。我给妈妈在我们小区租了一个小套房，让她和我家带孩子的阿姨住一起。孩子上幼儿园后，保姆回家，妈妈帮我们接送孩子。只是，我们的相处又陷入了吵架、道歉、和好的怪圈。

休息天，我常常开车带女儿和妈妈到处转转。那天，我们看油菜花回来，路过一片花木地，妈妈忽然提到汪升："你记得那个汪升吗？前几年就发了，花木生意做得很大，说不定这片花木地就是他的。”

“哦，我高中毕业后就没见过他。”

“你见过的，在殡仪馆。”妈妈提醒我，我想起来了，是在父亲的葬礼上。依稀记得当时他穿着深色西装，打着鲜艳的领带，陪着他父亲和我妈妈细声细语地说着话。临告别时，握着我的手说过类似“节哀，有事要帮忙尽管开口”之类的话。妈妈说着汪升小时候的事，我随口说道：“他那会儿老嘲笑我被你打，可后来，他被他爸打得更厉害！”妈妈没有接话，我意识到我又说错了话。女儿说肚子痛，要解臭臭，我把车停在路边，三个人走到路边的花木地深处。阳光灿烂，半人高的红枫整齐地排列着，真安静呀。风吹来，我闻到一股香味，四下里看，这片红枫地里居然长着几株月季。妈妈说：“我们以前住的院子里，月季长得很好，现在也还很好，汪升回去看他老爸的时候，顺便也打理一下月季。”

又是汪升。我有些烦躁，不自觉地皱起了眉头。

妈妈暴怒起来：“人家汪升，初中毕业跟厂里的花匠学园艺，三十多岁就是老板了，他爸爸当初那么打他，他现在也每星期回去，好烟好酒孝敬着。你们呢，读那么多书，一个三五年都见不上一面，一个，快四十了，也没个稳定的工作，成天换来换去，还要我这个七十岁的老太太给你们当保姆……”

……

女儿解完大便，我们回到车上。我发动起车子，听到妈妈在后座对我女儿说：“宝宝乖，外婆不乖，外婆又乱发脾气，帮外婆向你妈妈道个歉，好不好？”

"妈，你说什么呀，没事的。"我说。

然而，老这样，有意思吗？

一路都是下坡。山路越来越狭窄，只要过了这个窄弯，路就开阔了。这时，对面有辆车堵到我前面，那人要我往旁边让一下，我的右边旁全是坎，我摇着头说不敢开。他说："你下来，我来开。"我想了想，同意了。我让妈妈和女儿下车，看着她们走到对面靠着石壁站好。我才拉起手刹，把档位敲入N档，松了安全带，开了门。我的两只脚已在车门外了，人还坐在椅子上，然而，纳闷的是，这个时候，本来停住的车却动了起来。我去看手刹，明明拉着的，想踩刹车，但脚已在车外。接着，我看到我的双脚划过另一辆车的车门。然后，我感到车侧翻了，双手笔直伸了出去，人也抛了出去。一种类似解脱的轻快感包裹了我，这样也好的，一了百了。

然而，我居然只是摔坏了腿，有棵树挡住了我，树枝滑过我的左脸颊，然后我就直直地坐在树下了。车子四个轮子朝天，趴在我上面的那个坎里。

我住进了外科大楼十楼的双人病房。老公陪夜，女儿交给妈妈。病房里很安静，我和老公基本不怎么交谈，邻床也不太说话，他似乎是个单身汉，不太有人来看他。原来缠绕我的聒噪停止了。女儿也好，妈妈也好，工作也好，都随他们去吧。生活原来可以这么安静！白天妈妈会来看看我。她没说一句要刺激到我的话。有时，我闭着眼睛休息，能感觉到她一直盯着我，我睁开眼，她就立刻把目光移开。我猜，有件事她一定憋得难受——她在怀疑我是故意的。

邻床出院了，第二天又住进了新病人，一个四十来岁的女人，小腿直骨断了，说是晚上骑电瓶车撞上铁栏杆弄伤的。他们住进来的时候，我在床上迷糊着，做着一个接一个不连贯的梦。梦里，似乎听到汪升说话。等我睁开眼，拉着扶手，坐起来，隔壁床前，面向着我站着的正是汪升。

　　"是你！"我们同时说。

　　"这么多年没见，居然在这里见面。"他说，"你伤得不轻呢，怎么弄的？看样子我们有段时间要在一起了。我们有二十多年没怎么交谈了呢。"正说着，妈妈来了，自是又一番惊讶，互相交代情由，说着真是不幸之中万幸呀。这个一向安静的病房热闹了起来。风吹落了挂在窗台上的一块毛巾，他们两个争着去捡，灰发和黑发在阳光下轻轻地碰到一起。隐约的，我嗅到一丝喜庆的味道。

　　基本上，汪升上午八点到，晚上九点回去。他来后，病房的沉默才会打破，我和他老婆都不爱说话，等我妈妈一到，他俩居然有说不完的话。妈妈紧锁的眉头舒展了些，在病房里待的时间长了起来。有天，汪升很认真地对我说："你和你小时候完全不一样了。那时，你又凶又狠，话很多，像个男孩子。"

　　"四五年级时，我就安静了。长大了呀。"

　　"安静什么？你多活跃呀，当那么多年班长，唱歌跑步样样好，万众瞩目呢。用现在的话说，是一代女神呢。这些年，你过得不好吗？变得这么沉默？"

　　"她在家里，四五年级后，话是不太多的。"妈妈说着，站起来，去倒了杯水。

"我看你是真的不快乐，至少这些天不快乐，不过，在医院里确实也快乐不起来。"汪升继续说。

　　我接过水，低下头，避开汪升的眼睛："不爱说话和快乐不快乐是两回事吧。"如今，谁还在意，我过得好不好。当活着只是一种习惯时，早就不知道什么是好了。我只知道责任，对母亲，对女儿，对丈夫。

　　有天，汪升拿来两束月季花，用玻璃瓶插着，一束放在他老婆的桌子上，一束放在我桌子上，他对我妈妈说："记得吧，这是我妈妈最喜欢的花。我家里种了很多，花木地里也种了几株，我有的是种月季花的地方。"汪升跟妈妈聊起了死去三十年的汪升妈妈。说着说着，汪升竟有些哽咽。

　　汪升十五岁的女儿瑶瑶，每天傍晚来病房和爸妈一起吃饭，饭后把一次性餐盒收拾好，擦干净桌子，给妈妈拧来一块热毛巾，说声"再见"就回去了。母女两个都不太说话，只有汪升一边吃一边说着话。有时会听到他压低声音，含糊不清的怒吼。

　　星期六，女儿和妈妈来了，汪升和瑶瑶也来了。小小的病房里塞了六个人，一下子变得拥挤起来。女儿好动，在病房里来回跑，不时地踢到椅子，踢翻脸盆。"乒乒乓乓"的声音吵得我心烦，汪升妻子的目光一直追随着我女儿。我皱皱眉，妈妈在，我通常不批评女儿。最后一次，她把我的水杯给打翻了。妈妈终于把她拉到怀里，强迫她坐下来。妈妈拿出手机，两个人看起了动画片。

　　瑶瑶剥了支香蕉，递给她妈妈，不小心掉到了被子上，汪升赏了瑶瑶一个"毛栗子"："这么点事情都做不好！"瑶瑶没有分辩，连头都没有抬一下，忙着去拿掉落的香蕉。我盯着汪升，他抬头，笑笑，说："真是三天不打，上房揭瓦呀。"

妈妈和女儿看完了动画片，女儿坐不住，又开始来回跑，这回跑到隔壁病房人来疯去了，一会儿进来，一会儿出去，摸摸这，碰碰那，大声唱歌，不时来一声尖叫。我说："妈，你们吃过中饭就回去吧。"我打了催外卖的电话。

我们的外卖送到了。看女儿吃饭，真是件头痛的事，饭含在嘴里久久不咽下，走来走去，妈妈追着喂，折腾四十分钟，才吃了小半碗。

汪升坐在两张病床中间，捧着个大碗吃鸭肉大面。瑶瑶站在病床那边，正从大碗里挟了些面条到小碗，又舀了些汤，要捧给她妈妈。有少许的汤不小心洒在了被子上，然后，碗摔在了移动桌上，几根面条掉了出来，汤水在桌面上流淌。汪升女儿小声地惊呼了一下，急忙去拿餐巾纸。

汪升"腾"地站起来，重重地放下碗，"啪"的一个耳光，就打了过去："书不会读，连面都拿不好，养你有什么用？"接着又是一下更大声的"啪"，"让你考倒数第三，让你拿不好面！"我看到殷红的血从瑶瑶鼻子上流了下来，瑶瑶尖叫一声，扔下餐巾纸，捂着脸转身就跑。汪升拔腿就追，但凳子绊了他一脚，他稳了稳身形，顺手操起桌子的花瓶，狠狠地砸了过去。花瓶砸在门框上，接着"啪"的一声巨响，掉落到地上，水花四溅，月季花躺在满地的玻璃碎上。

汪升踢开凳子，追了出去，铁青着脸站在病房门口，伸出一只手，向着走廊指指点点地咒骂着，那样子像极了当初的汪升爸爸。

　　妈妈拿着扫把去清扫，玻璃渣划进畚斗发出"喳喳"的声音，汪升看了看妈妈，脸色终于缓和了下来，他伸手来抢妈妈的扫把："阿姨，我来。"妈妈把扫把给了汪升，向走廊的另一头走去。一会儿，妈妈拉着瑶瑶出现在门外，我赶紧招呼她："瑶瑶，先吃饭吧。"

　　妈妈帮着他们布置好桌子，三个人重新吃起了面条，没有人说话，只有面条"哧溜哧溜"的声音。汪升的手机响了，有人要来看看花木。他走了，妈妈和女儿也回去了。瑶瑶收拾好碗筷，坐在她妈妈床前，不久，她的头伏下去，靠在妈妈身上，左手压在胸前，右手伸出来，横过妈妈的胸口，睡着了。宽松的袖子褪到了胳膊肘，手臂上遍布瘀青。瑶瑶妈妈的一只手在瑶瑶的背上轻轻拍打着。

秘　密

（一）

　　二十一岁的外来洗脚妹小米嫁人了。新郎邹坤是第二次结婚，没好意思大张旗鼓地操办，只在"海蓝云天"的小餐厅摆了几桌酒，宴请了小米洗脚房的姐妹和她的亲戚。至于他这方，除了至亲的几个长辈，没有请任何朋友。婚宴上没有司仪，小米没能穿着婚纱捧着鲜花站在宾馆门口迎接客人，更没有全程跟随的摄影师，甚至墙上连一个喜庆的"喜"字也没有。这是一场低调的婚礼。可尽管如此，还是让小米的小姐妹们艳羡不已了。从此她不仅不必再天天挂着笑脸伺候各种各样的客人，还能神气地开着轿车到她们的洗脚房享受了。小米远道而来的家人也没有什么微词。邹坤三天前就雇了一辆专车接他们到这里，好住好吃好喝好玩地招待他们，况且一眼就能看到小米将来安逸的生活。小米自己是有些遗憾的，毕竟踏着音乐披着婚纱在来宾们的掌声中缓缓走向礼堂是每个女孩一生中最美的梦想之一。但小米是知道轻重的，知道一场豪华排场的婚礼与未来真实的生活相比实在是太微不足道了。况且邹坤说了如果婚礼从简的话，他就送给她一辆帕萨特。小米是实际的，豪华的婚礼是给别人看的，车开着才是自己的享受。所以，她的遗憾也渐渐被幸福感所取代。

别人都说小米是一个幸运的人，一个各方面都并不出色的外来妹竟然嫁给了海蓝云天的老板邹坤。海蓝云天虽说不上有多高的档次，但凭着它简朴而典雅的风格赢得了许多回头客，它在小城的餐饮业里有着不小的名气。小米做梦也没有想到有一天她竟然会成为这里的老板娘。她竟然真成了童话故事里的灰姑娘！她甚至为自己的幸运感到害怕！在等待婚礼的那些日子里，有许多个夜晚她不敢入睡，害怕一觉醒来之后什么都没有了。每天醒来的第一件事就是用指甲狠狠地掐自己的胳膊，火辣辣的痛感弥漫了全身后，她才安心。她多么怕自己是活在梦中！

小米爱邹坤，是死心塌地的爱，像一根藤缠上一棵树，越缠越紧，只要树不甩了她，她永远不会离开他。她从她贫穷的故乡出来，凭着几分年轻美丽在诱惑重重危机四伏的洗脚房里求生。在认识邹坤之前，她不知道她的未来是什么。她从离开家乡的第一天起就做着改变命运的梦，她打心里头就不愿意再回到贫穷的故乡过单调艰难的日子，她比谁都渴望能在这个城市扎根落户。她在洗脚房里暗暗地寻找着机会，寻找机会说白了其实就是寻找一个能让她托付终身的男人。只是现实让她明白，虽然洗脚房里进进出出的多数是男人，但却没有一个是小米能依托终身的，他们很愿意和洗脚妹打情骂俏，很乐意花点小钱在她们身上揩油，但没有一个人会愿意娶她们做妻子。小米的姐妹们有的经不起甜言蜜语华衣美食的诱惑，兴高采烈地做了她们客户的金丝雀，但多数最终得流着泪拿着一笔钱结束这样的生活。开始也许真的有一点感情，但后来，谁知道还剩下什么。有的，早早看破了世事，干脆趁着年轻美丽玩着感情换着钱，盘算着有一天攒够钱了，回老家过安分的日子。小米不愿意这样，她看不上她们，她不甘她的青春就只换来那么一点算得出的快乐和金钱。虽然年复一年只是让她更看不到希望——她的生活圈子就这么大，她所认识的多数是有钱的男人，但他们不是浪子就已婚的，没有一个是为她小米准备的。有小姐妹劝她：再耗下去，手上钱没有几个，青春美丽也没有了，只能卷起铺盖回老家，可没钱回到老家又能干什么。尽管小米的心里也担心和害怕最终会是这样的结果，但是她依然执拗地坚持着等待着。

邹坤是洗脚房里的常客。他来了，就随意点个洗脚妹给他洗脚，洗脚盆上来了，他就往按摩椅上一躺，闭目养神，很少说话。对洗脚妹们一声声嗲嗲的"大哥""老板"的叫唤无动于衷。他点洗脚妹看似随意，但随意中似乎对小米有些偏爱，因为他点她的次数多一些。他和洗脚妹几乎不说话，唯有小米给他洗脚时，他会和颜悦色地说几句话。洗脚房本来就是个有点风就是雨的地方，他的这么一点偏爱立刻被洗脚房里所有的人掌握了，况且讨好每一个顾客也是洗脚房分内的事。后来他一到，总台的小姐就笑吟吟地把小米的牌子递到他手上："这个可以吗？"他微微点头认可，从不要求换人。洗脚妹们一见到他，就嬉笑着说："小米呀，你的坤哥来了。"私下里，小姐妹们常常怂恿小米"拿下"他，但小米不为所动。因为小米知道，他点她无非是因为她的沉默，每个人都有自己的个性特点，他只是不喜欢甜得发腻的笑脸和嗲得让人起鸡皮疙瘩的声音而已，她不能因此就顺着杆往上爬。况且，他还是一个有家的人。

有天中午，邹坤来泡脚，照例是小米做的服务。她给他按摩的时候，他竟然把手轻轻地放在了她的腰上。她愣了一下，动手动脚占便宜的人她见过不少，但是近两年了，她给邹坤洗了近百次的脚，他从没做过一丁点的不规范的动作。于是，她假装没察觉，只是转身去拿毛巾，不露痕迹地甩开了他的手。没想到，只一会儿，他的手就又落在了她的屁股上，且用了一点力。她吃惊地看了他一眼，柔声然而坚决地说："邹先生，请把手拿开。"和别的洗脚妹把"大哥""老板"这几个词挂在嘴上不同，小米称她的客户为"先生"。简简单单的两个字，透着尊重更透着距离。常来洗脚的人都知道，按摩技术一流的小米是不能随便占便宜的，在柔顺的外表下她有着倔强的个性。这样的女孩是不可以随便沾手的，一旦得手变成甩不掉的湿面粉那就麻烦了，这世上能有几人不怕麻烦？

邹坤的手拿开了，但是低头按摩的小米却觉得背上像火烫似的——他一直紧紧盯着她看。她听到他说："小米，我没老婆了。离婚有一年多了，也没有孩子。"

"哦。"

"我听别人说你想在这里找个人嫁了？"

"是。"

"想找一个怎样的人？像我这样的人够格吗？"

"够格。"

......

"愿意嫁给我吗?"

小米按摩的动作明显地慢了下来,但她的大脑飞速地思考着。最后她想她肯定是听错了,她仰脸看了看他,幽幽地说:"你何必拿这种事来开我的玩笑?"

"我是认真的,如果你愿意嫁我,只要你是处女,我就娶你。想好了晚上来国际大酒店1126房间找我。"说完邹坤起身就走,到门口时,他回头深深地看了小米一眼。小米的心狂跳着,她被这突如其来的话打懵了。理智告诉她他在耍她,他找妻子何必到这种地方?凭他的条件至少应找一个有正儿八经工作的大学生。堂堂的"海蓝云天"的老板怎么会看上一个没有多少文化从事按摩洗脚工作的外来妹?更何况这个外来妹连惊人的美丽也不具备。但是到了晚上,小米决定去赌一把。她没有理由不紧紧抓住这样的机会,就算他是玩她的,她也认了,大不了走姐妹们的路。

她在他面前羞涩而决绝地脱完衣服,但在扑入他的怀抱之前,她忍不住问:"我是处女,你真会和我结婚?"在得到他肯定的回答后,她才稍感放松。

他没有食言,第二天他们就领了结婚证。

他对她真的好。她的合同期要过一个月才满,他同意她做满这一个月。不是说她喜欢干这活,她是恨不得向全世界宣告她的快乐得意,她当然没有可能向全世界宣告,她只能也只有在她小小的圈子里小心而快意地炫耀着。他似乎很能理解她这小小的虚荣心,用他的行动配合着她的炫耀。他天天用车送她上下班,中午和傍晚亲自给她送饭,看着她吃完才离开,空下来就跑到洗脚房看她，要她为他洗脚按摩，在小包间里，他总会像变戏法一样的变出一些礼物，有时是一朵玫瑰，有时是一条项链，有时是一套漂亮的裙子，有时是……那一个月她被小姐妹们羡慕的眼神包围着，她感到无与伦比的幸福。事实上在她工作的最后一个月里，基本上只有他一个客人，她后来才知道他其实是包了她。她再一次感动了，为了他对她的了解和理解。

（二）

小米第一次见到邹坤的母亲就被她的眼神吓坏了。她从头到脚地仔仔细细地打量了小米一遍，然后就直勾勾地盯着小米的脸。原本大方沉静的小米在她眼神的攻击下脸立刻红了起来，动作也局促紧张起来了，想用喝茶来掩饰她的紧张，伸手拿水杯却打翻了杯子，站起来拿纸巾时又踢倒了热水壶，热水流了一地，打湿了婆婆的棉质拖鞋。她胆怯地看了看她的婆婆，却发现她并不在意，只是用一种直勾勾的眼神盯着她儿子看。小米的心咯噔了一下。

令小米难受的是她大部分时间不得不和婆婆在一起，白天，邹坤出去后，偌大的一个别墅里只有她和邹坤的母亲，她无法回避她直勾勾令她发毛的眼神。只要她走出房间，就能感觉到婆婆异样的眼神一直追随着她。坐在沙发上看电视，偶尔一回头，总是猝然地会碰上婆婆直勾勾的眼神。不仅仅在看电视时，任何时候，吃饭时，扫地时，洗衣时，甚至是在洗手间里，她都会突然地看到婆婆肆无忌惮审视的目光。她想向邹坤诉说，但又不知道怎么说。再怎么说做婆婆的看看自己的儿媳妇也是不过分的。

　　有天下午小米躺在沙发上看电视，不知不觉地打起了盹。迷迷糊糊中她听到有人在说："邹坤是个畜生，你嫁了个畜生。"她一个激灵，猛地坐了起来，睁开眼，却看见沙发前站着婆婆，手里抱着一条毯子，正俯下身子凝视着她，眼神正是她熟悉和害怕的直勾勾那种，嘴一张一合地发出含糊不清不清的声音。"妈！"小米吓得惊叫起来。"看你睡着了，怕你着凉，来给你盖条毯子。"尽管婆婆的话满是关切，但小米却惊出了一身冷汗。

　　为躲避婆婆无处不在的眼神，小米尽可能待在房间里，但小米的房间里没有电视机，因为邹坤认为房间是睡觉的地方，他不能容忍一切与睡觉无关的东西存在房间里，所以他们的房间除了一张大床，一排衣柜，一张按摩椅没有其他东西了。小米躺在床上，无所事事，无比难受。终于，在饭桌上她向邹坤提出想去工作。她刚一开口，邹坤的脸就变了，他说："你能干什么？除了洗脚你还能做什么？"她吓了一跳，她没想到他会那么生气！如果早知道他会生气的话，她是决不会提这事的，她爱他，她一点都不愿意因为她而使他生气。她内疚地看了他一眼，不知道要怎么表达她的歉意。这时，邹坤的母亲说话了："去'海蓝云天'帮忙吧。年纪轻轻的就整天在家当然要闷得慌，别说是她，就是我整天在家也闷得慌。"婆婆的话让她燃起了希望之光，她知道邹坤一向是十分孝敬他母亲的，她感激地看了她婆婆一眼，婆婆却迅速地避开了她的眼睛。邹坤烦躁地放下碗，粗暴地说："不行！怎么女人都想往外跑？闷的话就要个孩子？"停了停，他放缓语气，和颜悦色地说："小米，你要去工作我不反对，去'海蓝云天'也行。不过,所有的财产都要去做公证。如果你不去工作,那么这幢别墅可以过户到你的名下,'海蓝云天'也有你三分之一的股份。"小米的眼神黯淡了,她不是傻瓜,她听得出邹坤其实不愿意她出去工作,况且她到外面辛苦一辈子也未必能买得起一幢别墅,这样的账她是能算明白的。其实她也不是特别想做事,她只是不想面对婆婆直勾勾的眼神。她惹他生气真的是无心的。

　　小米开始借口出去,长时间地留恋在商场、美容院,但是到点了,还是得回去。一回到家,迎接她的无一例外是婆婆那令她起鸡皮疙瘩的眼神。她不知道她这样看他们究竟是为什么?她不仅这样看她,也是用这样的眼神看着邹坤的,无非看她是明目张胆的,看他是偷偷的。她在心里无数次地揣摩婆婆的心理,但始终无法明白。这天,小米拎着大包小包一踏进家门就看到婆婆坐在饭桌旁盯着她,她忽然想起那天婆婆躲避她感激的目光的情景,刹那间,她心里隐隐约约地闪过了一道亮光,她第一次没有在婆婆的审视下乱了手脚,她挑衅似地用同样的眼神看着她的婆婆。目光与目光在空中交汇了,一秒、两秒、五秒……小米在这样的僵持中感到了难以承受的窒息,就在小米感觉自己难以坚持就要放弃时,婆婆先慌了神,她慌乱地站起来,语无伦次地说:"电视还开着呢!可以吃饭了。"小米舒了一口气,无声地笑了。这以后,她们的关系发生了根本的变化,尽管小米还是常常感觉到身后有婆婆窥视的目光,但再也没有当面的直勾勾的眼神了,即使偶尔还有,慌乱的已不是她,而是婆婆了。

　　婚后,小米还是干着洗脚和按摩,只是她的顾客只有一个——邹坤。每天晚上，劳累了一天的邹坤在她的按摩下露出惬意的神情，她觉得幸福极了。她是如此感谢他，是他给了她现在的安逸生活，她什么都不干，就名正言顺地享有了大部分人奋斗一辈子都不会有的物质生活。她是如此爱他，他给了她一分爱情，她还他的是十倍于他的爱和忠诚。他是她全部的精神寄托，她心甘情愿地服从于他。况且他也是那样疼爱她，除了不肯让她出去工作外，他舍不得她受一点委屈，满足她所有有理和无理的要求。亲手给她做夜宵，一口一口地喂她，在她身体不适的时候，整夜整夜地在守在她身边，甚至为她剪指甲……生活中太多的细节让她感动，让她觉得自己是世界上最幸福的人。她都不知道用什么来表达对他的感激和爱，她觉得她愿意为他做任何事，何况只是每天为他洗脚按摩呢？于是，她为他洗脚按摩就带了太多的情意，她比从前以此为生时更卖力更殷勤，技术也更为娴熟了。显然邹坤也懂得她的情意，他常常握着她的手，一遍遍地对她说："你真好！谢谢你！"他越是对她好，她越是觉得无以回报，于是她常常幻想有一天会突然发生一些意外好让她向他表明她的忠贞，或是能有什么难题需要她为他解决，但事实是他为她解决所有的问题。生活以它惯常的节奏向前走着，他们的生活踏实幸福。但是，每当她迷醉在这幸福里时，婆婆的眼神就不合时宜地出现了，毫不不留情地给这份幸福蒙上了一片阴云。

婚姻生活让小米渐渐褪去了最初的羞涩，她慢慢地能够睁着眼面对赤身裸体的邹坤了。一直以来，她都是闭着眼任由他摆布的。他常常把她的头揽入胸口，怜爱地说："你还是个孩子呢？"这样的话助长了她的娇羞，所以她面对他身体的坦然来得那么缓慢。这是他们第一次一起淋浴，她为他擦背，他脊椎骨中间的那段左边有块黑乎乎的东西，她使劲地擦着，却怎么也擦不掉。她看着它，渐渐产生一种令人不安的熟悉感，"哎哟，你轻点。"邹坤轻声叫了起来，转头伸手拍拍小米的脸，笑着说，"宝贝，你别管它，擦不掉的，是纹身，很多年前纹上去的。"小米乖巧地轻轻抚摸着它，说："纹的是什么？""你看它像什么？像不像眼睛？"小米抹净沐液，仔细一看，还真像，她用毛巾抹去另一边的沐浴液，赫然又是一只眼睛！

那双眼睛盯着小米的眼睛！小米的眼睛盯着那双眼睛！

刹那间，小米的脑海里闪过了那惊心动魄的一幕，她几乎失声尖叫起来，然而硬是被她硬生生地卡在喉咙里了，但她的脸色已变了，手也不由自主地哆嗦起来了，拿在手中的毛巾掉在地上，捡了几次都捡不起来。

"宝贝，怎么了？"邹坤捡起毛巾，温柔地问，"它们吓着你了吗？真是个孩子呀。你去休息吧，多看看就习惯了。"

小米断定自己见过这双眼睛，八个月前，在明姐的办事处里，她见过。明姐是来洗脚房洗脚的为数不多的女性客户之一，是小米的固定客户，她只喜欢小米为她洗脚按摩。她每次来都是先电话预约的，但小米不知道她是干什么的，也不知道她的全名，她让小米叫她明姐，小米就这样叫了，从不多问。除了洗脚按摩外，小米和明姐并没有交往。小米去明姐办事处纯粹是偶然。那天在商场，小米看到明姐拎着很多东西，过去帮了一把，明姐就邀请她去她的办事处坐坐，小米想那只是客气，帮明姐把东西放上车后，转身就走，明姐追上她，说是等下还要她帮忙一起拿东西，于是她去了。明姐的办事处设在一个一百六十多平米的大套房里，客厅是办公会客的地方，摆了会议桌，办公桌，四个房间两个住着人，一个堆放杂物，一个是档案室，除了堆杂物那间，其他三个房间都装着防盗门。小米刚帮明姐放好东西，明姐的电话就响了。她正要告辞，明姐却把她让进了房间，给她拿来饮料，端来西瓜，摆开一副要和她长谈的架式，她说："小姑娘，对以后有什么打算？不至于洗一辈子脚吧？我知道你和你那些同行很不一样，我很欣赏你这一点的。"明姐的话让小米既感动又难受，感动于她的关心，却也难受于她对她们圈子的否定。说话间，门铃响了，明姐一边站起来一边说："难得来的，你就坐在这里玩会儿电脑，等我处理完事情再和你好好聊聊。记着，没有我开门进来，你就别出来。"说着，就带上门出去了。

　　小米是个网虫，平时下了班去的最多的地方就是网吧。明姐在时，她还有些拘束，现在她把她一个人留在这里了，她自在极了。在她留恋于网页的时候，她听到客厅里时不时地传来争执声，她不以为意，渐渐地明姐的骂声越来越重，似乎还夹杂着厮打声，小米不由地怕了起来，她几次停下上网，凝神静听外面的声音，想出去但又不敢，因为明姐嘱咐她不要出去的。忽然，外面一点声音都没有了，她更害怕了，悄无声息地站在门前，透过防盗门的猫眼往外看。她看到明姐被一个赤着上身的男人紧紧掐住了脖子，小米睁大了眼睛，下意识地捂住了自己的嘴巴。男子的背正对着她的门，背上是一双大大的不甚清晰的眼睛。接着，他看到他的手松开了，明姐慢慢地倒地了，她盯着那双眼睛，她死死地记住了那双骇人的眼睛，然后，她自己也软软地顺着门瘫倒在地上，什么也不知道了。等她醒来，大着胆开门出去时，外面已没有任何人了。她飞奔着跑出了明姐的办事处。这件事，她一直守口如瓶。她不知道明姐究竟怎样了，也无从打听她的消息。也曾想去报案，但在犹豫之后她放弃了，她在这里举目无亲，她不想多事。那件事后，她再也没有见过明姐，隐隐地，她很担心，她安慰自己明姐也只是像她一样晕过去了，她那么久不来只是去了别的洗脚房，或者是找到了其他更好的消解疲劳的方法。但那天的那一幕像一条冬眠的蛇蛰伏在她记忆深处，她以为她早就忘记了，但不知在什么时候它就会跑出来咬伤她，尤其是背上的那双眼睛，时不时地出现在她的噩梦里。

此刻，噩梦中的那双眼睛真实地出现在她生活中，而且还是她最亲最爱的人。每当夜晚降临，她就开始害怕，她害怕看到他背上的眼睛，她的手触摸到那双眼睛时，她要发抖。她不可遏制地牵挂起明姐了，她迫切地想知道明姐怎样了。她特意去了明姐的办事处，那里的工作人员告诉她明姐早已不在了，可能去了别的城市。她几乎是跌跌撞撞地回到家的。她想质问邹坤是不是他杀了她，但面对他时，却一句话也说不出来了。她开始偷偷地长时间地窥视邹坤，在邹坤看报纸的时候，在邹坤背对她的时候，白天，看不到他的人，她就肆无忌惮地盯着墙上的照片看，怔怔地想他真的会是个杀人犯吗？尽管她一次次地在心里为他开脱，杀明姐的是另外一个和他背上有相同纹身的男人，但在内心深处她其实已断定是他杀了她。那双眼睛太恐怖，小米记得太清楚，这世上绝不会位置图案完全一致的纹身！他和她是什么关系？是不是真的是他杀了她？他为什么要杀她？也许是另外一个？这许多的问题纠缠着小米，让她不知在什么时候就会失神。有天，她偶尔从镜框的反光里看到自己的眼神，她被自己的眼神吓了一跳，那眼神是那样熟悉和令人害怕，竟然和婆婆看她时直勾勾的眼神如出一辙。她的心再一次一凛：难道婆婆和她存了同样的心思？并且把她当成他的同谋吗？

小米开始注意婆婆。自从小米在眼神上打败婆婆后，婆婆开始躲着小米，她整日地待在她的房间不出来。小米就一次次找借口去敲门，有时房间里传来窸窸窣窣的声音，好半天门才开。门开后，小米问她诸如做饭洗衣之类的小事，婆婆阴翳的目光钉在小米的身上，让小米有种不寒而栗的感觉，但小米勇敢地回敬她同样的目光，最后总是婆婆率先避开。

这天，小米又要去敲婆婆的门。刚走到门口，忽然一阵风把婆婆的房门吹开，门竟然是虚掩着的。她看到婆婆坐在窗前翻看着一本相册。她轻手轻脚地走到她背后，说道："妈，看什么呢？"说话间眼光早已落到相册上了，她看到了几张黑白照片，眉眼间有些似曾相识，正想仔细辨认，婆婆却受了惊，迅速合上相册："一本老相册。"小米看到了封页上夹着的照片，这时她的惊吓一点不亚于婆婆，照片上的人竟然是明姐。她努力地平静自己的情绪，装作很随意地指着照片问："妈，她是谁？好漂亮！""坤坤以前的老婆，你不认识吗？"婆婆的语气里充满着惊讶。"我认识她，但我有很久没有见到过她了，她以前经常找我洗脚按摩的，我也从来不知道他们是夫妻。"小米有说不出的难过，说到后来，她的声音里竟有些哽咽。她竟然是他的妻子，他为什么要杀掉这么优秀能干的妻子？她在心里一遍遍地重复着同样的问题，无限困惑和痛苦。婆婆狐疑的目光扫过小米的脸，当她确信小米没有撒谎时，她的眼神变得清澈，继而有一层薄薄的雾气蒙上了她的眼眸，她伤心地说："我有八个多月没有见到她了，她几乎是我的女儿呀，她是我养大的呀，尽管他们离婚了，她还是常常来看我的。可现在她有八个多月没来看我了呀。"小米喃喃地说："八个多月，八个多月，八个多月。"她想说她死了，但她终于还是没有说。她知道她可能真的不在这世上了，送走她的是她曾经的丈夫，也是她现在的丈夫。

邹坤是个杀人犯！有了这个不可告人的秘密，小米再次变得害怕看见婆婆，而婆婆似乎比她更怕见到她。白天，婆媳二人各自蜗居在自己的房间，如果一个在客厅，另一个必跑回自己的房间，或者跑到楼上的露台，只有到了万不得已时才会坐在一起。吃晚饭时，两个人轮流地窥视着邹坤。有时，她们的目光会不小心碰撞在一起，但两个人都很自觉地迅速避开了。有时，小米有要与婆婆交流的欲望，也许婆婆也想，但谁都开不了口。她们近在咫尺，却有千千万万座山横亘在她们之间。

邹坤是个杀人犯！有了这个不可告人的秘密，小米幸福的生活变得虚伪可怕。她整日整夜地躲在她的房间里，心里一片茫然，她竟然真的是和一个杀人犯同床共枕！可尽管如此，她觉得她还是离不开他，看到他，快乐还是会溢满心间，她觉得他是爱她的，但她比他更爱她，她舍不得他走，更舍不得去告发他。看着他，越看越觉得他不像是一个会杀人的人。她觉得就算真的是他杀了她，他也肯定有他不得已的苦衷。

为了体察他的苦衷，她迫切地想知道邹坤和明姐的婚姻生活是怎样的。有天她问他："你爱你以前的妻子吗？你们为什么离婚？你是不是还会想起她？"他警觉地问："你听到了什么？"她赶紧否认，委曲地说："在你之前我从来没有爱过别人，我今生今世只爱你一个人。你有过妻子，我只是想知道你更爱谁？"他抱紧她，一遍遍地对她说："你不要自找烦恼，我爱也好不爱也好都已过去了，不要再提从前，现在和将来我只爱你一个人，将来我们有了孩子，我也会爱他。但是，请你收起你的好奇心，也别和一个你不认识的人去争风吃醋。别再对我提从前。"这样以后，她不敢问邹坤，只好刻意地在别墅里寻找明姐留下的痕迹。她觉得一个曾经在这里生活过的人，不可能一点痕迹都没有留下。但是，她找遍整幢别墅，凡是她能自由出入的地方她都找了：厨房、卫生间、大小客厅、活动室，露台甚至于杂物间和草坪，但她始终找不到任何有别的年轻女人曾生活过的痕迹，找不到一件她曾穿过的旧衣，一管她丢弃的口红，连头发丝都没有一根。邹坤的相册里有他成长的每一个阶段的照片，但那里没有明姐的照片。所有与她有关的东西都被他悄悄地隐匿了。她记起那天在婆婆身后看到的那张黑白老照片，她现在能肯定那是婆婆明姐邹坤多年前的合影。她知道可能只有在婆婆的房里还留有明姐的痕迹，但是她同样找不到理由到她房间去翻查。好多次，她都会下意识地徘徊在婆婆的门外，但婆婆突然打开门的时候，她却只能落荒而逃。

有天晚饭后，邹坤一吃完饭就悄悄跑进婆婆的房间，婆婆发现后，来不及收拾碗筷立即三步并作两步地跑了上去，然后门"砰"地一声重重关上了。几分钟后邹坤一脸不快地走了出来。

第二天第三天又重复了这样的一幕。后来，婆婆只要一走出房间，就会把门锁上，只要一有锁插入锁孔的声音，她就会立即放下手中的事，迅速出现在她自己的房门口。她的耳朵对开锁的声音灵敏极了。小米本能地感到了害怕，每当听到那重重的"砰"的关门声，她的心都会跟着"咚咚"直跳。她想问发生了什么事，但是面对一脸阴云的邹坤她不敢问，她开始怕他了。她发现她以前对他只有爱，现在，这爱里有了怕的成分。

不知从什么时候起小米的睡眠开始出现了问题，先是会突然在半夜醒来，然后就再也没法睡着，数绵羊，深呼吸种种办法都无济于事。再后来是整夜整夜地睡不着，但是不管能不能睡着，小米都一动不动地紧闭着眼睛。她怕吵着他，怕影响他的睡眠，她睡不好白天可以补，而他白天要上班，她心疼他。有天半夜，小米听到邹坤开了灯，然后轻轻地呼唤着小米的名字，小米想答应他一声，却神差鬼使般地没有理他，假装睡得很沉。她听到他拿了钥匙出去了，她也猛地坐了起来，定了定神，蹑手蹑脚地跟着下了床。房门是虚掩着的，她站在门边，透过缝隙看着他一步一步走到婆婆的房门外，她的心莫名地缩紧了。借着壁灯微弱的光，她看到他拿出钥匙去开婆婆的房门，但是他换了好几个钥匙都没能打开。小米知道婆婆没有换过钥匙，不可能是锁出了问题，显然是婆婆从里面反锁了门。

婆婆的房间里藏着天大的秘密，邹坤知道，婆婆知道，唯有小米不知道。邹坤和婆婆为这个秘密进行着艰苦卓绝的斗争。

终于有一天，在婆婆的房间邹坤和婆婆发生了激烈地争吵。小米隐隐约约地听到婆婆声斯力竭地喊道："是你，一定是你，你这个畜生！""我没有，我没有。"这是邹坤气急败坏的辩解。小米害怕地跑过去，使劲地敲门："别吵呀，有话好好话，你们别吵呀。""你少乱说，小米在外面！"耳朵紧紧贴着门的小米听到邹坤压低了声音恳求道。"你以为小米真一点也不知道吗？"婆婆尽管这么嘴硬着，但里面的争吵声戛然而止。一会儿后，邹坤又说："妈，求求你，把它给我吧。""不，我要留着作纪念，除非我死。""这些东西就那么重要吗？""既然不重要，你为什么三番五次地要来拿走？人不在了，我留着她的衣服你也不容吗？"小米忍不住又敲起了门，里面重又恢复了死一般的寂静。小米隐隐地知道了他们是在为谁而吵，她的痛苦一点也不比里面的两个人少。

（三）

小米怀孕了，妊娠反应得厉害，每天都要无数次跑进卫生间里呕吐。因为有了这个即将来到人世的新生命，三个大人都显得非常快乐！小米很少再看到婆婆直勾勾的眼神了，她自己也不再想明姐的事了，笼罩在他们之间的阴影似乎不存在了。邹坤更细心地呵护着小米。围绕着未来的孩子，婆婆和小米有说不完的话。小米常常坐在婆婆的房间里带着即将做母亲的骄傲，虚心地聆听婆婆说育儿经。那天她们说起了邹坤小时候，说到兴起时，婆婆去拿老相册。箱子打开了，一件棉质的浅蓝色裙子掉了出来，小米看到，箱子里乱糟糟的地堆着一些东西。婆婆的行动明显地迟缓了起来，但终于还是找出了相册，正是小米以前看到过的那本。两个人看到封页上笑吟吟的明姐，心里都直哆嗦，但都刻意装出快乐的样子。小米的眼睛一次次地不由自主地朝那个已重新上锁的箱子看，她想，那里面全是明姐以前用过的东西，婆婆把它们藏得好好的，那些天邹坤找的就是它们吧。婆婆夸张的笑声听得小米发毛。小米忍不住呕吐了起来，这次她觉得连肠子都吐了出来。

筋疲力尽的小米躺在床上，强迫自己入睡，但脑子里全是明姐的影子，她记起那条浅蓝色的裙子正是那天明姐穿的，她的裙子在这里，她人会在哪里？胡思乱想之际，小米听到有人轻轻地推门进来了，她知道那一定是婆婆，此时，她不想面对她，不想让她知道她内心的挣扎和难受，她决定假装睡着不理她。婆婆立在床前很久，后来在床沿坐下，伸出手，轻轻地抚摸着小米的脸，又理了理小米前额上的头发。带着无限慈爱轻轻地说："小米，我知道你心里也很苦，也在怀疑邹坤是个杀人犯。我看得出你对邹坤是真的好，有你在他身边，我很放心。我告诉你，你记着，牢牢地记着，他不是，他真的不是杀人犯，他是我儿子，他不是个坏人，你好好地和他过日子。至于我，我常常梦到明明，我一直那么疼爱她，她一直那么孝顺我，自小她就比坤坤出色，我让他们结婚真的是一个错误。我真的不知道要怎么做，但我知道她在哪，我会去找她回来的。"

婆婆的去世是那么猝不及防，她是在街上被一辆飞驶而过的出租车撞成重伤，死在医院的急救室里。被推进急救室前，她死死地拽着小米的手，说："坤坤不是个坏人，答应我，你要好好地和他过一辈子。"说得小米心如刀绞，她只好使劲地点头。

"五七"那天邹坤醉得一塌糊涂。从酒店回来后，走路已跌跌撞撞的邹坤还嚷着要喝酒。小米给他拿了一小瓶酒后，赶紧把酒柜里所有的酒都藏了起来。邹坤找不到酒，发着脾气要小米去买。小米只好在空酒瓶里灌了冷开水去哄他。邹坤一手拿着杯子一手拎着酒瓶，摇摇晃晃地楼上楼下地走着，小米挺着个大肚子紧张地跟在他身后，不敢劝他也不敢靠近他，怕他在这样神智不清的情形下一甩手一抬脚弄倒她，她伤了不要紧，但是肚子里的孩子可经不起摔。他最后走进了他母亲的房间，"卟通"倒在地板上，但仍紧紧抓着酒杯往嘴里倒着，喝着喝着，他忽然哭了，小米终于走近了他，迟疑地伸出手去扶他。

　　邹坤扔了酒杯，抱住了小米，他俩互相搂抱着，慢慢地躺倒在地板上了，小米把头埋在邹坤的怀里，也忍不住抽泣起来。当他们终于睡着的时候，窗外，天已大亮。